JAKOB STREIT

Milon und der Löwe

Milon und der Löwe

Eine Jugenderzählung
aus der Zeit des frühen Christentums
von

JAKOB STREIT

Zeichnungen von
Werner Fehlmann

VERLAG FREIES GEISTESLEBEN

3. Auflage 1978

Gesamtherstellung Greiserdruck Rastatt
ISBN 3 7725 0619 4

Inhalt

Abschied von Athen

Über die Stadt Athen und ihre hellen Tempel auf dem Hügel der Akropolis senkten sich die Strahlen der späten Nachmittagssonne. In ungestümem Lauf jagte ein Jüngling durch die Gassen, bis er vor einem hohen, verschlossenen Tor eines Hofes anhielt. Heftig hämmerte er mit der Faust gegen die hölzernen Bretter. Auf das dumpfe Poltern regten sich drinnen schlurfende Schritte. Eine Frauenstimme fragte:

«Wer ist der ungestüme Bote? Was gibt's?»

«Ich bin's, Tyrios! Schließe mir auf, Agaja!»

Das Tor knarrte. Der Bursche stand vor der alten Schaffnerin des Herrschaftshauses, die an seiner Aufgeregtheit sichtlich Spaß hatte.

«Warum so eilig? Beinah hättest du das Tor in Stücke zerschlagen. Bei der Arbeit geht's weniger flink!»

«Wo ist Milon? Ich muß ihn sprechen. Ich habe eine wichtige Neuigkeit. Ich weiß, wo wir hingebracht werden!»

Die alte Dienerin deutete gegen den hinteren Garten.

«Er pflückt Trauben. Sage mir, Tyrios, was hast du erfahren?»

Den Schluß der Frage hörte der Jüngling schon nicht mehr, so eilig hatte er's, seinem Gefährten Botschaft zu bringen, mit dem er bald die Stadt für immer verlassen sollte. Er fand ihn im Reblaub beim Pflücken der ersten reifen Trauben, die er sorgsam in einen Korb legte. Milon war Altersgenosse von Tyrios und wie dieser ein junger Sklave. Wirre dunkelblonde Haare gaben ihm ein wilderes Aussehen, als seine feinen Gesichtszüge zeigten.

«Milon, wir fahren nach Rom! Das Gepäck, das ich zum Meerhafen von Piräus brachte, mußte ich auf ein Schiff tragen, das schon morgen die Segel setzt und übers Meer zur großen Stadt der Römer fährt. Es ist ein mächtiges Schiff und scheint kostbare Ladung zu bergen. Wachtposten verwehrten mir den Zutritt zum Hinterdeck.»

Tyrios schnappte nach Luft. Der schnelle Lauf, das hastige Sprechen hatten ihm den Atem vollends genommen. Milon reichte ihm eine große Traube. Zögernd fragte er:

«Dann schlafen wir heute nacht zum letzten Male in Athen?»

Tyrios nickt lebhaft. Fast war er enttäuscht, daß Milon nicht in seine Freude einstimmte. Für einen Augenblick verstummten beide. Tyrios langte nach einer neuen Traube und schlürfte gierig den Saft der Beeren in seine durstige Kehle. Milon war über die unerwarteten Neuigkeiten aus Piräus erschrocken; doch ließ er sich nichts anmerken. Wortlos hob sich sein Blick über die Gartenmauer hinweg zum Hügel der Akropolis, wo die blendenden Sonnenstrahlen die hellen Marmortempel erglänzen ließen.

«Tyrios», preßte er nach einer stummen Weile hervor, «würdest du für mich den Korb hier mit Trauben füllen und ihn zu Agaja tragen? Ich muß noch einmal auf die Akropolis steigen zu den Tempeln und Abschied nehmen von Alkides und von Athen.»

«Freust du dich denn gar nicht, von unsern alten Weibern wegzukommen, für deren Launen wir von früh bis spät arbeiten müssen? Oh, Milon, bald sind wir auf einem Schiff, fahren in die große, weite Welt! In Rom sollen wir Dienst in einem vornehmen Hause antreten, hat der Händler gesagt.»

«Füllst du bitte meinen Korb, Tyrios?» wiederholte Milon unbeirrt seine Frage.

«Ja, geh nur zu deinen Tempeln und Göttern! Du hast ihnen so viele Bürden Holz zum Opferfeuer hinaufgeschleppt, daß sie es dir wohl danken könnten!»

«Tyrios, wenn ich mich heute etwas verspäte, besänftige Agaja!»

«Das will ich wie üblich besorgen; auf ihren Liebling Milon kann sie ja nicht böse werden.»

Bald darauf öffnete sich das große Tor. Der Junge schlüpfte durch und, es in den Angeln etwas aufstemmend, zog er es sachte hinter sich zu, damit das Knarren ausbliebe. Eigentlich durfte er das Haus

heute nicht mehr verlassen, wie der Händler befohlen, der sie beide gekauft hatte. Als behender Läufer durcheilte er Gassen und Straßen, die ihn in die Richtung der Akropolis führten. Wie er den felsigen Hügel zwischen Zypressen und Olivengärten aufwärts wanderte, überglänzte ein abendlich goldfarbenes Licht die Tempel, die sich vom blauen Himmel wie eine leuchtende Stadt der Götter abhoben. Milon blieb einen Augenblick gebannt stehen. Ihm war, er sehe die Akropolis zum erstenmal in ihrer ganzen, erhabenen Schönheit, jetzt, da er Abschied von Athen nehmen mußte. In seiner Brust hämmerte das Herz vom schnellen Laufen. In das Pochen und Pulsen mischten sich Bewunderung und Abschiedsschmerz. Mit diesen Säulen und Bauten war er groß geworden. Dort drüben an der Mauer hatte er jedes Frühjahr mit einem Stein ein heimliches, nur ihm bekanntes Zeichen eingeritzt, damit er wußte, wieviel er Jahr für Jahr gewachsen war. Im Weitergehen verlangsamte er unwillkürlich seine Schritte, wie um die Zeit des Abschieds auszudehnen. Da er zum letzten Aufgang kam, der zu den großen Hallen der Propyläen hinaufführte, blickte er rückwärts auf die Stadt mit den dämmernden Gassen. In der Ferne glitzerte das Meer, das ihn morgen in unbekannte Zukunft tragen sollte. Bedächtig, beinahe feierlich erstieg er die letzten Stufen, die ihn zu den wuchtigen Säulen hinaufbrachten. Milon achtete nicht auf die Menschen, die an ihm vorübergingen. Er trat zu einer Säule, die das Licht des Tages getrunken hatte, und schob beide Hände aufwärts durch ihre Rillen. Er fühlte die rückstrahlende Sonnenglut. Da preßte er auch die Stirn an den warmen Stein. Er schloß die Augen, flüsterte Worte und wußte nicht was.

Plötzlich hörte er seinen Namen rufen. Erschrocken löste er sich von der Säule. Vor ihm stand eine hohe Gestalt in weißem Überwurf. Es war Alkides, der junge Priester. Milon hatte sich vor längerer Zeit mit ihm angefreundet, da er als Holzträger für die Opferfeuer dreimal die Woche hier oben diente, wie sein Herr es ihm anbefohlen hatte.

«Ist dir elend, Milon? – Du bist verspätet. Das abendliche Opfer ist vorüber. Komm mit mir, begleite mich in die Stadt zurück!»

«Ehrwürdiger Alkides, ich bin verkauft worden ... Es ist das letztemal, daß ich zur Akropolis komme ... Abschied zu nehmen. Morgen muß ich auf einem Schiff Griechenland verlassen. Ein römischer Händler ... Italien!»

Erstaunt, ja ungläubig blickte der junge Priester auf Milon, faßte ihn am Arm.

«Wie ist das möglich? Wir haben uns wohl einige Tage nicht mehr gesehen. Was hat sich zugetragen, daß dein Herr dich so plötzlich weggeben will? Hast du seinen Zorn entfacht?»

«Nein, edler Alkides. Mein Herr ist unterwegs auf einer Reise nach Eleusis unglücklich vom Pferde gestürzt und auf der Stelle gestorben. Seine Frau, meine Herrin, verkauft nun Haus und Sklaven und zieht zu ihrem Sohne nach Olympia. Tyrios und ich sind gestern von einem Römer erworben worden.»

Milon hatte im Erzählen das Haupt gesenkt, und Alkides bemerkte, wie Verzweiflung sich über das Antlitz des Jünglings legte, der ihm so oft bei den Verrichtungen des Opfers die niedere Arbeit abgenommen. Er fühlte, wie schwer ihm der Abschied von Athen fallen mußte. Einen Augenblick sann er nach, dann machte er einen ungewöhnlichen Vorschlag:

«Komm, Milon, laß uns zum Tempel der Göttin gehn, um für dich den Abschiedssegen zu erflehen!»

Als sie die letzten Stufen zum Eingangstor gemeinsam erstiegen, rötete der Glanz des Abends die Säulenhallen. Stumm schritten die beiden weiter hinauf zum Parthenon-Tempel. In der Vorhalle breitete Alkides seine Arme aus und sprach für Milon ein Gebet. Danach setzten sie sich draußen auf die oberste Stufe des Tempels zu Füßen einer der riesigen Säulen. Das Bild des sinkenden Sonnenwagens lag vor ihnen.

«Erzähle», sprach Alkides, «wie kam es, daß du so weit weg ins römische Land verkauft worden bist? Fand sich hier in Athen kein neuer Herr für dich?»

«Gestern brachte der Sohn meiner Herrin einen Händler vom Piräus herauf. Der kauft junge griechische Sklaven, um sie nach

Rom zu bringen. Sein Schiff liegt im Hafen zur Abfahrt bereit. Er schien gute Preise zu bieten. Tyrios und ich wurden vom Fleck verkauft. Du weißt ja, edler Alkides, Sklaven werden nicht befragt, was mit ihnen zu geschehen habe. Morgen früh werden wir abgeholt. Mir selber ist bange vor den Römern. Wie ich hörte, tragen sie in ihrem Wappen als Zeichen den Wolf. Es heißt, fast alle Völker der Erde seien ihnen untertan. Alkides, du mußt es wissen: wie ist es mit den Römern? Vielleicht kannst du meine Furcht zerstreuen?»

Fragend schaute Milon auf den Priester, als ob seine Zukunft auf dessen Lippen ruhe.

«Junger Freund», begann dieser, «gerne hätte ich dir vergönnt, hier in Athen bleiben zu dürfen. Lieber ein Sklave in Athen, als ein Freier in Rom! Wir Griechen sehen in den Römern unsere stolzen Besieger, denen wir Tribut zahlen müssen. Die Gunst der Götter ist von uns gewichen, da sie uns besiegten. Unsere Tempel haben sie in Rom nachgebildet und Götterbilder darin aufgestellt, die sie uns raubten. Unser Dienst an den Göttern ist bei ihnen ein äußerliches, abergläubisches Treiben geworden. Sei aber nicht bange, Milon: so die Göttin des Schicksals deinen Weg nach Rom lenkt, geh ihn getrost. Wo du auch sein wirst: die vielen Opferfeuer, die du hier an den Altären mitgefeiert hast als wackerer Holzträger, werden dir auch in Rom weiterleuchten. Die Tempel und Säulen der Akropolis bleiben in deinem Innern aufgerichtet. Wenn du einmal in schwere Bedrängnis und Trübsal gerätst, dann schließe deine Augen; laß in dir die Tempel Athens im Bilde aufleuchten. Mut und Zuversicht wird sich in dein Herz senken; denn über allem Menschlichen walten die ewigen Götter!»

Alkides hielt inne. Seine Hände tasteten in die Falten des Priesterkleides und brachten eine bronzene Schaumünze zum Vorschein mit dem Haupt der Göttin Athene.

«Hier, Milon, nimm dies als Andenken; dann trägst du immer ein Stück Athen mit dir.»

Als ob er eine große Kostbarkeit mit seiner Hand umschlösse, preßte Milon das Geschenk gegen seine Brust:

«Ich danke dir, Alkides! Du machst mir den Abschied schwer und leichter zugleich. Leuchtet nicht dieselbe Sonne über Athen und Rom? Kreisen nicht dieselben Sterne über der weiten Erde?»

«So ist es», bestätigte Alkides.

«Ich sehe, du wirst nicht verzagen im fremden Lande. Laß uns jetzt gemeinsam den Weg zur Stadt hinunterschreiten und im Wandern Abschied nehmen. Es beginnt zu dunkeln. Schon glänzen die ersten Sterne. Sieh dort drüben, der Abendstern! Das Gestirn der Göttin Aphrodite steht über dem Meere, ein gutes Vorzeichen für deine Fahrt!»

Als Milon in der Abenddämmerung heimkehrte, fand er das Hoftor unverschlossen. Sachte stieß er es auf, doch Agaja, die auf das Heimkommen des Ausreißers harrte, nahm das leise Knarren wahr. Ihre aufgeregte Stimme wurde laut. Sie eilte aus dem Hause. Kaum erblickte sie Milon, stürzten ihr die Tränen in die Augen:

«Tyrios ist schon fort, dem Piräus zu. Der römische Händler war hier und wollte auch dich gleich mit auf das Schiff bringen.»

Erschrocken entgegnete Milon:

«Er hat uns doch auf morgen früh bestellt, warum die plötzliche Eile?»

Agaja faßte seine Rechte, preßte sie zwischen ihre alten, abgearbeiteten Hände und redete beschwörend auf ihn ein:

«Milon, der Händler war sehr zornig, weil er dich nicht vorfand. Ich fürchte, man wird dich morgen früh auspeitschen, wenn du verspätet aufs Schiff kommst. Ich rate dir, Milon, geh nicht nach dem Piräus, geh nicht zu den Römern! Verlasse heimlich Athen, flieh in die Berge zu meinem Bruder, der über Delphi die Schafherden weidet. Dort sucht man dich nicht. Du kennst den Weg. Dort bist du sicher vor Häschern. Du kannst wieder Schafhirte sein, wie du es als kleiner Knabe warst. Später, wenn alles vergessen ist, kehrst du wieder nach Athen zurück als freier Mann!»

Agaja bewegte zitternd die Lippen, auch als sie nicht mehr sprach. Sie heftete ihre sorgenden Augen auf den Jüngling, sein Einverständnis erwartend. In der stummen Pause fiel Milons Blick über die

Gartenmauer auf den Stern, der über dem Meere glänzte. Er hörte des Alkides Abschiedsworte:

«Das Gestirn der Aphrodite, ein gutes Vorzeichen für deine Fahrt!»

Ja, er hatte Abschied von Athen genommen. Er wollte den Weg gehen, der ihm vorgezeichnet war: mit Tyrios über das Meer nach Rom! In einer plötzlichen Regung strich er der guten Agaja über die weißen Haare, hielt ihren Kopf zwischen seinen Händen, sprach fest und bestimmt:

«Agaja, die Welt öffnet sich vor mir! Ich werde das Schiff noch heute abend besteigen und mit der römischen Wölfin fahren. Liebe Agaja, du warst mir stets wie eine Mutter. Ich werde dich auch in fernen Ländern nicht vergessen. Geh hin und wieder hinauf zur Akropolis, bete für mich beim Parthenon!»

Nach diesen Worten löste er seine Hände von Agajas Haupt und fuhr fort:

«Damit der römische Händler nicht zu böse wird, binde ich sogleich meine kleine Habe in das Reisetuch, das du mir gegeben, und eile unverzüglich zu dem römischen Schiff.»

Wie auch Agaja leise für sich jammerte, sie spürte, Milon war fest entschlossen, und so half sie mit, seine geringe Habe einzupacken, der sie Früchte und Honigbrot beifügte.

Als nach einer kurzen Weile Milon das Hoftor öffnete, fiel sein langer Schatten hinaus auf die Pflasterung der Gasse. Agaja hob die Ampel gegen sein Antlitz, sich sein Bild ein letztes Mal einzuprägen, und legte ihm zärtlich eine Hand auf die Schulter. Sie hatte an ihm in ihren alten Tagen einen Sohn gefunden, dem sie während sieben Jahren ihre Liebe gegeben.

«Ich werde früh morgens ans Meer hinunterkommen und deine Abfahrt segnen!» sprach sie bestimmt.

Milon wehrte es ihr nicht, und so fügte sie bei:

«Dein Schiff werd' ich finden. Schaue nach mir aus; es soll dir Glück bringen!»

Es war ein weiter Weg, den Milon in der Nacht bis ans Meer zu gehen hatte. Als leichtfüßiger Läufer kam er bald auf die breite

Straße, die die Stadt Athen mit dem Meere verband. Noch befanden sich im dämmrigen Dunkel Eselskarren und beladene Maultiere unterwegs, die Waren vom Meerhafen hinauf in die Stadt brachten. Hinter sich vernahm Milon plötzlich das Rattern eines größeren Gefährtes. Ein Pferdegespann, begleitet von vier fackeltragenden Läufern, fuhr einen vornehmen Wagen in Richtung Piräus. Eine günstige Gelegenheit mitzuhalten, dachte Milon, und er eilte kurz hinter dem Wagen her. So kam er viel rascher vorwärts, weil er immerzu dem Schimmer der Fackeln folgen konnte. Milon fühlte sich glücklich im leichten Laufen, da er ohne besondere Anstrengung mit den geübten Fackelträgern Schritt zu halten vermochte. Ihm war plötzlich, die Lichter gäben ihm selbst das Geleit, und wiederum sah er vorne den Abendstern über dem Meere glänzen, dem er entgegeneilte. Athen im Rücken und im Feuerlauf in ein neues Leben! – Das Traben der Pferde über die Pflasterung fuhr ihm in die Glieder und berauschte ihn. Jubel durchzog seine schnell atmende Brust. Immer wieder mußte er von Zeit zu Zeit einen Sprung hochauf in die Luft nehmen. Vergessen war sein Sklavensein, das ihn bis jetzt noch kaum bedrückt hatte unter der Obhut der guten Agaja. Vergessen, daß Rom die Wölfin im Wappen führte. Vor ihm unbekannte, ferne Ufer, in sich den Mut, sich in die Welt zu wagen.

Auf dem Schiff ‹Augusta›

Der Hafen des Piräus war noch nicht zur Ruhe gekommen, als Milon, sein römisches Schiff suchend, am dunklen Gestade umherirrte. Schiffsleute kehrten aus Weinstuben zurück auf ihre Schiffe. Zwei

Betrunkene torkelten fluchend durch die Finsternis, da sie ihr Boot nicht fanden. Vorbeihuschende Fackeln erhellten für Augenblicke einzelne Gesichter. Wo sollte Milon, der nicht einmal den Namen des gesuchten Schiffes kannte, es jetzt in der Nacht finden? Als wiederum ein Fackelträger ihm entgegenkam, redete er ihn an:

«Kannst du mir sagen, wo ich das römische Schiff finde, das morgen nach Rom ausfährt?»

Der Angesprochene, ein älterer Seemann, antwortete:

«Die Römerschiffe fahren zumeist im vorderen Hafen ab, da sie größer sind als die Fischerboote, die hier im hinteren Hafen anlegen. Geh nach vorne!»

So begab sich Milon weiter meerwärts; doch war nur langsames Gehen möglich, da man auf Schritt und Tritt über Steine, Pflöcke und Taue stolperte. Von hinten nahte eine Gruppe Männer mit Fackeln.

Denen schließ' ich mich an, dachte Milon.

Er ließ die Schar Seeleute an sich vorüberziehen. Ihm fiel auf, wie stumm diese meist jungen Leute daherkamen, eine Schar von Sklaven, mit Gepäck, wohl an die dreißig. Plötzlich gewahrte er in ihrer Mitte seinen Freund Tyrios, den er längst auf dem römischen Schiff wähnte. Im Augenblick war er neben ihm her und flüsterte:

«Tyrios, ich bin da!»

Der Angesprochene wendete rasch sein Haupt. Ein Freudenschimmer überflog sein Antlitz. Mit gedämpfter Stimme antwortete er:

«Milon, den Göttern sei Dank, daß du gekommen bist! Halte dich dicht bei mir. Der Händler kommt mit den Aufsehern kurz hinter uns nach. Er ist schlecht gelaunt, weil du und zwei andere nicht zu Hause vorgefunden wurden. Nun muß er morgen früh nach den Vermißten aussenden. Vorher kann das Schiff nicht ausfahren. Den Kaufpreis hat er für alle schon bezahlt.»

«So laufe ich jetzt mit dir und schleiche mich ein mit euch allen.»

«Das geht nicht», versetzte Tyrios, «unsere Namen sind auf einer Wachstafel aufgeschrieben worden. Sobald wir zum Schiff kommen, melde dich beim Händler an. Wir mußten lange warten in der Stadt beim Marktplatz, bis alle zusammengebracht waren. Nun bist du uns gar zuvorgekommen. Paß auf! Wir nähern uns dem Schiff. Die vordersten Fackelträger sind stehengeblieben.»

Ein breitausladendes Segelschiff ragte aus dem Dunkel empor, vom Fackelschein dürftig beleuchtet. Rufe erschollen, eine Leiter wurde herabgelassen. Die Sklavenschar erstieg auf angelegten, schiefen Balken den Schiffsbauch, indes vorn ein Aufseher einen jeden nach der Wachstafel verzeichnete.

«Jetzt ist der Augenblick», sprach Tyrios zu Milon, «daß du dich hinten beim Händler und Schiffsherrn anmeldest. Ich komme mit dir.»

Die beiden begaben sich unauffällig an das hintere Ende der Sklavenschar. Tyrios trat mit Milon zu dem römisch gekleideten Kaufmann und grüßte ergeben.

«Edler Herr», redete er ihn an, «hier ist mein Gefährte aus dem Hause des Midias, der eben auf einem Botengang unterwegs war, als du uns beide abholen wolltest. Nun ist er in aller Eile in den Piräus gekommen und bittet um Verzeihung für die ungewollte Säumnis.»

Nach Sklavenart warf sich jetzt Milon vor seinem neuen Gebieter nieder. Vor Erstaunen über die griechische Höflichkeit und Wortgewandtheit des Tyrios blieb dem Händler der Mund offen. Er vergaß, seine Lederpeitsche zu ziehen, die ihm im Gürtel steckte, und meinte schließlich:

«Und wo sind die zwei anderen?»

Prompt erwiderte Tyrios:

«Darüber ist mir nichts bekannt.»

«Verdammte Kerle!» zischte der Händler.

«Dieser da lasse sich auf der Wachstafel eintragen!»

Mit einer winkenden Gebärde des Händlers waren sie entlassen. Erleichtert begaben sich beide zum Einstieg, um mit den letzten Sklaven emporzusteigen.

Vom Verdeck des Schiffes mußten sie alsbald über eine Art von Treppe in das Schiffsinnere hinuntersteigen, wo ein nackter Holzboden und gähnende Finsternis die Sklaven zur Nachtruhe erwartete. Das mitgebrachte Kleiderbündel diente als Kopfkissen. Beim Aufsuchen eines freien Platzes hielten sich Milon und Tyrios bei der Hand, um einander nicht zu verlieren. Bei jedem zweiten Schritt stießen sie an Menschenkörper. Da und dort setzte es einen Fausthieb und einen Fluch ab, wenn ein Nachtwandler einem Liegenden auf den Magen trat. Endlich hatten alle sich in die Kreuz und Quere gelagert. Das Reden und Fluchen verstummte. Erste Schnarcher gaben ihre Geräusche von sich. Der Geruch von Schweiß und Pech durchdrang stickend die Luft. Milon flüsterte Tyrios zu:

«Unsere Reise beginnt in der Unterwelt; fehlt nur der Höllenhund Kerberos mit den drei Köpfen und dem Schlangenschwanz!»

Die ungewohnte, mißliche Lage vermochte nicht, den beiden Jünglingen den Humor zu nehmen. Milon nestelte aus seinem Bündel zwei Honigbrote, die Agaja ihm eingepackt, und reichte eines seinem Gefährten:

«Hier, nimm etwas Götterspeise, so weißt du auch, daß der Hades uns noch nicht verschlungen hat!»

Nach einer Weile flüsterte Tyrios:

«Milon, hast du die Buchstaben lesen können, die auf das Schiff geschrieben sind? Du hast doch bei Alkides die griechischen und die römischen Zeichen gelernt.» –

«Ja, ich sah sie wohl, aber ich weiß nicht, was der Name bedeutet. Das Schiff heißt ‹Augusta›. Vielleicht ist es der Name einer römischen Göttin. Vielleicht führt sie uns vom Hades ins Elysium, in die Welt der Seligen.»

Eintönig plätscherten die Wellen ans Schiff; bald breitete sich Schlaf über die müden Sklavenaugen.

Am frühen Morgen herrschte im Piräus ein reges Treiben. Mit der ersten Morgendämmerung war vom Schiff ‹Augusta› ein Aufseher mit zwei Gehilfen an Land gegangen, um oben in Athen die vermißten Sklaven abzuholen. Als sie mit ihnen zurückkehrten, stand die Sonne schon hoch am Horizont. Eine günstige Brise wehte, so daß sich die aufgezogenen Vorsegel meerwärts blähten. An eine Kette gefesselt erstiegen die beiden Verspäteten die Schiffsleiter. Oben wurden sie mit Peitschenhieben empfangen. Der Schiffsherr schnaubte vor Wut und gebot, daß die Geprügelten für die ganze Dauer der Meerfahrt unten im dunklen Schiffsraum angebunden würden. Milon erschauerte bei dem Gedanken, daß er jetzt der dritte an der Kette sein könnte. Voll Mitleid sah er die Unglücklichen auf einer Leiter ins Dunkle hinuntersteigen.

Wie immer, wenn ein größeres Schiff ausfahren will, versammelte sich eine Menge von Neugierigen in der Schiffsnähe. Rufe ertönten, letzte Kommandos zum Lösen der Taue wurden erteilt. Als das Schiff schon losgetakelt war, eilte ein altes Weib herbei, schwarz gekleidet und hager. Sie goß beim Schiff aus einem kleinen Tongefäß etwas Öl ins Wasser und murmelte Worte in einer halb singenden Weise. Dazu schlug sie beschwörende Zeichen vor sich in die Luft und über das Wasser. Sie flehte zu den Göttern des Windes für gutes Geleit. Das geweihte Öl, das sie ins Wasser goß, sollte den Meergott Poseidon gnädig stimmen, daß er sturmfreie Fahrt gewähre. Dann trat die Alte einige Schritte vom Ufer zurück, beschattete mit der Hand die Augen vor den hellen Morgenstrahlen und rief mit kreischender Stimme zum Römerschiff hinauf:

«Milon! Milon!»

Da löste sich oben aus dem Schiffsvolk die Gestalt eines Jünglings, der behend am hinteren Mast mannshoch emporkletterte und mit einem hellen Tuch winkte, indem er es über seinem Haupte im Halbkreis hin und her flattern ließ.

Das letzte Segel ward aufgezogen, der Anker gelichtet, und sachte glitt die ‹Augusta› hinaus, dem offenen Meere zu. Die Alte schluchzte einen Augenblick auf, lief einige Schritte dem Schiffe nach, der Ufermauer entlang und flüsterte:

«Armer Milon, wo werden sie dich hinbringen? Deine Agaja wird dich nie mehr sehen.»

Das weiße Tuch erlosch auf dem Schiff. Da sie ihre Tränen nicht mehr zurückhalten konnte, setzte sich die Trauernde auf ein Gewirr von Schiffstauen nieder und jammerte still in sich hinein. Jedesmal, wenn sie das Haupt erhob und auf das Meer schaute, war die ‹Augusta› ferner und kleiner geworden. Ein Fischerweib, das eben mit einem ledernen Beutel voller Fische vorüberging, die sie in Athen verkaufen wollte, erkannte in der Alten eine ihrer Kundinnen. Sie trat zu ihr:

«Agaja, was tust du hier im Piräus und weinst? Wollen deine Füße dich nicht mehr heimtragen? Komm, Agaja, ich geleite dich. Wir haben denselben Weg.»

Etwas beschämt, daß eine Bekannte sie hier in ihrer Erbärmlichkeit erkannte, erhob sich die Alte. Der Anteil des Fischerweibes an ihrem Schmerz besänftigte sie, und sie erklärte:

«Ich habe unsere Knaben Milon und Tyrios zum Schiff gebracht. Sieben Jahre habe ich Milon auferzogen wie mein eigen Kind. Nun hat ihn unsere Herrin nach Rom verkauft. Dort fährt er auf dem Schiff dahin. Ich selber bin als Dienerin bei meinem verstorbenen Herrn alt geworden und kehre wieder zurück nach Delphi, woher ich stamme, zu meinem Bruder.»

Während sie sich auf den Weg machten, fuhr Agaja fort:

«Gerne geh ich mit dir zusammen nach Athen zurück. Laß mich zuvor in meinem kleinen Ölgefäß etwas von dem Wasser des Meeres mitnehmen, auf dem Milon jetzt seine weite Reise tut. Ich werde es täglich mit betenden Händen umschlingen.»

Mit diesen Worten begab sie sich wenige Schritte ans Ufer hin, tauchte das Gefäß ein und schob es wie ein kostbares Andenken unter ihren Arm. So wanderte Agaja mit dem Fischweib Richtung Athen. Von Zeit zu Zeit hielt sie an, um auf dem Meere das immer ferner schimmernde Segelschiff zu erspähen, bis es sich im letzten Glitzern der Wellen auflöste.

Geheime Fracht

Tagelang war die ‹Augusta› unterwegs und segelte mit guten Winden um die Küsten des Peloponnes. Milon und Tyrios wurden mit einigen anderen Sklaven angelernt, an Masten und Tauen hochzuklettern, um die Segel bei wechselnden Winden anders zu legen oder einzuziehen. Dadurch bekamen sie auch Zutritt zum ständig bewachten Hinterdeck, wo die großen, rätselhaften Ballen, mit Tüchern und Stricken zusammengebunden, dalagen. Niemand wollte wissen, was sie verhüllten. Verschiedene Vermutungen wurden geäußert. In einem war man sich einig, daß es kostbares Raubgut der Römer war, das sie aus Griechenland entführten. Waren es doch kaiserliche Soldaten, die sowohl am Tage wie in der Nacht Wache hielten.

Eines Abends, als Tyrios und Milon auf ihren Holzpritschen lagen im Innern des Schiffes, flüsterte Tyrios seinem Freund zu:

«Die Nacht ist vom Mond erhellt, da ist's mir nicht ums Schlafen. Wollen wir versuchen, auf das Hinterdeck zu schleichen, um zu erforschen, was sich in den Ballen für geheime Fracht befindet? Ich bin mehr als neugierig, was in diesen Tüchern und Fellen verhüllt mit uns übers Meer fährt.»

Milon schlug vor:

«Wir könnten durch die hintere Luke hinaufsteigen, die gelegentlich der Steuermann benutzt. Er sitzt aber auch zur Nachtzeit, wenn nicht alle Segel eingezogen sind, am Steuer. Er könnte uns bemerken beim Aussteigen.»

Tyrios erwiderte:

«Einer von uns müßte zuerst nur den Kopf zur Luke hinausschieben, um den Steuermann eine Weile zu beobachten. Er geht doch auch am Tage, bei Windstille, öfters hin und her und sitzt gern weiter vorn beim Wächter. Komm, Milon, wir wollen eine erste Erkundung unternehmen. Meine Haare sind dunkel. Ich strecke meinen Kopf ohne viel Gefahr, gesehen zu werden, zur Luke hinauf.»

Tyrios kroch von seiner Lagerstatt in den hinteren Schiffsraum, Milon ihm nach. Da es im Schiff alleweil irgendwo knackte und ächzte im Holzwerk, achtete niemand darauf, wenn die beiden gelegentlich im Vorwärtstasten an ein Brett oder an einen Pfosten stießen. Ein schwacher Schimmer verriet die Luke des Steuermanns. Tyrios stemmte sich aufwärts. Milon gewahrte, wie er sich plötzlich hinaufschwang. Nach einer kurzen Weile streckte Tyrios den Kopf durch die Öffnung hinab und flüsterte:

«Komm nach! Der Steuermann ist weiter vorn beim Wächter!» Da sich nun auch Milon hinaufschwang und in der kühlen, frischen Nachtluft auf Deck kauerte, überzeugte er sich ebenfalls, daß der Wächter und der Steuermann weiter vorn auf den Planken saßen und plauderten. So schien keine Gefahr zu bestehen, die geheimen Schätze anzuschleichen und zu erforschen. Die beiden drängten sich zwischen die mächtigen Ballen. Sie begannen, die Knoten der festverschnürten Stricke zu lösen, die grobes Gewebe und Lederhäute um die verborgenen Gegenstände zusammenhielten. Zwischendurch vergewisserte sich Tyrios, ob von Steuermann und Wächter keine Störung ihres Unternehmens zu befürchten sei. Milon hatte einen länglichen Ballen von mäßiger Größe erwählt, und den knüpften sie nun auf. Als von einem rundlichen Vorsprung die letzte Hülle sich löste, wäre ihnen beinahe ein leiser Aufschrei entfahren. Beim Glanz des Mondes erblickten sie das ernste, weiße Antlitz einer Marmorstatue, einer göttlichen Frau.

«Aphrodite», flüsterte Milon, «in schmutzige Tücher gehüllt, geraubt und entführt von den Römern!»

Die mondumschimmerte Schönheit des Antlitzes ergriff all seine Gefühle. Selbstvergessen umschlang er ehrfürchtig den kalten Stein. In seiner Erinnerung sah er Aphrodite, die Göttin der Schönheit, in einem kleinen Tempel Athens, von Säulen umgeben, Blumen zu ihren Füßen. Mitleid, Schmerz und Zorn stiegen in ihm auf, das Bild der Gottheit so freventlich erniedrigt zu sehen.

Indes hatte Tyrios bei einem andern Ballen die eine Hand unter die Hüllen schieben können und meldete:

«Auch hier, ein Kopf, ein Arm. Ich glaube, das Schiff ist voll geraubter Götter. Ich habe gehört, der römische Kaiser liebe es, in den Gärten seiner Villen und Paläste Götterfiguren aufzustellen.»

Stumm betrachteten die beiden eine Weile das marmorschimmernde Bildnis der Göttin, das Milon nun völlig von den Tüchern befreit hatte. Antlitz und Blick richtete die liegende Figur starr aufwärts zu den nächtlichen Gestirnen und dem hellen Mond.

«Aphrodite muß in Griechenland bleiben», sprach plötzlich Milon in das leise Rauschen der Wellen.

«Was glaubst du, Tyrios, sind wir beide stark genug, sie unbemerkt über Bord ins Meer zu werfen, hier vor der Küste Griechenlands? Kein Römer soll ihre Gestalt mit höhnischem Blick entweihen!»

«Ich bin dabei!» flüsterte Tyrios, «doch wenn man uns entdeckt, wird es uns schlimm ergehn! Laß mich vorerst nach Wächter und Steuermann Ausschau halten!»

Behend wie eine Katze kroch Tyrios zwischen den verhüllten Figuren hindurch und kam bald mit dem Bescheid zurück:

«Die beiden liegen auf Schaffellen und reichen sich wechselweise den Weinkrug, lachen, grunzen und reden dummes Zeug. Sie sind vollauf beschäftigt. Wir können's wagen.»

Das Standbild hatte nicht ganz die Größe eines natürlichen Menschen, und da die beiden Burschen sehr kräftig waren, gelang es ihnen ohne viel Mühe, es aufzurichten, wobei die untergeschobenen Tücher verhinderten, daß es auf dem Schiffsboden ein Geräusch gab. Einen Teil der schmutzigen Hüllen warf Tyrios vorab über Bord. Für ihn war das ein willkommener, abenteuerlicher Streich. Für Milon jedoch schimmerte um das Götterbild etwas von erlebter Opferheiligkeit, und ihm war, als ob er für Griechenland und seine Götter eine gute und wichtige Tat verrichte: Aphrodite dem Meer und den Küsten des Peloponnes zu übergeben. Er entsann sich, wie Alkides ihm von der Göttin der Schönheit erzählt hatte, wie sie aus den Schaumfluten des Meeres aufgetaucht sei und Griechenlands Künstler zu schönen Werken inspiriert hätte.

«Aus griechischen Fluten stammst du, in griechische Fluten kehre zurück!» flüsterte Milon bei sich selbst.

Wie die Marmorgöttin nun leicht mit dem Schiffe schwankend in ihrer weißen Schönheit im Mondlichte stand, war er nahe daran, vor dem Bild in Anbetung niederzusinken; doch er fürchtete den Spott des Tyrios. Kräftig umschlossen jetzt die Jünglingsarme die Statue. Vorsichtig, halb schiebend, halb drehend, jedes Geräusch durch die Tücher dämpfend, brachten sie sie an den Schiffsrand heran. Sachte kippten sie die Figur über die Brüstung. Einen Augenblick lag sie in der Waage; dann stürzte sie abwärts in die nächtlichen Fluten. Beim Gleitsturz über den Schiffsrand schlug der Marmorsockel, auf dem die Göttin stand, aufs Holz. Ein lautes Poltern fuhr durch das Schiff zum Entsetzen der beiden Burschen. Wächter und Steuermann sprangen auf. Sie eilten gegen das Hinterdeck, woher der Lärm gekommen. Noch eben konnte Tyrios den Milon niederreißen und mit ihm ins Dunkle zwischen die anderen Ballen kriechen. Das mitgezogene Tuch breitete er blitzschnell über sich und seinen Freund. Da standen auch schon Wächter und Steuermann ihnen so nah, daß sie ihre Füße hätten berühren können. Aufgeregt meinte der Wächter:

«Was mag dieser Lärm gewesen sein? Es dröhnte, als ob ein Mast bräche, und geht doch kein Wind.»

Der Steuermann antwortete:

«Kein Mensch hat diesen Lärm verursachen können. Ist wohl eine der Steinfiguren zur Seite gekippt? Aber dann müßte der Wellengang doch viel stärker sein und da liegen sie alle wie . . . – beim Orkus? Was ist hier? Ein leerer Platz! Lag da nicht heute abend noch eine der Statuen? – Beim Orkus, hier spukt's, die ist weg! Ich will ein Licht holen, die Sache näher zu untersuchen.»

Mit abergläubischem Schreck fiel der Wächter ein:

«Ich gehe mit dir ein Licht holen, hier hat sich was Unheimliches ereignet!»

Also eilten die beiden nach vorn, um dort unter Deck, wo stets zwei Ampeln brannten, Licht zu holen. Diesen Augenblick benutzten Tyrios und Milon, um in der Steuermannsluke zu verschwinden, wobei sie nicht vergaßen, den Rest der Tücher über Bord zu werfen, um alle Spuren ihrer Tat zu verwischen.

Als sie unten in Sicherheit lagen, schlugen ihre Herzen bis zum Hals. Tyrios war von unbändiger Freude über das gelungene, verwegene Abenteuer erfüllt, so daß er vor Übermut seinem Freund noch einige Rippenstöße mit Faust und Ellenbogen versetzte. Milon war, als sich seine Aufregung langsam beruhigte, von tiefem Glück durchdrungen, die Göttin der Schönheit für Griechenland gerettet zu haben.

Droben auf dem Hinterdeck irrten noch eine Weile zwei Gestalten mit einem schwankenden Licht umher, leuchteten jeden Winkel aus und hielten wiederum am leeren Platze der entflohenen Göttin an. Scheu umherblickend meinte der Wächter:

«Sie ist weg und bleibt weg! Ich glaube, hier lag Aphrodite, die als besonders kostbar bezeichnet wurde. Mir ahnt nichts Gutes für unsere Überfahrt. Mit Korn und Öl, mit Wein und Hölzern bin ich oftmals übers Meer gefahren, doch nie mit Götterbildern. Mir bangt um unsere Ankunft in Italien.»

Der Steuermann fügte bei:

«Beim Orkus und dem Höllenhund Cerberus, das ist nicht mit natürlichen Dingen zugegangen. Wer weiß, ob uns nicht jede Nacht so einer aus den Tüchern auf und davon geht! Mir ist schon bange für morgen abend. Laß uns wieder nach vorne gehn; das Steuer ist befestigt und bedarf keiner Wartung. Komm, laß die Ampel brennen. Ich fülle einen frischen Krug mit Wein.»

«Einverstanden», meinte der Wächter; «aber das versprich mir, daß von dieser Sache niemand etwas erfährt. Ich meine, eine Göttin mehr oder weniger, darauf kommt's nicht an, und es wird wohl keiner merken, wenn's bei dieser einen bleibt. Hilf mir, jene hölzerne Bank von da drüben hierherzustellen auf den leergewordenen Platz. So wird auch dem Schiffspatron die Flucht Aphrodites verborgen bleiben. Wenn man in Rom die Tücher abnimmt: wir wissen von nichts!»

Dabei blieb es. Wo Aphrodite geruht hatte, ward eine roh gezimmerte Bank hingestellt. Abgetakelte Segeltücher fanden darauf Platz, die zuzeiten wieder gehißt wurden, wenn es lauere Winde gab, und niemand bemerkte die Flucht der Göttin.

Ankunft in Stabiae

Die ‹Augusta› fuhr mit gutem Winde übers Meer und blieb von Unwetter verschont. Als sie sich der großen Insel Sicilia näherte, um durch die Meerenge von Messina zu fahren, blickten die Seeleute immer wieder hinüber zu dem hohen Berg dieser Insel, auf dessen Gipfel, trotz wolkenlosem Himmel, eine mächtige Rauchsäule stand. Tyrios hörte zufällig, wie der Schiffspatron zu einem Aufseher äußerte:

«Das innere Feuer der Erde ist unruhig. Vulcanus schmiedet wacker in der Unterwelt.»

Als er kurz danach zu Milon trat, der ganz in den Anblick des mächtig rauchenden Berges versunken war, wiederholte er die gehörten Worte, die er nicht zu deuten wußte. Milon versetzte:

«Ich kann nur sagen, was ich von Alkides weiß, daß Hephaistos, den die Römer Vulcanus nennen, der Schmied der Götter ist, der im Feuer der Erde wohnt. Dieser Berg muß ein Heiligtum des Hephaistos sein. Hier in der Nähe befinden sich die Inseln und Klippen, die der berühmte Odysseus auf seinen Irrfahrten durch die Meere besucht hat.»

Bald erschien zur Rechten der Küstenstreifen Italiens. Als die ‹Augusta› durch die Meerenge fuhr, war es Milon, als ob er jetzt durch das Tor zu einem neuen Leben einfahre. Athen lag in weiter Ferne. Ein Meer trennte ihn von seinem Heimatland. Das Tor ins Reich der Römer war es, das auf tiefblauem Wassergrund sich vor ihm öffnete.

Milon hatte Auftrag bekommen, verschlungene Segeltaue voneinander zu trennen und harte Knoten aufzuknüpfen. Er arbeitete auf Deck daran und konnte zwischendurch auf das azurne Meer hinter sich und vor sich blicken und auf die sonnbeschienenen grün-braunen Küsten. Eine Weile später tauchte Tyrios wieder auf, der es verstand, sich neugierig immer wieder irgendwo anzuschleichen, wo man aus

Gesprächen Neuigkeiten erfahren konnte. Da er zum Wasser- und Weinschenken bestimmt war, der mit dem Krug zu gewissen Zeiten der römischen Schiffsbesatzung einen Trunk anbieten mußte, kam er überall umher und vernahm manches, was den Sklavenohren sonst verborgen blieb. Als er plötzlich mit wichtiger Miene bei Milon erschien, wußte dieser, daß sein Freund etwas Besonderes erfahren hatte.

«Milon», flüsterte er aufgeregt, «ich habe eben hinten beim Steuermann eine wichtige Neuigkeit vernommen. ‹Da wir auf der Fahrt so gute Winde haben›, sprach dieser zu dem Schiffspatron, ‹werden wir morgen schon an Land setzen.› Bevor wir gegen Rom weiterfahren, soll es in einem Hafen namens Stabiae eine Zwischenlandung geben. Der Besitzer der ‹Augusta› wohnt dort und wird unser Schiff und die mitgeführten Waren besichtigen. Er heißt Pomponianus und soll ein fürstlich reicher Herr sein. Er besitzt viele Schiffe und bewohnt eine Villa nahe am Meer. Er muß selbst mit dem Kaiser vertraut sein, da er kaiserliche Güter geladen hat.»

Milon wußte nicht, ob er sich an dieser Neuigkeit freuen solle. Ihm war bange davor, daß bald ein ungewisses römisches Sklavenleben beginnen würde und daß er auch von Tyrios, seinem jetzt einzig Vertrauten, getrennt werden könnte. Er antwortete daher:

«Tyrios, du bist so geschickt im Umgang mit Vorgesetzten. Wenn es dir gelingen sollte, daß wir zusammenbleiben dürfen, würde ich die römischen Dienste viel besser ertragen.»

«Das werde ich versuchen, Milon. Ich kann mir nicht denken, daß wir zwei getrennt werden sollten», meinte Tyrios und fuhr fort:

«Wenn nur dieser Pomponianus nicht merkt, daß die Statue der Aphrodite fehlt. Er könnte schlechte Laune kriegen und uns Sklaven alle als Ruderer auf eine Kriegsgaleere verkaufen. Dann wäre unser Leben zunichte. – Milon, übermorgen sind wir vielleicht in Rom!»

Am anderen Morgen wurde das Leben und Treiben auf dem Schiff immer aufgeregter. Der Schiffspatron erteilte brüllend seine Befehle, wo etwas noch zu reinigen und in Ordnung zu bringen war. Geflickte und schmutzige Segelstücke wurden ausgewechselt; das Deck gescheuert. Danach mußten die Sklaven sich waschen und reine Tücher um ihre Lenden binden. Als das Schiff endlich vor Stabiae anlief, war alles in festlicher Reinlichkeit und bereit, Pomponianus zu empfangen.

Als der hohe Herr mit Gefolge von der Villa die Stufen seiner Gärten zum Schiff herabstieg, mußten ihm die aufgestellte Mannschaft und die Sklaven ihr dreifaches «Vivat Pomponianus» entgegenrufen. Auf dem Schiff händigte ihm der Patron drei Pergamentrollen aus; auf einer waren die Sklaven, auf der anderen die Handelsware und auf der dritten die geheime Fracht verzeichnet.

Nachdem der Herr die Sklaven gemustert und dem Patron ein Kompliment gemacht hatte, daß so viele junge Leute dabei wären, die in Rom besonders gute Preise hätten, begab er sich in den Schiffsbauch, die Öl- und Weinfässer zu besichtigen. Zuletzt setzte er sich mit seinem Gefolge auf das Hinterdeck, wo die Statuen gelagert waren. Nun hatte der Schiffspatron Tyrios beauftragt, sich dort mit Krug, Bechern und süßem griechischem Wein bereitzuhalten und dem Pomponianus und seinem Gefolge gleich beim Betreten des Hinterdecks Wein anzubieten. Tyrios hatte Milon als Schankgehilfen mitgenommen. Während letzterer den Krug halten und die Becher füllen mußte, brachte Tyrios sie zu den Besuchern und verneigte sich beim Anbieten anmutig vor Pomponianus und den Seinen, wie er es in Athen gelernt hatte. Der Trunk schmeckte den Gästen vorzüglich, immer wieder mußte Milon nachfüllen.

Plötzlich zeigte der hohe Herr auf die verhüllten Statuen und begehrte eine zu sehen. Nach dem Aufknüpfen der Stricke und dem Entfernen der Tücher kam eine Faun-Gestalt zum Vorschein, oben Mensch, unten Ziegenbock, ein Bein zum Tanze erhoben. Seine Hände hielten eine Flöte vor den Mund. Pomponianus, vom Wein schon in gute Laune versetzt, brach in schallendes Gelächter aus und rief:

«Diesen Kerl laß ich dem römischen Kaiser nicht! Der bleibt in Stabiae und kommt in meinen Garten. Da kann er meinen Fischen im Teich zum Tanze blasen!»

Beflissen ließ der Schiffspatron die Figur wieder in die schützenden

Tücher wickeln und sie zum Ausladen an den Rand des Schiffes tragen. Unter Verwendung von Stricken, Brettern und Stangen mußten starke Sklaven das Paket an Land schaffen und es zur Villa hinaufbefördern. Andere trugen ein Faß mit griechischem Wein nach. Dieses Schauspiel lenkte Pomponianus von einer Kontrolle der Liste der Statuen ab, und er bemerkte nichts von der verschwundenen Göttin Aphrodite.

Bevor Pomponianus vom Schiff ging, ließ er den Patron wissen, daß er in seine Dienerschaft gern noch ein oder zwei junge Sklaven aufgenommen hätte. Er bemerkte, daß die beiden Weinschenken ihm gefielen. Er nehme sie gleich mit. So kam es, daß im Gefolge des Zuges der Herrschaft, die Treppen aufwärts, auch Tyrios und Milon mit dabei waren. Ihre geringen Habseligkeiten trugen sie in einem Bündel auf dem Rücken. Auf einer Terrasse angekommen, wendete sich Pomponianus noch einmal zurück, die Abfahrt des Schiffes zu betrachten. Gehißte Segel, winkende Flagge, es stach in See, Richtung Rom. Tyrios flüsterte Milon zu:

«Schade, ich wäre lieber mitgefahren, hätt' ich mich doch auf dem Schiff versteckt gehalten!»

Milon antwortete:

«Dieser Herr ist gutartig, die Gegend wundervoll. Dort hinten die Stadt am Fuß des Berges erinnert mich ein wenig an Athen. Ich bin mit meinem Los zufrieden. Vor Rom hegte ich ein unheimliches Gefühl, eine unerklärliche Furcht.»

In diesem Augenblick trat aus dem Gefolge ein dicker, kleiner Mann zu den beiden Neulingen und redete sie auf Griechisch an:

«Nun, meine Burschen, ich bin der Aufseher der Sklaven, auch in Griechenland geboren. Ihr nennt mich Fuscus. Von heute ab lernt ihr die römische Sprache. Arbeit werde ich euch anweisen. Seid ihr fleißig und brav, soll's euch gut gehen. Seid ihr faul und widerborstig, so gibt es schmiegsame römische Peitschen.»

Bei diesen Worten rollte Fuscus seine Augen, daß die Athener kaum das Lachen verbergen konnten. Doch Tyrios lenkte sogleich ab:

«Verehrter Fuscus, wir werden uns alle Mühe geben, deine Zufriedenheit zu verdienen; aber sage mir, wie heißt dort drüben die große Stadt?»

«Was, ihr kennt Pompeji nicht, die Blüte der römischen Städte? Vor sechzehn Jahren ist ein Teil durch Erdbeben verwüstet worden, nun aber neu und schöner erstanden als zuvor.»

Fuscus schien durch den süßen, griechischen Wein gesprächig geworden zu sein. Er fuhr fort:

«In den nächsten Tagen gehen wir einkaufen nach Pompeji; da könnt ihr mitkommen als Träger. Ihr werdet staunen, was es alles in Pompeji gibt, Kaufläden, Handwerker und Weinschenken. Zwanzigtausend Seelen bewohnen die Stadt!»

Mittlerweile begab sich Pomponianus mit den Faun-Trägern zum Fischteich, wo in einem künstlichen, steinernen See prächtige Fische herumschwammen. Die Statue des Tänzers wurde aus ihren Tüchern befreit und am Uferrand auf eine Mauer gestellt. Sie spiegelte sich in der leicht bewegten Wasserfläche, so daß es schien, als ob sie sich bewegte. Wohlgefällig betrachtete ihr Besitzer den Tiermenschen, der grinsend, auf einem Fuß stehend, immerzu die Flöte blies. Milon meinte zu Tyrios:

«Wie gut, daß nicht Aphrodite hier den Römern preisgegeben ist und begafft wird. Der Faun paßt besser zu ihnen; sie nehmen das Leben wohl auch wie ein leichtes Glücksspiel.»

Für sich dachte er weiter: «Aphrodite schläft verborgen in den jonischen Fluten vor dem Peloponnes; vielleicht wird sie von glänzenden Fischen umschwommen, die sie bewundern.»

Tyrios zog Milon am Arm und weckte ihn aus seinen Träumen:

«Komm, Fuscus winkt. Er rollt schon wieder die Augen. Er will uns Arbeit anweisen.»

Einkäufe in Pompeji

Über zwei Wochen waren im Hausdienst beim reichen Pomponianus vergangen, den die Neulinge als freundlichen, älteren Herrn achteten. Sie hatten mit Fuscus und dem Gärtner zu seiner Zufriedenheit dem Faun beim Fischteich eine erhöhte Mauer gebaut, und es verging kein Tag, daß Pomponianus nicht unter einem Schattenbaum in der Nähe ruhte. Der Dienst in Haus und Garten war angenehm, nur etwas eintönig das Leben nach Athen und der erlebnisreichen Meerfahrt. Oft schauten sie hinüber gegen Pompeji und den dahinter liegenden Hügelberg Vesuvius. Gar zu gerne hätten sie schon längst diese Stadt besucht; aber diese Gelegenheit mußten sie abwarten. Endlich kam der Tag, wo Fuscus ihnen unvermittelt verkündigte:

«Heute geht's nach Pompeji. Die vier jüngsten Burschen rudern das Boot. Unser Herr kommt auch mit. Rüstet Körbe und Krüge. Es gibt mancherlei einzukaufen.»

Bei den Jüngsten waren natürlich auch Tyrios und Milon dabei. Unten am Flusse Sarnus bestiegen sie das Vierruderboot, das Pomponianus für solche Fahrten nach Pompeji benutzte. Es war mit bunten Farben bemalt, hatte am Bug eine vergoldete Schnitzerei und sah sehr stattlich aus.

Es ging gegen Ende des heißen Monats August. Aus dem Gespräch zwischen Fuscus und Pomponianus war zu entnehmen, daß der Herr die Fahrt deshalb für heute angeordnet hatte, weil ihm zu Ohren gekommen war, daß am Vortage in Pompeji einige Häuser Schaden genommen hätten durch ein leichtes Erdbeben, das man auch in Stabiae verspürte. Den Fluß Sarnus, der unweit Pompeji ins Meer führt, hatte man vor der Stadt zu einem Bootshafen erweitert, wo nach kurzer Überfahrt das Vierruderboot angebunden wurde. Nach dem Aussteigen gebot Pomponianus:

«Wenn du deine Einkäufe in der Stadt besorgt hast, Fuscus, kommst du mit den Burschen wieder hierher. Gönne dir aber in den

Thermen ein Bad. Es mag mehrere Stunden dauern, bis ich vom Besuch meiner Freunde zurück bin.»

Der Herr wollte allein seiner Wege gehen, und so nahm Fuscus alle vier mit sich, die Einkäufe zu besorgen.

Vor dem Weggehen vom Flußhafen betrachtete Milon die Fischerboote und kleinen Warenschiffe. Am meisten aber erregten einzelne vergoldete Ruderschiffe sein Interesse, die reichen Bürgern von Pompeji gehörten.

Bald betraten sie die Innenstadt durch ein hohes Tor. Verglichen mit den Straßen Athens kamen Milon die pompejanischen mit ihrer großen Pflasterung eher schmal vor. Wenn ein Wagen herannahte, mußte man auf den fast kniehohen Bürgersteig hinaufspringen, da der Fahrweg viel tiefer lag und der Wagen nicht ausweichen konnte. Nach den Straßen zu lagen offene Kaufläden, und überall waren Handwerker fleißig bei ihrer Arbeit. Hier wurde Leder genäht und zu Gürteln und Schuhen verarbeitet. In einer Metallwerkstätte sah man Kupfer hämmern, und in den Auslagen waren die schönsten Gürtelschnallen, Haarfibeln, aber auch Ringe und Ketten ausgestellt. Schenkwirte schöpften aus riesigen Steinkrügen roten und goldgelben Wein in Trinkschalen und boten dazu Brot mit gebratenen Hühnchen oder gebackenen Fischen an. Hier waren Öllampen in verschiedenen Größen zu kaufen, und ein Töpferweib saß nebenan in einem Heer von Vasen und Töpfen, die sie mit lauter Stimme anpries. Ein geschäftiger Verkäufer schwenkte bunte Tücher in der Luft herum und reichte sie bereitwillig neugierigen Damen, sie an sich selber auszuprobieren.

Bei einem Ziehbrunnen hatten sich ärmere Frauen mit Krügen und Eimern versammelt, in deren Häuser keine Wasserleitung fließendes Wasser herantrug. Milon vernahm, wie sie erregt die Schäden des gestrigen Erdbebens besprachen. Eine wies dabei angstvoll auf eine Rauchwolke, die über dem Berg Vesuvius erschienen war. Eselskarren führten vom Lande Früchte und Gemüse herbei, sie in der Markthalle auf grobe Tücher auszubreiten und feilzuhalten. Bei einem Händler ließ Fuscus einen Krug mit Fischtunke füllen, bei einem andern kaufte er Mehl. Milon bekam in seinen Korb eine große Zahl von Eiern, die zwischen Weinblättern weich gelagert wurden. Tyrios trug zwei schwere Krüge mit Öl, die man bei einer Ölmühle hatte auffüllen lassen.

Als Fuscus mit seinen Burschen beim großen Platz des Forums ankam, durften sie einen Augenblick die Lasten ablegen und die Tempel und andere Gebäude betrachten. Tatsächlich, da und dort lagen als Zeugen des gestrigen Erdbebens herausgebrochene Steine umher. In einer Seitenmauer des Gebäudes der Stadtregierung klaffte ein Riß von oben bis unten. Milon war nicht erstaunt, bei den Tempeln griechische Säulen zu finden; hatte ihm doch Alkides berichtet, wie die Römer dies von den Griechen übernommen hätten.

Fuscus winkte, begab sich mit ihnen hinüber zur Markthalle an einen schattigen Platz und sprach:

«Legt hier alles auf den Boden. Ich begebe mich für eine gute Weile in ein Badehaus. Die zwei Neulinge dürfen sich die Stadt ansehen. Vesonius und Vargo, bleibt bei unseren Waren und ruht euch aus, bis ich zurück bin!»

So begaben sich Milon und Tyrios auf Entdeckungen und schlenderten durch die belebten Straßen. Sie bewunderten schönbemalte Häuserfassaden, wie sie sie von Athen nicht kannten. Aus dem hohen Portal einer Villa traten eben prächtig gekleidete Menschen heraus, die Damen in Gold- und Silberschmuck und buntfarbigen Tüchern. Übermütiges Lachen hallte von den Hauswänden wider. Die beiden Freunde traten in eine Mauernische zurück, von wo aus sie die schönen, glücklichen Menschen beobachten konnten, die vor das Portal strömten. Kinder mit Körbchen waren dabei, die einem eben heraustretenden Paar Blumen zuwarfen, so daß das Steinpflaster wie ein Blütenteppich aussah.

«Eine Hochzeit!», bemerkte Tyrios; «in solchem Glück und Reichtum möcht' ich auch Bräutigam sein!»

Der Zug setzte sich Richtung Forum in Bewegung. Im Vorbeiziehen verbreiteten sich Wohlgerüche von Duftwässern, mit denen man die Gewänder besprengt hatte. Aus den wieder gefüllten Körben streuten die lieblichen Kinder unermüdlich nach allen Seiten Blüten. Eine Rose fiel vor Tyrios Füße. Rasch hob er sie auf und sog ihren Duft ein. Dann wendete er sich zu Milon:

«Arme Teufel sind wir! Welch ein Glück, reich zu sein!»

«Es gibt ärmere als wir», versetzte dieser; «sieh, wie hinter dem Zuge Krüppel und elende Bettlergestalten nachhinken, um da und dort eine Bronzemünze vom Boden zu heben, die die Hochzeitsgäste übermütig in die Luft werfen.»

Eine Weile verfolgten ihre Blicke den schwindenden Festzug; dann setzten die beiden ihren Entdeckungsweg fort. Sie gelangten in eine Gasse, wo der Geruch frischen Brotes ihnen entgegenwehte; zugleich ließ sich ein merkwürdiges Knirschen vernehmen, das im Weiterschreiten immer lauter wurde. Wie sie um eine Hausecke bogen, bot sich ihnen ein seltsamer Anblick: Bei hohen Steinzylindern gewahrten sie Männer, die mit eingesteckten Stangen eine Art von Steinhauben drehten, wobei das laute Knirschen erzeugt wurde.

«Das sind Mühlen!» rief Milon; «sieh unten das weiße Mehl!»

Da vier der Müllerburschen eben eine kurze Drehpause machten, indes ein fünfter oben frisches Korn einschüttete, fragte Tyrios:

«Wie lange dreht ihr diese Ungetüme?»

«Von Sonnenaufgang bis Sonnenuntergang. Die Pompejaner fressen Berge von Brot!»

Ganz nah hinter diesen Mühlen zog eben der Bäcker aus einem riesigen Steinofen dampfende Brote heraus, die seine Gehilfen in verschiedene Körbe warfen, je nach Größe.

«Ich kaufe ein kleines», sprach Tyrios.

Und wirklich, er klaubte eine Münze aus seinem Gürtel und handelte beim Bäcker rasch ein Frischbrot ein.

«Wo hat er wohl wieder das Geld her?» dachte Milon. «Bei ihm steckt immer wieder etwas im Gürtel.»

Bereitwillig teilte Tyrios mit seinem Freund das Gebäck und meinte:

«Herrlich ist frisches Pompejanerbrot, wenn man sich auch beim Abbeißen das Maul verbrennen kann!»

So kehrten sie, Brot kauend und genießend, zurück gegen das Forum, wo sie Fuscus erwarten sollten, bis er vom Besuch des Badehauses zurück wäre.

Auf einem Platze, den die beiden überquerten, blieb Milon vor einer Hauswand stehen. Auf dem Kalkverputz war mit roter Farbe eine Inschrift angemalt, die er entzifferte. Plötzlich begann er schallend zu lachen. Tyrios, der nicht lesen konnte, fragte:

«Was gibt es Lustiges? Schreiben die Pompejaner Witze an ihre Häuser?»

Milon erklärte:

«Du siehst hier zweierlei Inschriften. Die obere, groß und schön geschrieben, meldet, daß demnächst in der Arena der berühmte Gladiator Satrius Valens kämpfen wird, der bis jetzt als unbesiegbarer Liebling der Götter jeden Feind niederkämpfte. Darunter steht mit ungelenken Buchstaben eine zweite Inschrift als Kommentar dazu: ‹Es ist ein Wunder, o Mauer, daß du unter der Last dieses geschriebenen Unsinns nicht einstürzest!› – Sicher hat dies ein Feind von Satrius Valens daruntergeschrieben, um ihn beim Publikum lächerlich zu machen. – Diese zwei möchte ich kämpfen sehn in der Arena! Es sind Ringkämpfer.»

Inzwischen war das Warmbrot verzehrt, und die beiden gelangten wieder zum Forum zurück, an dessen Säulenhallen sie entlang schlenderten. Auf schattigen Treppenstufen sah Milon einige vornehme Jünglinge sitzen; vor ihnen saß ein Magister, der sie offenbar unterrichtete. Zu Tyrios meinte er:

«Schleichen wir uns hinter die Säulen, dann können wir vernehmen, was sie lernen!»

«Mich interessiert das nicht. Ich gehe zurück zur Markthalle, zu den anderen. Fuscus kann bald vom Bade zurückkehren. Vale Milon!»

Als Tyrios wegging, dachte Milon:

Pompeji hat ihm wohl mächtig imponiert, daß er mich plötzlich mit römischem Gruß verabschiedet.

Unauffällig schlich er in die Nähe der Treppenschule hinter eine der hohen Säulen. Eben vernahm er, wie der Magister vom Kampf der Römer gegen die Barbaren erzählte.

«Wir Römer sind dazu berufen, alle Völker der Erde unter unsere Macht zu zwingen. Ein Volk, das Rom gehorcht, ist wie ein Schiff, das vom wilden Meer in den Hafen zurückkehrt. Rom ist von den Göttern dazu bestimmt, die Erde zu beherrschen. Jeder Römer muß wissen, daß dies unser Stolz, unser täglicher Gedanke sein muß: das große, ewige Rom!»

Milon hatte genug gehört. Versonnen schritt er die Säulenhalle entlang in Richtung des Apollo-Tempels, von wo ihn griechische Säulen grüßten. Als er auf den Vorplatz kam, bemerkte er eine Gruppe von Händlern, die miteinander feilschten. Elende Bettlergestalten lungerten auf den Treppenstufen. Einige spielten mit Würfeln und kreischten gelegentlich auf. Weiber gingen herum und priesen Wein und Eßbares aus Krügen und Körben zum Verkauf an. Hinter diesem Wirrwarr erhoben sich die schlanken Säulen, die Milon an die Akropolis denken ließen. Aber dort hatten sich nur stille, verhaltene Schritte dem Tempel genähert; niemand wäre es eingefallen, vor einem Tempel zu zechen, zu würfeln, zu handeln. Auf einmal ließ sich der Klang von Bronze vernehmen. Zwei dicke Priester erschienen auf der Tempeltreppe, den Beginn des Opfers zu melden. Nur wenige erhoben sich lässig aus der Menge und erstiegen die Stufen. Nicht Andacht, eine gewisse Neugier ließ Milon in den Vorraum des Tempels treten. Zu gern hätte er einen Blick in den inneren Raum der Cella geworfen, die Marmorgestalt des Apollo von weitem zu schauen. Er hatte Glück. Die beiden hohen Tore zur Cella standen offen. Er begab sich etwas näher hinzu, als auch in Pompeji üblich war. Aus dem Halbdunkel schimmerte eine weiße Marmorfigur hervor. Es war eine wundervolle griechische Götterstatue, die die Römer sicher aus Griechenland hierher entführt hatten. Nun stand Apollo da drinnen, gefangen in der Dunkelheit, vergessen im geschäftigen Treiben der Stadt.

«Fort mit dir, elender Sklave!» herrschte ihn plötzlich die Stimme eines Tempeldieners an. Eine Faust stieß in seine Seite. Milon torkelte zwischen den Säulen durch und sprang fluchtartig die Treppenstufen hinunter zurück zum Forum.

Als er bei seinen Gefährten ankam, zeigten sie schon Unruhe über sein Ausbleiben. Jeden Moment war Fuscus zu erwarten.

Plötzlich, was war das? Ein dumpfes Rollen wurde hörbar. Milon und Tyrios, die sich auf den Rand eines Brunnens gesetzt hatten, verspürten ein Zittern unter sich. Schon erschollen laute Schreie. Die Erde bebte wieder. Menschen stürzten aus den Häusern. Weiber verließen ihre Verkaufsstände und eilten zu den Tempeln, da sie sich auf geweihtem Boden sicher glaubten. Das Beben wiederholte sich stärker. Allgemeiner Tumult. Durch das dumpfe Rollen der Erde und Schreien der Menschen tönten Aufschläge niederfallender Steine, die aus den Fassaden der Häuser brachen. Fuscus, der gerade zurückkam, rief seinen Sklaven zu:

«Rettet euch zum Schiff! Fort zum Hafen!»

Es war kein Leichtes, durch die aufgewühlte, vor Angst rasende Menschenmenge und die verstopften Gassen hindurchzukommen. Als seitlich aus einem Hause ein dicker Wirt herausstürzte, warf er Milon samt seinem Eierkorb um. Schnell wieder auf den Beinen, bemerkte der Jüngling hinter sich eine gelbe Eierspur auf der Pflasterung. Aber was lag an einigen Eiern, wo es jetzt um Leben und Tod ging! Milon hatte die andern Gefährten verloren und mußte sich allein zum Hafen durchkämpfen; den Korb ließ er nicht fahren, wie oft er auch seinetwegen steckenblieb. Endlich erreichte er den Hafen. Fuscus und die anderen drei hatten das Boot zur Abfahrt gerichtet; aber der Herr war noch nicht da. Aufgeregte Schiffer stießen ihre Fahrzeuge vom Ufer, um ins offene Meer zu fahren. Hie und da sprangen wild Flüchtende in wegfahrende Boote, um sich zu retten. Das Warten war für Fuscus und die vier Sklaven eine harte Geduldsprobe; aber es war ganz unmöglich, jetzt Pomponianus irgendwo suchen zu gehen. Endlich tauchte er auf. Atemlos kam er dahergelaufen, das Gesicht so von Schweiß und Staub bedeckt, daß er kaum zu erkennen war. Mühsam unterdrückte er seine Aufregung. Mit beherrschender Ruhe befahl er: «Losbinden, wegfahren!»

Vesuvius regiert

Vorn im Schiff saß der Herr mit erstarrtem Antlitz. Niemand redete ein Wort; nur das Knirschen und rhythmische Klatschen der Ruder beim Eintauchen ins Wasser mischte sich in das ferner werdende Getöse von der Stadt her. Pomponianus beobachtete vom Heck des Schiffes, rückwärts zur Stadt gewendet, den dahinter aufragenden Berghügel des Vesuvius. Eine riesige Wolke hatte sich wie eine mächtige Baumkrone über dem Gipfel gebildet, die sich mit Windeseile immer weiter ausbreitete. Die Wolke erschien bald weiß, bald schmutzig und fleckig, als ob sie mit Asche und Erde beladen wäre. Wiederum schienen Flammen aus dem Krater zu züngeln, und Blitzschein erhellte gewisse Partien. Milon, dessen Blicke beim Rudern dieselbe Richtung hatten, schaute gebannt auf das unheimliche Geschehen über dem Berge, der, unten von Rauch und Dampf verhüllt, Feuer auszuspeien schien. Die Wolke näherte sich Pompeji. Plötzlich rief Fuscus, der am Steuer saß, Pomponianus zu:

«Herr, da fällt Asche in unser Boot; wenn nur nicht Feuer nachfolgt!»

Tatsächlich fielen leichte und schwere Flocken wie grauer Schnee. Auf der Hand konnte man sie zu Aschenmehl zerreiben. Auf einmal, als ob Hagel fiele, spritzte ums Boot herum Wasser auf. Kleinere Steinstücke prasselten ins Schiff. Bald konnte man drüben am Ufer von Stabiae anlegen neben einem größeren Schiff, das ebenfalls Pomponianus gehörte. Der Herr hatte seine anfängliche Beherrschtheit und Ruhe verloren. Er befahl aufgeregt:

«Rasch hinauf zur Villa! Wenn die Feuersteine noch heißer und größer fallen, brennt mein ganzes Gut nieder. Helft heruntertragen hier in mein Schiff, was zu retten ist. Wir werden aufs Meer hinausfahren!»

Oben in der Villa war ein wirres Durcheinander unter der Familie und Dienerschaft des Pomponianus. Seine Frau stürzte ihm weinend in die Arme, da sie schon für sein Leben gebangt hatte. Er aber wiederholte seine Befehle. Sogleich wurden Kisten und Kasten, Vorräte, Tuchballen und Teppiche hinunter ans Meer in das Schiff getragen. Die Träger mußten ihr Haupt zudecken, da mit der warmen Asche immer mehr Steine herabfielen. Milon bückte sich nach einem größeren Stück, das dicht vor ihm zu Boden fiel. Er nahm es in die Hand und fühlte die verglühende Hitze. Trotz seiner Größe war es seltsam leicht und roch schwefelig. Das war kein gewöhnlicher Stein, von einem Felsen gebrochen, das waren Schlacken aus dem Erdfeuer der Unterwelt, aus der Feuerwerkstatt des Hephästus. Indes war nicht Zeit, seinen Gedanken nachzuhängen. Wie er eben seine Bürde ins Schiff hineintrug, bemerkte er, daß ein Vierruderboot, vom Meer herkommend, in der Nähe anlegte. Die Insassen stiegen aus und näherten sich mit raschen Schritten dem Schiff des Pomponianus.

Ein würdiger, älterer Herr rief ihn an:

«Ist Pomponianus oben im Hause?»

Da Milon bejahte, begab sich der Fremde mit seinen Begleitern den Treppenweg hinauf zur Villa. Als Milon sich auf dem Schiff seiner Ladung entledigte, gewahrte er, wie die beiden Schiffswächter lange Besen in Wasserkübel steckten und die Bretter des Schiffes bespritzten, wo die heiße Asche mit dem Wasser einen grauen dampfenden Brei bildete. Da er mit behenden Schritten wieder hinauf zur Villa eilte, hielt er eine Lederschürze über sein Haupt gestülpt, um sich vor Steinschlag zu schützen. Er kam oben an, als Pomponianus gerade aus dem Hause unter das Vordach trat, den unerwarteten Gast aus dem Vierruderboot zu begrüßen. Es mußten alte Freunde sein; denn Pomponianus schloß ihn in die Arme und rief:

«Plinius, du bist es! Die Götter senden dich in dieser schlimmen Stunde zu mir.»

Der Fremde, der von hoher, gebieterischer Gestalt war, lächelte, machte mit der Hand eine beruhigende Gebärde:

«Was seid ihr alle so außer Rand und Band geraten? Wenn ein Berg etwas Asche und Unrat ausspuckt, geht die Welt noch nicht unter! Mein Freund, du willst doch jetzt nicht durch den Sarnus auf das Meer hinausfahren, um nach einigen Stunden des Herumirrens zurückzukehren?»

Pomponianus stammelte einige verlegene Worte. Da sprach der Gast weiter:

«Lieber Freund, ich wollte flußaufwärts zum Hofe des Cessus Bassus fahren; aber der Steinhagel hat mich zu dir getrieben. Laß uns zusammen essen und trinken und der Ruhe pflegen, bis sich Vesuvius wieder beruhigt hat.»

Diese Worte wirkten Wunder. Pomponianus verlor seine Aufgeregtheit und gebot Fuscus, das Hinuntertragen ins Schiff abzubrechen. Dann wendete er sich wieder seinem Gast zu:

«Mein Freund Plinius, ich wähnte dich in Rom. Was führt dich in diese Gegend?»

«Ich bin als Befehlshaber der kaiserlichen Flotte drüben in Misenum und habe Muße, alte Freunde zu besuchen, um sie vor Torheiten zu bewahren!»

Damit verschwanden die Herrschaften ins Innere des Hauses. Fuscus, der in der Nähe mit den Sklaven das Gespräch belauscht hatte, meldete wichtig:

«Das ist einer der mächtigsten Römer. Er gebietet über Tausende und fürchtet sich vor nichts; und wenn der Schlund der Erde vor ihm aufbräche, der kennt kein Zittern.»

Kaum hatte Fuscus diese Worte zu den Umstehenden gesprochen, verstärkte sich das Prasseln der Steine wieder, so daß schon Ziegel auf dem Dach zerbrachen. Auf Fuscus' Befehl begab sich Milon in die Küche, da er mit Tyrios die Tafel für den hohen Gast zu richten hatte.

Der Untergang

Nach Beendigung des ausgiebigen Gastmahls fand Milon Gelegenheit, unter das Vordach des Hauses hinauszutreten und den drohenden Berg zu beobachten. Über den Gärten der Villa lag knöcheltief Asche. Es war sehr dunkel geworden, obwohl es erst Nachmittag war. Vom Vesuvius flammte es durch die Rauchnebel wie eine gewaltige Feuersbrunst. Nach dem Mahle traten auch Pomponianus, seine Angehörigen und der Befehlshaber Plinius unter das Vordach heraus. Ein entsetzter Ausruf wurde laut:

«Der ganze Berg brennt!»

Doch Plinius beruhigte:

«Das sind nur einige Bauernhäuser, die brennen, da sie nahe am Berge stehen. Laßt uns jetzt für eine Weile der Ruhe pflegen. Einmal wird der Berg ausgetobt haben. Der Zorn der Götter ist wie der Zorn der Menschen von kurzer Dauer.»

Also begaben sich die Herrschaften wieder ins Innere des Hauses. Plinius legte sich in eine Kammer, die vom Hofe aus zu betreten war, um Mittagsschlaf zu halten. Der Regen von Asche und Steinchen ging unaufhörlich weiter.

Etwa nach einer Stunde begann ein so heftiges Beben der Erde, daß man glauben konnte, die Mauern der Gebäude rutschten auf dem Boden dahin. Dazu ertönte ein so entsetzliches Krachen, daß sich die ganze Bewohnerschaft, von Angst ergriffen, wieder unter dem Vordache einfand. Man ging Plinius wecken und mußte schon Gewalt anwenden, um die Tür, die nach dem Hofe aufging, zu öffnen, da Asche und Steine bereits ein Hindernis bildeten. Als Plinius die Verschlimmerung der Lage nun auch gewahrte und vor allem die Gefahr, weiter im Hause zu verbleiben, das einstürzen konnte, erwog er mit Pomponianus ernsthaft, wohin man am besten fliehen könnte. Vom Sarnus her kam die Meldung, daß mit größeren Schiffen auf dem Fluß kein Durchkommen mehr sei, da die seichten Stellen bereits ver-

stopft wären vom Schlamm der Asche und vom Steinregen. Es sei auch heftiger Gegenwind ausgebrochen, der eine Ausfahrt aufs Meer auch für kleinere Boote verhindere.

Als plötzlich einige Balken und Ziegel des Daches herabstürzten, beschloß man nach aufgeregtem Hin und Her, in dem nur Plinius seine unerschütterliche Ruhe bewahrte, in die Felder südostwärts zu flüchten, möglichst weit weg von dem tobenden Berge.

«Stürzt das Haus ein, so sind wir lebendig begraben!» rief Pomponianus.

Nun banden sich die meisten ein Kissen auf den Kopf oder stülpten sich Körbe über, um vor dem Steinregen geschützt zu sein. Die Sklaven wurden angewiesen, Speise, Trank und Decken mitzunehmen. Es war dunkle Nacht geworden, als der geisterhafte Zug die Villa verließ, von schwankenden Windlichtern angeführt. Als er am Fischteich vorbeikam, leuchtete ein ferner Blitzstrahl auf. Milon gewahrte für einen Augenblick den in der Asche tanzenden Faun, immer noch Flöte spielend. Ihm schien, er grinse über die furchterregten, flüchtenden Menschen.

Das Vorwärtskommen über die zerbröckelnden, aschegetränkten Steinfelder war mühsam. Manch einer rutschte aus, stürzte und bedurfte der Hilfe, sich wieder aufzurichten. Weinen und Jammern der Kinder, mitunter Schreie der Furcht durchzitterten das unaufhörliche Prasseln der Schlackensteine. Alle hielten sich möglichst dicht hintereinander, da jeder fürchtete, nebenaus zu geraten und in die Irre zu gehn. Fuscus führte, nach Anweisung des Plinius, den Zug etwas südlich dem Meere zu, wo sich vielleicht die Gelegenheit einer Rettung aufs Wasser ergeben könnte. Es ging immer langsamer vorwärts, da zu allen Hindernissen die staubige Aschenluft das Atmen zu erschweren begann. Plötzlich sank Plinius erschöpft zu Boden. Tyrios mußte für ihn eine Decke ausbreiten. Er verlangte nach kaltem Wasser, das man ihm aus einem Kruge reichte. Er trank zweimal. Bald aber trieb der heiße Wind einen stechenden Schwefelgeruch daher, der zu weiterer Flucht zwang. Auf Tyrios und Milon gestützt, richtete sich Plinius auf, brach aber im selben Augenblick tot zusammen. Verwirrung und Entsetzen der Fliehenden war nun vollkommen. Da es für sie jetzt nur ein Vorwärts gab, blieb der hohe Tote ohne Wächter in der Nähe des Meeresufers liegen, mit einer Decke zugedeckt. Durch die gewonnene Entfernung hatte der Steinregen nachgelassen; aber die Asche fiel wie Schnee im Winter. Neue Aufregung entstand, als die Frau des Pomponianus hinfiel, obgleich sie von ihrem Mann und einer Sklavin gestützt wurde. Sie verlor die Fassung und schrie auf:

«Es gibt keine Götter im Himmel! Die letzte Nacht ist angebrochen, die ewige Nacht, die unsere Erde verschlingt!»

Schließlich bettete man sie auf eine schwere Decke. Vier Sklaven hoben sie auf und trugen die Jammernde weiter. Pomponianus, mit seinen zwei Töchtern nebenherschreitend, versuchte sie zu besänftigen, daß sie nicht ganz von Sinnen käme. Endlich lichteten sich langsam die dunklen Ballungen des Aschengewölks. Ein Schimmer von Tageslicht drang durch, und nach einer Weile leuchtete eine helle Stelle auf, wo die späte Nachmittagssonne am Himmel stand. Grau verstaubte Gestalten, wankten die Flüchtenden durch die weißlich tote Welt. Wohl lebte mit dem Hellerwerden ein Schimmer Hoffnung in den Geängstigten auf; aber das Beben der Erde setzte immer wieder von Zeit zu Zeit ein. Rückwärts, in Richtung Pompeji, war die ganze Gegend weiterhin in Finsternis gehüllt. Fernes Grollen ließ die Schrecken des Untergangs der blühenden Stadt ahnen.

Vor den Augen der Fliehenden erhob sich plötzlich in dunklen Umrissen gespenstisch ein Orangenbaum, aus dessen grauem Laubwerk goldgelbe Früchte wie aus einer unwirklichen Vergangenheit herunterleuchteten. Eine Scheune stand in der Nähe. Ihre festen Pfähle hatten dem Wanken der Erde widerstanden. Pomponianus ließ den Zug anhalten und gebot:

«Hier bleiben wir. Richtet drinnen ein Lager für die Herrschaft. Wir werden hier über Nacht bleiben. Vielleicht ist frühmorgens eine Rückkehr möglich.»

Um in die Hütte hineinzukommen, mußte durch Asche und Steine der Zugang frei gemacht werden. Über dem Meer brach auf einmal die niedere Abendsonne unter der Wolkendecke durch und zauberte eine unwirklich rotglühende Landschaft aus Asche und Rauchschwaden hervor. Tyrios kletterte in den Orangenbaum, schüttelte das Geäst. Eine dicke Staubwolke fuhr daraus und eine Anzahl Früchte fielen nieder. Behende sammelte er sie in einen Korb, den er über sich getragen hatte, und rieb mit einem Tuch die Schalen sauber. Dann brachte er seine Gabe zu den Herrschaften, die dankbar danach griffen und die seltenen Früchte als unerwartetes Geschenk der zur Hölle gewordenen Erde verzehrten.

«Tyrios versteht immer wieder, sich bei den Herrschaften angenehm zu machen», dachte Milon.

Er hatte inzwischen für das Gesinde ein Strohlager auf dem Aschenboden im Freien hergerichtet. Das Stroh hatte man in der Scheune reichlich vorgefunden. Plötzlich trat Fuscus zu ihm und sprach:

«Milon, du gehörst zu der Gruppe, die heute abend mit mir zurück nach Stabiae muß. Pomponianus will das Schiff mit seinen Gütern nicht unbewacht lassen. Bereite dich zum Rückweg! In Kürze brechen wir auf.»

Wie gerne hätte sich Milon auf das eben bereitete Strohlager hingestreckt nach all den überstandenen Strapazen!

Eine Weile später wanderte Fuscus mit sechs jüngeren Sklaven dem Meere zu, da man dem Ufer entlang den Weg in der Nacht besser zu finden hoffte. Die Sonne sank ins Wasser und erlosch. Fuscus trug die einzige, brennende Ampel, deren gläserne Hülle das Ölflämmchen vor den Winden schützte. Am Meerufer lagen viele tote Fische, die von den Wellen über die vom Himmel gefallenen Schlacksteine aufs Trockene geworfen worden waren. Dieses Gestein hatte breite Streifen des Wassers zurückgedrängt und ausgefüllt. Tyrios war zur Bedienung der Herrschaft zurückbehalten worden, und so vermißte Milon seinen Kameraden, mit dem er bis jetzt Freud und Leid geteilt hatte. Wortlos schritten die Sklaven der Ampel nach. Der Stein- und Aschenregen hatte ganz aufgehört, nur hin und wieder wirbelte der Wind vom Lande hertreibend Staubwolken auf, die zeitweise das Atmen behinderten. Die Müdigkeit hatte Milon dermaßen überwältigt, daß er oft glaubte, im Gehen einzuschlafen und umzusinken, und doch ging's unaufhörlich weiter. Einmal wurden sie durch Flüchtlinge aufgeschreckt, die das Meerufer als Fluchtweg benutzten. Fuscus hielt eine Gruppe an. Was sie erzählten, war entsetzlich.

«Pompeji ist über und über verschüttet! Die Stadt mit einem Leichentuch von Asche bedeckt. Keine lebende Seele ist dort mehr anzutreffen. Tausende sind unter den Trümmern der Häuser begraben. Flüssiges Feuer floß in breiten Strömen vom Vesuvius bis in die Stadt.»

Kein Wunder, daß die Flüchtigen Fuscus abrieten, weiterzugehen: «Zurück! Da hinten ist nur Tod und Verderben!»

Fuscus erkundigte sich nach dem Flusse Sarnus. Ein Flüchtling erklärte:

«Über den Sarnus konnten wir uns zu Fuß aus der Stadt retten. Das Flußbett ist vom Steinregen ausgefüllt worden. Das war unsere Rettung. Wir blieben zu lange im Hause, das in der Nähe des Flusses stand und zugeschüttet wurde. Schließlich konnten wir uns einen Ausweg schaffen und uns hinüberretten.»

Nach diesen Worten eilte er hastig den anderen nach. Fuscus versuchte, sich Mut zu machen:

«Keine Stunde mehr und wir sind bei unserem Schiff. Dort finden wir gute und sichere Lagerstätten!»

Wer beschreibt den Schreck des Fuscus und seiner Leute, als sie sich den Gärten und der Villa des Pomponianus näherten. Mannshoch lagen Asche und Steine. Die Mauern des Hauses auf einer Seite eingestürzt, das Dach völlig in Trümmern. Von Fischteich und Faun nichts mehr zu erblicken. Da sie hinunter zum Schiff kamen, erkannte man es nur an zwei hölzernen Masten, die aus einem riesigen Schutthaufen ragten. Ein einziger Stein- und Aschenhügel hatte sich vom Ufer über das Deck des Schiffes gebildet. Jenseits des Sarnus, wo die Stadt lag, flackerten da und dort noch immer Flammen von ausbrennenden Gebäuden. Glücklicherweise wehte der Wind den Rauch in andere Richtung. Fuscus konnte mit seinen Helfern beginnen, einen Zugang zum Schiff frei zu machen, was beim Schein des spärlichen Windlichtes mühsam vor sich ging. Es mochte gegen Mitternacht gehen, da sie durch eine Falltür in den Rumpf des Schiffes einsteigen konnten. Im Innern war es völlig unversehrt. Unberührt lagen die Güter und Waren des Pomponianus an ihrem Ort. Kurzerhand legte sich die todmüde Mannschaft auf Säcke und Teppiche, als letzter Fuscus, der in das Windlicht Öl nachfüllte. Milon fand nicht so rasch den Schlaf wie seine Genossen, zu sehr bewegte das Erlebte seine Gedanken. Er klaubte aus seinem Gürtel die Münze hervor, die Alkides ihm auf der Akropolis zum Abschied geschenkt hatte, und drückte sie gegen seine Stirn. Seine Lippen wollten danken für die Errettung aus den Schrecken dieses Tages; aber sie fanden die Worte nicht. Ihm war, als wären die Götter Athens nicht mit ihm hierhergezogen. Die Götter der Römer erschienen ihm als Feinde der Menschen, da sie so Entsetzliches zuließen, wie er es heute erfahren. Er versuchte, abgerissene Sätze, die bei den Opfern auf der Akropolis sich in sein Gedächtnis geprägt hatten, zu flüstern. Da stiegen für einen Augenblick die hellen Tempel vor seinem inneren Auge auf. Sachte schob er die Münze in die Gürteltasche zurück. Er fühlte, das Römerreich konnte ihm keine neue Heimat geben. Mit dem Geschmack bitterer Asche auf der Zunge schlief Milon ein.

Die tote Stadt

Fuscus, der oftmals gefürchtete Aufseher der Sklaven, war seit dem gestrigen Erlebnis merkwürdig still und freundlicher geworden. Sonst weckte er mit einem Stockschlag die schlafenden Sklaven. Heute begnügte er sich, dem nächstliegenden seine schmutzige Fußsohle in die Seite zu drücken und ein kameradschaftliches: «Auf, auf, ihr Burschen!» zu schnarren. Aus dem Schiffsvorrat gab es hartes Brot mit getrocknetem Fisch zum Frühstück und Wasser aus einem Faß, das erst am Vortage aufgefüllt worden war. Danach befahl er den Sklaven:

«Eure erste Aufgabe ist, das Schiff von Steinen und Asche zu befreien. Ausfahren kann es nicht mehr. Wenn Pomponianus zurückkehrt, was heute der Fall ist, wird er mit seiner Familie hier im Schiff Unterkunft nehmen müssen. Oben in der Villa können nur Ratten und Mäuse wohnen. Auf, an die Arbeit!»

Werkzeug, Körbe und Besen waren auf dem Schiff genügend vorhanden, und bald hub auf Deck ein Schaufeln und Räumen an. Schlackensteine und Asche wurden in das Flußbett geworfen, so daß um das Schiff herum ein Wall von Gesteinen hochwuchs. Da das ausgeglühte Vulkangestein fünfmal leichter ist als gewöhnliche Steine, machte das Räumen rasche Fortschritte. Zu Mittag war das ganze Verdeck des Schiffes gesäubert und bis zum Ufer ein kleiner Damm als Zuweg aufgeschüttet. Nach kurzem Mahl gewährte Fuscus eine längere Mittagsrast. Er selber ließ sich einen Krug herrschaftlichen Weines schmecken und legte sich aufs Ohr. Milon fragte einen der Mitsklaven namens Vargo:

«Kommst du in dieser Mittagsstunde mit mir über den Sarnus, einen Blick auf Pompeji zu werfen? Fuscus wird sich einen langen Schlaf gönnen.»

«Gerne komme ich mit», erwiderte dieser. Mit Stöcken bewaffnet, um mehr Sicherheit im Gehen zu haben, überquerten sie das Flußbett des Sarnus. Spärlich nur sickerte Wasser durch, verborgen unter der hohen, durchlässigen Steinschicht, die das Flußbett ausfüllte. Als sie drüben am Ufer mühsam eine Schutthalde erstiegen hatten, entfuhr Milon ein Schreckensruf. Soweit das Auge über die frühere Stadt blickte, dehnte sich eine zum Teil noch rauchende, graue Steinwüste aus. Kein Haus, kein Lebewesen, soweit das Auge reichte. Der Vesuvius im Hintergrund war mächtig gewachsen. Eine weiße Rauchfahne zog sich von seinem Gipfel weit ins Hinterland. Bei näherem Hinschauen bemerkte Milon, daß die Steinwüste Unebenheiten hatte. Wo früher Gassen und Straßen durchführten, waren längliche Steingräben zu sehen. Wo größere Häuser gestanden, erhoben sich höhere Steinhügel.

«Horch! Hörst du den Hund bellen?» sprach Vargo.

Wirklich, auch Milon hörte zeitweise ein gar nicht so fernes, dumpfes Bellen.

«Ist der arme Kerl irgendwo verschüttet und eingeschlossen?» vermutete Vargo.

«Komm, wir suchen ihn!»

Vorsichtig einen Graben entlang schreitend, spürten die beiden, wie von unten her immer noch Wärme durch Gestein und Asche heraufglühte. Unheimlich, dieser Gang durch die Totenstadt. Gestern noch buntes Leben und Treiben! Erschrocken hielten sie an, als plötzlich neben ihnen ein kleiner Steinhügel einbrach und Qualm herausschoß. Ein Dach war eingestürzt, dessen ausgeglühte Balken dem Druck der Steinmasse nachgegeben hatten. Näher und lauter ließ sich jetzt das Gebell vernehmen, und als der Steingrabenweg in einem Winkel umbog, sahen die beiden den Hund, der an einer bestimmten Stelle scharrte und wieder hilflos bellte. Vargo rief:

«Der sucht hier jemand, ob tot oder lebendig; vielleicht ist sein Herr da unten begraben.»

Das Tier ließ sich durch die Angekommenen nicht vertreiben und fuhr in seinem Gebaren fort.

«Ich hole Schaufeln und bin gleich zurück!» rief Milon. Als er nach einem kurzen Lauf zurückkam, hatte er auch Stricke, einen Krug mit Wasser und etwas Brot mitgebracht, wovon er dem Hund ein Stück zuwarf. Heißhungrig stürzte dieser sich auf den Bissen. Vargo erklärte:

«Ich habe inzwischen diese Stelle mit einem Stock untersucht und schon eine Reihe von Steinen weggeräumt. Den Eingang von der Gasse her freizuschaufeln ist viel zu langwierig, da beim Graben immer wieder Steine nachrutschen. Hingegen kann man eine Ecke des Daches freilegen, Ziegel abdecken und versuchen, ins Innere zu steigen.»

Fieberhaft gingen sie ans Werk. Es war, als ob das Tier den Helferwillen der Männer verstünde. Sein Bellen wurde ruhiger. Nicht lange ging's, so waren Steine und Asche bei einer Hausecke in den Gassengraben hinuntergeworfen. Die Ziegel ließen sich leicht abdecken, und durchs offene Gebälk sah man in eine Halle hinunter. Milon und Vargo streckten ihre Köpfe in die Öffnung. Vargo rief ins Dunkle:

«Ist hier unten jemand?» Wie aus Kellertiefe kam als schwache Antwort ein unverständliches, jammerndes Rufen. Der Hund hatte sich neben die beiden zur Öffnung hinzugedrängt und bellte wiederum. Vargo versetzte:

«Da unten ist noch ein menschliches Wesen am Leben. Milon, du bist schlank und leicht. Ich lasse dich am Seil hinunter und ziehe dich wieder herauf, wenn du den Überlebenden gefunden hast.»

Vargo knüpfte sogleich das Seil an einem Dachpfosten fest. Milon ließ sich daran hinunter. Als er Boden unter den Füßen verspürte, mußten sich seine Augen zunächst an die Dunkelheit gewöhnen. Die Luft roch hier immer noch dick und schweflig. Vargo brach einige weitere Ziegel weg, daß es unten um einen Schimmer heller werde. Milon schrak zusammen, als seine Augen richtig wahrnehmen konnten. Auf dem Boden lagen reglose Gestalten, erstickt vom schwefligen Rauch. Durch eine Türöffnung, die mit einem dicken Wandteppich verhängt und zugeknüpft war, hörte Milon nun deutlich jammernde Laute eines Kindes. Unter Toten noch *eine* lebendige Seele! Er knüpfte den Vorhang frei und schob ihn zur Seite. In das finstere Gemach rief er gedämpft:

«Wo bist? Komm zu mir!»

Da umschlangen ihn plötzlich die Ärmchen eines kleinen Knaben, der schluchzte und am ganzen Leibe zitterte. Milon hob ihn auf an seine Brust und versuchte, ihn zu trösten. Da Tränen seine Augen füllten, erkannte der Knabe nicht die Leichen seiner Eltern. Aufwärts richtete sich sein Blick, dem Tageslicht zu, woher das Winseln des Hundes herunterdrang. Mit seinem Gürtel band Milon den Knaben, der etwa siebenjährig sein mochte, auf seinen Rücken und ließ sich von dem starken Vargo hochziehen. Ein Griff ins Gebälk, die Füße an der Mauer aufgestützt – und Vargo konnte ihm den Knaben vom Rücken nehmen. Im schmerzlich blendenden Mittagslicht deckte er seine Augen mit beiden Händen zu. Gleich machte der Hund sich an ihn heran, winselte freudig und beleckte seine Arme und Beine. Jetzt löste der Knabe die eine Hand, umschlang den Hund und nannte ihn bei seinem Namen:

«Carus!»

Milon war nun ebenfalls herausgeklettert und sah den Hund mit dem Knaben vereint. Vargo meinte:

«Gewiß ist bei Ausbruch des Erdbebens der Hund aus der Stadt entlaufen und hat heute, als das Schlimmste vorüber war, seinen Unterschlupf wieder verlassen, um seine Leute hier aufzusuchen.»

Er langte nach den Ziegelsteinen und deckte die Dachöffnung wieder zu, indes Milon dem Knaben, der sich Florus nannte, den Krug zum Wassertrinken bot. Gierig schlürfte er in langen Zügen. Dankbar nahm er einen Brocken Brot. Da sich seine Augen allmählich ans Tageslicht zu gewöhnen begannen, schweiften seine Blicke wie erstarrt und voll Angst über die Steinwüste. Er erfaßte nicht, was sich zugetragen hatte und wo er sich befand. Er erinnerte sich nur an einen schrecklichen Lärm und an die Finsternis. Er mußte lange in Ohnmacht gelegen haben.

«Wir müssen zu Fuscus zurück», sprach jetzt Vargo. «Milon, trage den Knaben, ich nehme den Hund an den Strick.»

Als die vier zum Schiff an den Sarnus kamen, war Fuscus kurz zuvor vom Mittagsschlaf erwacht. Er hatte zornig das Fehlen der beiden Sklaven bemerkt. Da sie nun mit einem Hund und dem geretteten Pompejaner-Knaben zurückkehrten, vergaß er das Schelten. Da er von dem Knaben hörte, daß sein Name auf den einer bekannten, vornehmen Familie lautete, lobte er Milon und Vargo für ihre Tapferkeit. Der Hund wurde auf dem Schiff angebunden. Florus folgte dem Milon auf Schritt und Tritt, da er ihn aus der Düsternis befreit hatte; aber bald legte ihn dieser im Inneren des Schiffes auf eine Decke, wo er sogleich in tiefen Schlaf fiel.

Vargo und Milon mußten auf dem Schiff bleiben und alles zum Empfang des Pomponianus in Ordnung bringen. Fuscus begab sich mit den vier anderen Sklaven zur Villa hinauf, um aus Schutt und Gemäuer zu retten, was noch brauchbar war. Am späten Nachmittag meldete ein Bote die baldige Ankunft der Herrschaft. Vargo überbrachte die Meldung dem Fuscus, der sogleich mit seinen Helfern, die mit Geräten und Säcken beladen waren, zum Schiff zurückkehrte.

Es war ein müde sich hinschleppender Zug, als Pomponianus mit seinem Gefolge dem Schiff nahte. Vor Furcht, Trostlosigkeit und Erschöpfung waren ihre Gestalten gebeugt. Irr schauten die Augen umher. Als Pomponianus das Schiff betrat und die eingerichtete Wohnlichkeit wahrnahm, hellte sich sein Antlitz etwas auf. Erschöpft ließen sich die Seinen auf die bequemen Lagerstätten nieder. Pomponianus konnte Fuscus nicht genug loben, wie gut er alles hergerichtet hatte. Im vorderen Schiffsteil mit den kleinen Fensterluken war Raum für die Herrschaften; unter dem hinteren Deck, dem Lagerraum, gab es Schlafstätten für das Gesinde und ihre Kinder.

Auf einem späteren Rundgang durch das Schiff führte Fuscus seinen Herrn zu dem Knaben mit dem Hunde, die schlafend in einer Ecke des Hinterdecks beieinander lagen. Er berichtete über die wunderbare Errettung. Als der Knabe etwas später aufwachte und nun auf Deck gebracht wurde, rief Pomponianus:

«Bist du nicht Florus, der Sohn des Attikus? Gestern noch war ich bei euch in Pompeji zu Gaste.»

Der Knabe nickte. Tränen schossen ihm in die Augen; auch er erkannte jetzt den Freund seines Vaters. Pomponianus nahm ihn gerührt auf seine Arme und versuchte, ihn zu trösten. Sogleich begab er sich mit dem Kleinen in den Herrschaftsraum, ihn seiner Frau und den beiden Töchtern zu bringen. Nachdem er ihnen die Entdeckung des Verschütteten geschildert hatte, schloß er mit den Worten:

«Der Untergang von Pompeji hat mir einen Sohn und euch einen Bruder beschert. Er soll von nun an immer bei uns bleiben!»

«Der Hund aber auch!» meinte Lulla, die jüngere Tochter. Und so blieb es.

Der tanzende Faun

Ein neuer Tag brach an. Pomponianus war über Nacht in schlaflosen Stunden mit sich zu Rate gegangen. Am Abend zuvor hatte er seine Villa besichtigt und die vollständige Zerstörung seines Besitztums wahrgenommen. Hier war nichts mehr zu retten, und selbst wenn das Haus noch gestanden wäre, niemals hätten er und seine Familie an diesem Ort des Schreckens weiterhin bleiben wollen. Man wußte ja auch nicht, ob Vesuvius wieder zu neuem Unheil ausbrechen würde. Fort von hier! Je eher, je besser! Er besaß ja eine zweite Villa in Rom, die eigentlich sein Hauptsitz war. Dahin gedachte er so rasch wie möglich zu ziehen. Vorher aber mußte er sich des toten Plinius annehmen, dessen Leichnam suchen und seine Angehörigen in Misenum in Kenntnis des Unglücks setzen lassen. Die vier Begleiter des Plinius, die ihn mit dem Vierruderboot hergebracht hatten, schickte er aus, den toten Herrn suchen zu helfen und herzubringen.

Fuscus war schon seit frühmorgens mit einigen Sklaven damit beschäftigt, das Vierruderboot aus Gestein und Asche zu befreien. Als Pomponianus das unversehrte Boot besichtigte, kam ihm der Gedanke, es dem Ufer des Sarnus entlang ans Meer tragen zu lassen, um damit nach Misenum hinüberzufahren. Gewiß konnte er dort ein Schiff finden, das ihn bald nach Rom bringen würde mit seiner Familie und dem Gesinde. Der Transport des Vierruderers gelang mit Hilfe sämtlicher Sklaven zu seiner Zufriedenheit. Vor seiner Abreise nach Misenum sprach Pomponianus zu Fuscus:

«Morgen werde ich mit einem Schiff der kaiserlichen Flotte, deren Befehlshaber Plinius war, vor Stabiae zurückkehren. Da es ein größeres Schiff sein wird, das dem Toten die letzte Ehre erweisen und ihn nach Rom bringen soll, werden wir ziemlich weit vom Ufer weg ankern müssen. Ein kleineres Boot kann den Toten aufs Schiff holen, wenn man ihn gefunden hat. Wenn nicht, so werden die Schiffsleute ihn suchen helfen. Ich werde auch veranlassen, daß mit einigen anderen Booten die wichtigsten Güter, die ich hier bereitgestellt habe, auch auf dieses Schiff verladen werden. Mein Gesinde wird mitfahren. Drei Sklaven kannst du bei dir behalten. Du bleibst mit ihnen auf dem Schiff im Sarnus. Rettet aus den Trümmern der Villa, was noch wert ist, später nach Rom gebracht zu werden!»

Nach diesen Erklärungen begab sich Pomponianus zu den anderen in das Boot. Unter den vier Ruderern, die ihn nach Misenum bringen sollten, war auch Tyrios. Diese Fahrt dauerte einen Tag; denn Misenum lag auf der Gegenseite auf einem Vorsprung an der Bucht von Puteoli, die die Römer Sinus Puteolanus nannten.

Gegen Abend kam einer der vier nach Plinius Ausgesandten zum Sarnus zurück und meldete Fuscus:

«Wir haben nach einigem Umherirren den toten Plinius gefunden. Sein Leib ist völlig unversehrt, an seinem Gewande nichts verdorben. Er lag da, als ob er schliefe. Wir haben ihn vor Stabiae in der Nähe des Meeres in ein Gemäuer getragen. Die drei anderen halten Totenwache bei ihm bis zur Ankunft des Schiffes.»

Der Bote bat Fuscus um zwei Öllichter, daß sie die Nacht durch mit dem Toten nicht im Dunkeln weilen müßten. Nachdem er auch Trank und Speise für seine Gefährten erhalten hatte, begab er sich zurück, versprach aber, am Morgen wieder herzukommen, um die Ankunft des Schiffes zu melden.

Am folgenden Tag um die Mittagszeit ging ein stolzes Schiff der kaiserlichen Flotte zwischen Stabiae und Pompeji vor Anker. Mit den ausgesetzten Booten kam auch Pomponianus an Land. Der tote Plinius wurde auf das Schiff gebracht. Für ihn als einen Freund des Kaisers sollte wohl mit großem Pomp eine Feuerbestattung stattfinden. Pomponianus ließ seine bereitgelegten Güter einladen. Seine Familie und der größte Teil seines Gesindes stiegen ein. Vor der Abfahrt sprach er zu Fuscus:

«Vergiß nicht, im Garten meiner Villa den Faun beim Fischteich auszugraben. Ich möchte ihn in meinem Garten in Rom wieder aufstellen. In etwa zwei Wochen wird eines meiner Handelsschiffe herkommen und den Rest meiner Güter und Waren abholen. Das Schiff im Sarnus ist nicht zu retten, es sei denn, der Kaiser stelle Soldaten zur Verfügung, das Flußbett auszuräumen und wieder schiffbar zu machen. – Noch eines. Wenn meine Güter hier abgeholt werden, verkaufe die drei Sklaven, die ich dir hier zurücklasse, in Misenum an den Meistbietenden. Ich benötige sie nicht mehr für meinen kleineren städtischen Hausstand in Rom.»

Fuscus versprach, alles zur Zufriedenheit des Herrn zu erledigen. Zu den dreien, die Fuscus als seine Gehilfen wählte, gehörten auch Milon und Vargo. Tyrios, der auch wieder mit Pomponianus von Misenum zurückgekehrt war, trat plötzlich zu Milon:

«Ich habe vernommen, daß du vorläufig hierbleiben sollst. Wenn du willst, könnte ich Pomponianus bitten, daß du jetzt schon mit uns nach Rom fahren darfst.»

«Lieber Tyrios, mir eilt es nicht so sehr, nach Rom zu kommen. Ob zwei Wochen früher oder später, macht mir nichts aus. Wir wollen unseren Herrn nicht zu früh mit Bitten belästigen. Vielleicht gibt es einmal Wichtigeres zu erbitten.»

Dabei blieb es.

«Auf Wiedersehn in Rom!» rief ihm Tyrios beim Abschied zu; dann trennten sich ihre Wege. Sie wußten beide noch nicht, was Pomponianus mit Fuscus über den Verkauf der drei Sklaven vereinbart hatte.

Eine Weile schauten Fuscus und die drei Zurückgebliebenen den Booten nach. Milon mußte an Agaja denken, wie sie ihm in Piräus nachgewinkt hatte. Da er nun seinen Freund dahinfahren sah, beschlich ihn eine schmerzliche Trauer, die er nicht recht zu deuten wußte. Er fühlte sich einsam, denn auch der kleine Florus war ihm lieb geworden. Er hatte sich ihm immer wieder auf die Schulter setzen wollen, damit er mit ihm herumreite wie neulich, als er ihn durch die tote Stadt getragen hatte. Auch er fuhr jetzt da draußen mit dem stolzen Schiff in die Ferne.

Auf dem Rückweg, den steingefüllten Sarnus entlang, eröffnete Fuscus seinen drei Sklaven, was ihre Arbeit sei: in 14 Tagen müsse alles Brauchbare aus den Trümmern der Villa geräumt und im Schiff verstaut sein zum Abtransport nach Rom. Was aber mit ihnen selbst geschehen sollte in Misenum, darüber schwieg er sich noch aus. Milon war froh, daß Vargo auch hiergeblieben war, mit dem er sich seit der Auffindung des Florus gut verstand. Eintönig gingen die Tage dahin. Eine Abwechslung brachte das Ausgraben des Fauns, den Milon mit Vargo und Vesonius (so hieß der dritte) aus Asche und Gestein befreite. Fuscus selber mußte zugreifen, den schweren, spöttischen Tänzer ins Schiff hinunterzutragen. Als er nun vorne auf Deck stand, bemerkte Milon, daß des Fauns Blicke zufällig Richtung Pompeji und Vesuvius gingen. War es nicht, als ob er ein Spottlied über das zerschlagene Mühen und Streben der Menschen auf seiner Flöte bliese? Plötzlich kam Milon der unheimliche Gedanke, es könnte der Faun in Roms Gärten den Untergang der Kaiserstadt miterleben und auf seiner griechischen Flöte das Lied von Werden und Vergehen, von Sterben und Ewigkeit blasen. Fast empfand er etwas wie Freundschaft mit diesem Tänzer und Lebenskünstler, der bei allem, was um ihn her geschah, heiter blieb und musizierte.

Neue Ziele

Drei Wochen strichen vorbei, bis vor Stabiae ein kleineres Handelsschiff des Pomponianus auftauchte. Die Besatzung half mit, aus dem Schiff im Sarnus alle beweglichen Güter umzuladen. Es war weniger als erwartet, da aus der zerstörten Villa nicht mehr viel zu retten war. Der Schiffspatron erinnerte Fuscus, daß es im Hafen von Misenum der drei Sklaven wegen einen Aufenthalt gäbe. Sollte er jedoch keinen rechten Preis erhalten, so wären sie nach Rom zu bringen.

Erst auf der Überfahrt über den Sinus Puteolanus eröffnete Fuscus den dreien:

«Ich habe Befehl, euch in Misenum zu verkaufen. Der Herr benötigt euch in Rom nicht mehr.»

Vargo und Vesonius verhielten sich gleichmütig. Milon erblaßte. Sollte er seinen Freund Tyrios nie mehr sehen? Sollte der kleine Florus nie mehr auf seinen Schultern reiten? Fuscus war nach dieser Mitteilung gleich wieder von ihnen weggegangen. Milon fühlte, daß das Schicksal unwiderruflich gesprochen hatte.

Vom Meer aus erhob sich über dem blauen Wasser in umwölkter Schönheit der Vesuvius. Milon sah zu ihm hinüber. Dort oben mußte es einen feurigen Weg ins Innere der Erde geben. Seine Gedanken arbeiteten:

«Haben die Götter diese Zerstörung als Strafe für ungesühnte Vergehen gesendet? Aber an vielen Unschuldigen würden so die Verbrechen anderer gerächt. Oder ist die Menschheit wie ein einziger, großer Leib, wo sich auf verborgene Weise Schuld und Sühne ausgleichen?»

Milon fand keine Antwort auf seine Fragen. Er sah die Küste von Misenum näherkommen. Auf dem Schiff gab es Leben. Fuscus kam mit einer Kette, an der er seine drei Sklaven befestigte. Fast sich entschuldigend erklärte er:

«Ich weiß, daß ihr mir nicht entlaufen würdet; aber ich tu's, weil's so Brauch ist beim Verkaufen.»

Noch nie hatte Milon Ketten getragen. Das kalte Eisen, das sich um seine Handgelenke preßte, brachte ihm zum Bewußtsein, daß er in diesem Augenblick als Mensch nichts mehr bedeutete. Wie die geschnürten Warenballen auf dem Schiff, galt er jetzt als Ware.

Nachdem das Schiff in den Hafen eingelaufen war, wo viele stolze Römerschiffe ankerten, gebot Fuscus den dreien:

«Ihr bleibt auf dem Schiff, bis ich meine Geschäfte besorgt habe!»

Keine Stunde war vergangen, da tauchte er mit einem Händler auf, der Interesse für die drei jungen Sklaven bekundete. Nachdem er sie eingehend gemustert und geprüft hatte, feilschte er nebenan mit Fuscus um den Preis. Sie wurden einig. Bevor sie das Schiff verließen, klopfte Fuscus Milon und Vargo auf die Schultern:

«Brave Burschen! Keine Furcht, ihr kommt nicht auf eine Kriegsgaleere, dazu seid ihr zu gute Kerle. Euer neuer Herr fährt übers Meer nach Afrika in die Stadt Alexandria. Ihr könnt noch lange Schiff fahren. Gute Reise!»

Nun mußten sie in ein Boot steigen. Ohne das Ufer von Misenum zu betreten, wurden sie auf ein mäßig großes Segelschiff gebracht, das den Namen ‹Alexandria› trug. Statt der Handkette erhielt jetzt jeder eine kleinere Fußkette, von der sie erst am folgenden Morgen befreit wurden, als das Schiff auf hohe See kam; denn es war vorgekommen, daß Sklaven im Hafen durch Schwimmen von ihren Schiffen geflüchtet waren. Milon vermochte in der ersten Nacht, da an seinen Füßen das Eisen klirrte, kaum ein Auge zu schließen auf seiner Pritsche. Erniedrigung und Ungewißheit brachten ihn in eine verzweifelte Stimmung. Mitten in der Nacht holte er aus seinem Gürtel die Münze des Alkides hervor, die ihm schon mehrmals Trost gespendet hatte. In der Finsternis nahm er sie zwischen seine Zähne und biß fest darauf, um sich der aufsteigenden Tränen zu erwehren. Er dachte an Athen. Aber immer, wenn er sich die Tempel der Akropolis vorstellen wollte, tanzte der Faun hinein, und die Rauchschwaden des Vesuvius verhüllten die lichten Säulen wieder. Es war, als ob in ihm zwei Welten miteinander rängen. Er drehte sich ungestüm herum; da klirrten die Ketten und löschten die Traumbilder aus.

Einige Wochen dauerte die Fahrt bei guten und lauen Winden, bis aus dem Dunst ein hoher Turm erschien, den die Schiffsleute als den Leuchtturm von Alexandria begrüßten, den Wegweiser nach Ägypten. Das Land und seine Städte am Nil waren zu dieser Zeit, wie Griechenland, der römischen Wölfin untertan. So war Milon nicht erstaunt, im Hafen fast nur römische Schiffe und Soldaten zu sehen.

Nicht lange nach der Ankunft, es war am frühen Vormittag, gebot der Händler den drei Sklaven aus Misenum, sich zu waschen und bereitzuhalten zu einem Gang in die Stadt. Vargo sprach zu Milon:

«Das heißt für uns, auf den Sklavenmarkt, zum Verkauf!»

Beim Betreten des ägyptischen Bodens spürte Milon nichts von der Furcht, die er vor Rom empfunden hatte, und er dachte: «Vielleicht begleitet der gute Stern der Aphrodite mich hierher nach Ägypten.»

Der goldene Titus

Der Händler Calpurnicus, dem das Schiff gehörte, trat zu den drei Sklaven:

«Da ihr so wendige und anstellige Burschen seid, habe ich mich entschlossen, euch auf meinem Schiff zu behalten und nicht weiter zu verkaufen. Ich bringe an eurer Stelle drei ältere auf den Markt, die nicht mehr so flink im Klettern und im Schiffsdienst sind. Bald werden wir Getreide einladen und es nach der schönen Stadt Leptis Magna bringen. Und nun helft ausladen, was wir von Misenum an Waren mitbrachten!»

Wenig später verließ der Schiffspatron mit drei älteren Sklaven das Schiff, um sie auf dem Markte zu verkaufen. Vargo sprach zu Milon und Vesonius:

«Das Leben auf dem Schiff gefällt mir! Hauptsache, wir können zusammenbleiben. Hier wissen wir, wie wir unser Leben fristen können. Wenn man an einen neuen Herrn verkauft wird, weiß man nie, was einen erwartet. Auf alle Fälle, laßt uns in guter Kameradschaft zusammenhalten!»

«Ja», versetzte Milon, «Sklaven brauchen gute Kameraden. Mir soll's recht sein, mit euch auf dem Meere herumzufahren und ein Stück Welt besehn!»

«An die Arbeit!» rief Vesonius, «wir wollen den Beschluß unseres Herrn heute mit guter Arbeit wettmachen. Dort drüben liegen die Ballen zum Ausladen bereit.» Damit begaben sich die drei ans Werk, bevor der Aufseher das Zeichen zum Ausladen gegeben hatte.

Als Milon den ersten Ballen auf dem Rücken über den Steg an Land trug, setzte er zum ersten Mal seinen Fuß auf ägyptischen Boden. Im Übermut tat er vom Steg einen etwa kniehohen Sprung, um mit beiden Füßen zugleich das neue Land zu begrüßen. Die Last auf dem Rücken hatte zuviel Schwung. Er fiel platt auf den Bauch, und der Ballen kollerte ihm über seinen Kopf. Hinter ihm erscholl lautes Gelächter. Vargo kommentierte:

«Milon, du hast Ägypten mit Bauch und Stirn begrüßt. Wäre ich Wahrsager, würd' ich dir verkünden, daß du in diesem Lande noch schlimme Dinge erleben wirst.»

Beschämt erhob sich Milon. Von einer Kopfbeule abgesehen, war er unversehrt. Rasch brachte er den verlorenen Ballen an seinen Ort und meinte:

«Die ägyptische Erde zieht mich an; es scheint, sie möchte mich gerne bei sich haben!» und schon lachte er mit Vargo, der ihn von da an öfters «Frosch» hieß.

Als gegen Abend Calpurnicus, der Händler, allein zurückkam, bemerkte Vargo zu Milon:

«Er hat sie verkaufen können. Er sieht zufrieden aus und ist bis zum Hals mit ägyptischem Wein gefüllt. Sieh, er schwankt wie ein Boot auf den Wellen.»

Calpurnicus hatte wirklich Mühe, das Schiff zu besteigen. Als er oben am Steg den Fuß an Bord setzte, torkelte er und fiel über einen Haufen von Schiffstauen. Aus einiger Entfernung kicherte Vargo:

«Sieh, Milon, dort ist ein zweiter Frosch, gleich wird er quacken!»

Richtig, Calpurnicus begann zu schimpfen und zu fluchen über die dicken Taue und über das schwankende Schiff, das doch ganz ruhig im Wasser lag. Als er bemerkte, daß ihm aus den Taschen einige Silberstücke davongerollt waren, schrie er:

«Mein Geld! Mein schönes Geld! Bringt mir mein Geld!»

Einige Münzen waren aber da, wo der Steg ansetzte, bereits über den Schiffsrand hinausgerollt und zwischen Schiff und Mauer ins Wasser geplumpst. Rasch suchten die Sklaven die zerstreuten Münzen und gaben sie dem Aufseher, der herbeigeeilt war.

«Alles abgegeben?» fragte er scharf und schaute mißtrauisch in der Runde umher. Alle bejahten. Der Aufseher reichte Calpurnicus eine Handvoll Silberlinge.

«Hier das Gefundene. Was ins Wasser rollte, wird kaum aus dem Schlamm geholt werden können.»

«Oh, mein schönes Geld!» stöhnte Calpurnicus. «Ich werde es zählen. Alles silberne Kaiserlinge und einige neue, goldene Titusköpfe! Schöne, neue Titusköpfe!»

Der Aufseher befahl:

«Vargo, Vesonius, helft dem Herrn zu seiner Lagerstatt. Ihr andern verschwindet!» Der Aufseher schritt hinter dem gestützten Herrn ins Innere des Schiffes, um ihm sein Geld zählen und wegpacken zu helfen.

Als eine Weile später Milon ein Schiffstau aufrollte, hörte er ein metallenes Geräusch. Ein Goldstück! Er hob es auf. Sein Auge fiel auf das Bildnis der Münze. Laut Inschrift war es der breite Kopf des Titus, der in diesem Jahr Kaiser geworden war. Von ihm hatten Pomponianus und Plinius als von ihrem Freunde gesprochen. Rasch spähte Milon umher. Niemand hatte seinen Fund bemerkt. Er steckte den Titus in seinen Gürtel zur Athene-Münze. Ob er ihn behalten sollte?

Auf dem Nachtlager berichtete Vargo:

«Der Calpurnicus ist so schwer besoffen, daß er nicht einmal mehr Geld zählen konnte. Er war nicht imstande, dem Aufseher die Summe zu nennen, die er für den Verkauf der drei bekommen hatte.»

Am nächsten Tag gab es für die Schiffssklaven schwere Arbeit. Hunderte von Getreidesäcken mußten geholt und in das Schiff verladen werden. Nachdem das Tagwerk getan war, sprach Vesonius:

«Als Knabe habe ich immer an der Meeresküste nach Muscheln getaucht. Ich will versuchen, unter unserem Schiff die Silberlinge heraufzuholen!» Mehrmals tauchte er unter und wühlte trüben Schlamm auf; doch brachte er keine Münze herauf.

Milon war im Zweifel, was er mit dem goldenen Titus tun sollte. Wenn er an all sein Arbeiten ohne Lohn dachte, wollte ihm scheinen, das Gefundene dürfe er wohl behalten. Wer weiß, ob nicht einmal in einer Stunde der Not ein Titus ihm helfen könnte.

Fahrten nach Leptis Magna und Portus Augusti

Schwer beladen mit Getreidesäcken fuhr die ‹Alexandra› westwärts die Küste Nordafrikas entlang. In einigen Städten, die alle den Römern gehörten, legte man an, um frisches Wasser zu fassen, Früchte und andere Nahrung einzukaufen. Viele Wochen dauerte die Fahrt, bis man die prächtige Stadt Leptis Magna erreichte. Da die ‹Alexandra› ein Segelschiff war, gab es auf der Fahrt viel angenehme Muße. Doch die Tage des Aus- und Einladens brachten schwere Arbeit. Milon hatte vernommen, daß Calpurnicus zur Hauptsache Getreidehändler wäre, der fast ausschließlich Korn transportierte und nur auf der Rückfahrt nach Ägypten wenig andere Güter und gelegentlich auch einige Passagiere mitführte. So gerne Milon in Leptis an Land gegangen wäre, es ward den Sklaven keine Möglichkeit gegeben außer dem Ein- und Ausladen im Hafen. Nach langer Rückreise nach Alexandria begann dort von neuem das Ausladen und Einladen. Danach folgte das eintönige Leben auf See, Monat um Monat, Jahr um Jahr.

Einmal, als das Schiff in Alexandria im Hafen lag, erhielt Calpurnicus die Mitteilung, daß die ‹Alexandra› von nun an Lieferungen nach Rom zum Portus Augusti übernehmen solle. Der Aufseher erklärte:

«Euer Herr Calpurnicus will von nun an in der Stadt Alexandria bleiben. Ich bin jetzt euer oberster Herr.»

«Calpurnicus ist wohl reich genug», flüsterte Vargo dem Milon zu, «da wir für ihn so viele tausend Säcke getragen haben.»

Der Aufseher fuhr fort:

«Er hat einen Verwalter bestimmt, der mit uns fahren wird und mit mir die Befehlsgewalt teilt. Von nun an fahren wir zum Meerhafen der Stadt Rom, Portus Augusti geheißen. Rom selbst liegt landeinwärts, und man erreicht es nur auf einer langen Straße vom Meere her.«

Milon wurde ganz aufgeregt, als man plötzlich von Rom sprach. Vargo bemerkte es:

«Denkst du daran, daß wir vielleicht Tyrios aufsuchen können? Der kleine Florus muß schon ein großgewachsener Bursche sein.»

«Ach, wie sollten wir ihn in der größten Stadt der Welt finden können!» dachte Milon; aber vor Aufregung hämmerte ihm das Blut im Halse. Endlich tauchte in seinem eintönigen Sklavenleben neue Hoffnung auf, daß abwechslungsreichere Tage ihm bevorstünden.

Einige Wochen später wurden im Hafen der Stadt Rom, dem Portus Augusti, der vier Wegstunden weit von der Hauptstadt am Meer lag, aus dem ägyptischen Schiff ‹Alexandra› Getreidesäcke ausgeladen und haushoch unter ein Ziegeldach gelagert. Von hier aus sollten sie später mit Wagen in die Stadt gebracht werden. Immer schleppender wurde gegen Abend der Gang der Träger. Es begann bereits zu dunkeln, als die letzten Säcke aus dem Schiff unter Dach waren. Todmüde ließen sich die Sklaven nach harter Arbeit auf dem Schiffsboden nieder und schlürften aus Krügen bitteren Gerstentrunk. Da trat der Aufseher zu ihnen:

«Morgen ist Ruhetag! Da könnt ihr neue Kräfte sammeln. Übermorgen laden wir einige Güter ein, und dann fahren wir zurück nach Alexandria. Unser Schiff bleibt vor Anker. Kein Sklave darf es verlassen!»

Als er das hörte, blickte Vargo auf Milon. Er sah diesem die Enttäuschung an, da er so sehr gehofft hatte, Rom zu betreten und vielleicht Tyrios und Florus wiederzusehen. Vargo trat zu ihm und flüsterte:

«Milon, sicher geht der Aufseher schon heute abend fort und bleibt den ganzen morgigen Tag in Rom, um sich zu vergnügen. Ich helfe dir, daß du heimlich die Stadt aufsuchen kannst.»

«Das geht nicht! Wie sollte ich unbemerkt von hier wegkommen? Der Schiffsverwalter wird an Bord bleiben, wenn der Aufseher ausgeht.»

«Gewiß, aber einer von uns muß sicher Botengänge ans Ufer

machen. Ich hörte, an Land sei Wasser zu holen, um die Fässer aufzufüllen. Ich melde uns zwei und Vesonius dafür an; dann lassen wir dich unbemerkt nach Rom. Wenn man nach dir fragt, sagen wir, du seist beim Ziehbrunnen, wo wir das Wasser holen müssen. Sicher kannst du auf einen der vielen Wagen aufsteigen, die ständig nach Rom fahren, und am Abend bist du wieder da.»

Nach diesen Worten begab sich Vargo zum Aufseher und bot sich und die zwei andern für den nächsten Tag als Wasserträger an:

«Herr, wir sind die jüngsten und fahren gern zu unserem Zeitvertreib mit dem Ruderboot hin und her.»

«Gut, einen Ziehbrunnen werdet ihr schon ausfindig machen. Füllt alle Fässer im Schiff! Rom hat besseres Wasser als Alexandria.»

Wie Vargo vorausgesagt hatte, ließ sich der Aufseher schon kurze Zeit später an Land fahren mit dem kleinen Boot, das man vom Schiff ins Wasser niederlassen konnte und das am nächsten Tag fürs Wasserführen dienen sollte.

Als die drei am folgenden Morgen zu früher Stunde mit dem Boot ans Ufer gekommen und einen Ziehbrunnen gefunden hatten, forderte Vargo den Milon auf:

«Geh jetzt sogleich auf die Hauptstraße, die Via Portuensis! Dort wird dich ein Gefährt mitnehmen bis Rom. Am Abend warte ich bei Einbruch der Dunkelheit hier beim Brunnen auf dich. In Rom bleibt dir genügend Zeit, nach Tyrios zu forschen.»

Milon antwortete:

«Ich wage es! Das Haus des berühmten, reichen Pomponianus werde ich sicher erfragen können. Finde ich den Herrn, hab ich auch seinen Diener.»

Milon war es trotz der Freude, in Rom vielleicht Tyrios und Florus begegnen zu können, nicht so recht wohl in seiner Haut:

«Vargo, Vesonius! Ihr seid mir gute Freunde; aber was geschieht, wenn ich bei der Rückfahrt Pech habe und der Aufseher vor mir zurück ist?»

«Dann bist du nach dem Wasserschöpfen auf die Kornsäcke unter dem Ziegeldach ausruhen gegangen und hast eben die Zeit der Rückkehr verschlafen. Das könntest du wirklich tun, wenn du allzusehr verspätet wärest. Also, gute Romfahrt!»

Milon hatte Glück. Eben kam ein Fuhrmann mit einem Lederkessel zum Brunnen, seine zwei Pferde zu tränken, bevor er nach Rom hinauffuhr. Rasch erbot sich Milon, ihm das Tränken der Tiere zu besorgen. Gern ließ der Fuhrmann ihn gewähren, und bald fuhren sie zusammen auf der Via Portuensis der Stadt entgegen. Das Gefährt hatte ein gutes Tempo, da die Fische, die es mitführte, möglichst frisch auf dem Vormittagsmarkt ankommen sollten.

Wiedersehen in Rom

Auf der Fahrt über die gepflasterte Via Portuensis zogen in der frischen Morgenluft die Pferde gut an. Milon verwunderte sich über die Breite der Straße und den regen Verkehr früh am Morgen.

«Was willst du denn in Rom?» fragte ihn der Fuhrmann, der neben ihm auf der Bank saß.

«Einen Freund besuchen. Er dient beim edlen Pomponianus.»

«Pomponianus? – Ist es der Schiffsbesitzer, der hier vom Portus Augusti aus mit vielen Schiffen Handel treibt? Ein reicher Mann!»

«Ja, der ist es! Kannst du mir sagen, Fuhrmann, wie ich sein Haus in der riesigen Stadt finden kann? Noch nie war ich in Rom.»

«Wenn du mit mir auf den Marktplatz fährst, kann ich dir den Mons Capitolinus weisen. Am Fuße dieses Hügels steht seine Villa. Dort kann sie jeder Straßenkehrer dir zeigen.»

Als sie im Lauf des Vormittags in die Stadt mit den überbauten Hügeln, Tempeln und Palästen einfuhren, staunte Milon über ihre Größe und über das Gewimmel von Menschen. Das Rufen, Lärmen und Rädergerassel in den Straßen war lauter, als er es je in Athen gehört hatte. Beim Marktplatz verabschiedete er sich vom Fuhrmann, der ihm den Weg wies:

«Dort siehst du auf dem Hügel das Capitol, die Burg mit den vielen Tempeln. Geh in diese Richtung und laß dir dort die Villa des Pomponianus zeigen.»

Es brauchte nicht viel Fragens, so stand Milon vor dem offenen Eingangsportal zu einem Park. Auf steinerner Tafel entzifferte er: POMPONIANUS. Unentschlossen blieb er stehen. Von innen nahten Schritte. Er stellte sich etwas abseits. Ein großgewachsener, vornehm gekleideter Jüngling trat heraus, begleitet von einem Sklaven. «Das könnte Florus sein!» durchfuhr es Milon; aber er wagte nicht, dem vornehmen Römer in den Weg zu treten. Es kam ihm alles so seltsam fremd vor. Was sollte er hier? Schon war er im Begriff, sich wieder hinwegzubegeben, als von der Straße her ein Früchtehändler mit einem Korb sich dem Portal näherte. Milon trat auf ihn zu:

«Befindet sich hier im Hause des Pomponianus ein Diener namens Tyrios?»

«Gewiß, ein guter Kunde von mir. Sklave darf man ihn nicht heißen; seit kurzem ist er der junge Hausverwalter seines Herrn und befiehlt den Sklaven. Er macht auch sämtliche Einkäufe für die Tafel. Eben bringe ich Früchte hin. Er ist ein tüchtiger Kerl. Um diese Zeit ist er zu Hause. Komm mit hinein, wenn du ihn sprechen willst!»

Nach diesen Worten schritt der Händler durchs Portal hinein, und Milon folgte ihm. Bei einer kleineren Seitentür der palastähnlichen Villa klopfte der Händler an, indes Milon seitwärts wartete. Zuerst erschien ein Sklave, der sogleich wieder verschwand. Alsbald trat Tyrios in prächtiger Kleidung heraus. Rasch musterte er die Früchte:

«Gut, trage sie in die Küche!»

Nun wies der Händler hinüber zu dem Wartenden, Milon, den Tyrios nicht bemerkt hatte:

«Da will noch jemand bei dir vorsprechen.»

Tyrios Augen hefteten sich auf den Unbekannten; aber gleich rief er aus:

«Milon! Du bist es?» und schon lagen sie sich in den Armen.

«Beim Jupiter, wo kommst denn du her? Geht es dir gut? Bist du schon lange in Rom? Komm, erzähle! Wir setzen uns in den Garten zum Fischteich. Du kennst ihn ja, den tanzenden Faun; er bläst immer noch seine alte Flöte. Leider ist er ohne dich hierhergekommen!»

Auf den Treppenstufen des Teiches setzten sich die beiden alten Freunde nieder, gerade zu Füßen des Fauns. Wie armselig kam sich Milon neben dem prächtigen Tyrios vor, der ihn mitleidig musterte. Fast hatte er Mühe, Worte zu finden:

«Tyrios, ich bin kaum eine Stunde in Rom und kann mich nicht allzulange hier aufhalten. Heimlich bin ich heute früh vom Portus Augusti hier heraufgefahren, um dich aufzusuchen und zu begrüßen. Am Abend muß ich wieder auf dem Schiff sein, auf das ich nach Pompejis Untergang verkauft wurde. All die Jahre leistete ich Schiffsdienst. Wir bringen ägyptisches Getreide in viele Häfen des Römerreiches.»

«So ist es das erste Mal, daß du Rom siehst, Milon? Es ist eine herrliche Stadt mit Zirkusspielen, Wagenrennen und aufregenden Festen. Unser Florus ist trotz seiner Jugend schon ein verwegener Wagenrenner geworden. Eben ist er von hier fortgegangen, seine Wagenpferde zu tummeln. In wenigen Tagen findet ein großes Rennen statt. Das solltest zu sehen! Milon, das ist für dich doch kein Leben, Kornsäcke zu tragen jahraus, jahrein. Pomponianus könnte dich zurückkaufen. Schade, daß er für einige Tage verreist ist! Wie du siehst, bin ich zu Ehren gekommen und hier für die ganze Hauswirtschaft verantwortlich. Möchtest du nicht wieder zu uns kommen?»

Milon betrachtete im Wasser das Spiel der Goldfische:

«Tyrios, du magst spotten über mich; aber das Fahren auf dem Meere, das Teilen von Freud und Leid mit meinen Kameraden in Tagen harter Arbeit, es bedrückt mich weniger als das Gedränge dieser Stadt, wie ich es eben erlebte. Vielleicht fahren wir eines Tages nach Griechenland, und ich kann Athen wiedersehn.»

«Hängst du immer noch an deinen Träumen von den Göttern? Ich habe in Rom gelernt, daß nur die Erde und unsere Tüchtigkeit in irdischen Dingen zählt. Es ist mir gelungen, einen ansehnlichen Betrag an Geld beiseite zu legen. Pomponianus ist schon alt. Wenn er einmal stirbt, kaufe ich mich von seinen Erben frei. Vielleicht gelingt's mir schon vorher. Man muß nur unausgesetzt solch ein Ziel vor sich haben. Das eine hab' ich erreicht: ich bin der Herrschaft unentbehrlich, halte Haus und Dienerschaft in festem Zügel.»

Tyrios richtete das Haupt stolz auf, indem er sich rückwärts an ein Knie des Fauns anlehnte. Milon bewunderte seine Selbstsicherheit. Ja, er war immer ganz anders gewesen als Tyrios, und doch beneidete er ihn nicht um seine bunten, aufgenähten Bänder auf seinem Kleide, aus denen Goldfäden schimmerten.

«Komm!» sprach Tyrios, «du bist zum Essen geladen! Die Herrschaften sind fort, da kann ich den Herrn spielen.»

Er stand auf, tätschelte dem Faun den Rücken und begab sich mit Milon ins Haus. Vor dem Essen brachte er ihn in seine Kammer, wo der Gast ein der Tafel würdiges Kleid überwerfen sollte.

Milon traute seinen Augen kaum, als Tyrios ihn zur großen Tafel des Hauses führte, wo man, halb auf Polstern liegend, sich zur Mahlzeit bequemte. Ein Diener und eine Sklavin trugen ihnen die Speisen auf, als ob sie die Herren des Hauses wären.

«Ich esse immer mit den Herrschaften, und wenn ich allein bin, laß ich mich hier bedienen. Man muß Abstand zur Dienerschaft nehmen, wenn man ihr befehlen will. Das hat mir Pomponianus beigebracht», sagte lachend Tyrios, indem er Milon eine Schale dunkelroten Weines reichte:

«Auf gute Tage in Rom! Ich werde morgen mit Florus zum Portus Augusti fahren und dich loskaufen für Pomponianus. Du könntest bei uns als Wagen- und Pferdeknecht des Florus dienen.»

Milon, als ob er das Anerbieten überhört hätte, bemerkte:

«Einen starken Wein trinken die Römer; wenn ich mehr als eine Schale tränke, würde ich den Rückweg nicht finden.»

Tyrios lachte:

«Du Narr! Du willst doch nicht zu Fuß ans Meer zurück. Das Kleid schenke ich dir. Es ist schon etwas abgetragen; aber damit darfst du dich ruhig in einen Wagen der römischen Bürger setzen, wie sie von der Stadt zum Meer regelmäßig hin und her fahren. Hast du Fahrgeld, oder soll ich dir etwas geben?»

«Ich habe Geld», antwortete Milon, der Tyrios nichts von seinem Geld abzunehmen begehrte, das dieser für seinen Freikauf aufsparte. Er trug ja den goldenen Titus im Gürtel. Zudem beschlich ihn immer mehr eine gewisse Enttäuschung, die ihm das Wiedersehn mit Tyrios bereitete. Es war, als ob fast alle jugendlich-freundschaftlichen Gefühle zwischen ihnen wie weggewischt wären. Tyrios war ein kluger, berechnender Römer geworden, er selbst aber innerlich Athener geblieben.

Die Rückfahrt

Als sich am späteren Nachmittag Milon durch das Gedränge von Menschen dem Stadttor näherte, das gegen die Via Portuensis Richtung Meer lag, bemerkte er einige Wagen mit Pferdegespann, die auf Fahrgäste warteten. Zu Fuß hätte er nicht mehr rechtzeitig nach Portus Augusti gelangen können. In dem von Tyrios geschenkten Kleid sah er prächtig aus. Er trat zu einem Zweispänner:

«Kutscher, fährst du mich nach Portus Augusti?»

«Jawohl, edler Herr, du kannst gleich aufsteigen.»

Milon wußte nicht wie ihm geschah. «Edler Herr» hatte der zu ihm gesagt. Einen Moment starrte er den Kutscher sprachlos an.

«Ach, den Fahrpreis will der Herr wissen? Für einen Zweispänner bis Portus Augusti einen halben Titus.»

Eigentlich erwartete der Kutscher, daß der junge Herr ihm den Preis hinunterdrücke; aber nichts dergleichen geschah. Mit einem Sprung saß dieser plötzlich auf der Wagenbank und rief:

«Losfahren!»

«Das Kissen, das Kissen, edler Herr!» rief der Kutscher und schob Milon ein dickes Lederpolster zu. Unter einem Arm hatte Milon das Bündel Sklavenkleider festgeklemmt, mit dem andern hielt er sich fest, als der Wagen losfuhr.

«Wünscht der edle Herr schnelle oder langsame Fahrt?»

«Schnelle Fahrt!» befahl Milon knapp. Bevor das Gefährt unter den Torbogen einfuhr, wendete Milon sich zurück und warf einen flüchtigen Blick auf die Hügelstadt. Plötzlich fuhr er mit einem raschen Griff in seinen Gürtel. War der goldene Titus überhaupt noch darin? – Doch, er fühlte die harte Rundung zwischen Leder eingeklemmt. Er war da!

Die Räder dröhnten über die gepflasterte Straße. Funken stoben zeitweise von den Pferdehufen. Vom Meer her wehte ein frischer Wind über Milons Antlitz. Er kam sich vor wie ein Prinz im Märchen. Einmal lachte er so laut heraus, daß der Kutscher sich umwandte und frohgemut mitgrinste. Konnte das Leben so frei und schön sein, wenn man Geld hatte? – Aus einem entgegenfahrenden Wagen winkten ihm zwei schmucke Römerinnen munter zu, und wie auch er ihnen zuwinkte und, sich wendend, ihnen nachschaute, sah er immer noch ihre hellen Tüchlein im Winde flattern.

«Portus Augusti!» rief der Kutscher, als er nach weiter Fahrt in der Nähe des Hafens anhielt. Mit einem Sprung vom Wagen befand sich Milon neben ihm und überreichte ihm den goldenen Titus.

«Ich muß wechseln gehn», meinte der Kutscher, «gleich bin ich zurück!»

«Ist nicht notwendig», antwortete Milon, «kannst ihn ganz behalten!»

Ein solches Trinkgeld hatte der Kutscher noch nie bekommen. Sprachlos schaute er den «edlen Herrn» an, ob er scherze. Als dieser die Hand grüßend zum Abschied erhob, machte der Kutscher eine tiefe Verbeugung und stammelte:

«Edler, großmütiger Herr, guter Herr, bester Herr . . .» Aber schon schritt Milon dem Hafen zu. Er suchte den Ziehbrunnen in der Nähe des Getreidelagers; dort wollte ihn Vargo erwarten. Er fand ihn auf einer Steinbank sitzend, wie er dem bunten Treiben der Schiffsleute zusah. Unbemerkt trat Milon von hinten an ihn heran, schlug ihm mit einer Hand auf die Schulter. Erschrocken sprang Vargo auf und erblickte einen vornehm gekleideten Herrn, der sich wohl auf diese Bank setzen und ihn, den Sklaven, vertreiben wollte. Rasch gab er den Platz frei. Milon sprach munter:

«Kennst du mich nicht? Kleider machen Herren, Vargo!»

Er lachte belustigt ins verblüffte Gesicht seines Freundes, der sichtlich Mühe hatte, Milons Antlitz mit der vornehmen Hülle zusammenzubringen.

«Wie siehst du aus, Milon! Ein richtiger nobler Herr! Was ist mit dir geschehen, bist du frei? Kommst du nicht mehr auf unser Schiff?»

«Nein, Vargo, sieh, hier unter meinem Arm trage ich den anderen, den zerlumpten Milon. Den zieh ich mir wieder an. Es war so schön, für einige Stunden Herr zu sein, Kutsche zu fahren und hübschen Römerinnen zuzuwinken.» Rasch erzählte er Vargo von den Abenteuern dieses Tages.

Bevor sie ins Boot stiegen, wechselte Milon seine Kleider, und der «noble Herr» wurde mit derselben ledernen Schnur zu einem Bündel gebunden, worin zuvor der Sklave eingerollt war. Bald brachten kräftige Ruderschläge sie zurück auf ihr Kornschiff.

Am folgenden Tage gab es eine Anzahl Ballen und Fässer einzuladen, die mit kleinen Booten zum verankerten Schiff gefahren wurden. Milon war bei den Ruderern. Immer wieder, wenn sie an Land kamen zum Aufladen, spähte er umher; aber kein Tyrios ließ sich erblicken, und Florus war sicher mit seinen Rennpferden sehr beschäftigt. Zum letzten Male stieß er das Boot vom Ufer. Es begann zu dunkeln. Da wußte Milon, daß sein Weg nach Afrika zurückführte.

Im Sturm

Über eine Woche fuhr die ‹Alexandra› mit kleiner Ladung in Richtung Ägypten. Eines Tages fegten die Winde dermaßen, daß sämtliche Segel eingeholt werden mußten. Vesonius, der mit Vargo das letzte kleine Tuch zusammenrollte, rief diesem zu:

«Halt dich an einem Tau fest, sonst spülen uns die Wellen wie die Mäuse ins Meer!»

Kaum hatte er das gesagt, fuhr eine hohe Woge über Deck, brachte Vargo zu Fall, und wenig fehlte, so wäre er über Bord geschwemmt worden, da das Schiff zugleich in schiefe Lage geriet. Eben stieg Milon aus dem Schiffsinnern, wo er ein Segeltuch verstaut hatte. Er gewahrte den am Schiffsrand sich anklammernden Vargo, dem vom Sturz schwindlig geworden war.

«Halt fest, Vargo! Ich hol' dich!»

Trotz neuen Sturzfluten gelang es Milon, vereint mit Vesonius, der ihn an einem Tau sicherte, Vargo aus seiner gefährlichen Lage zu befreien und den halb Ohnmächtigen ins Schiffsinnere zu befördern.

Nun kletterte Milon nach dem letzten Segel, das zuoberst wie eine zerrissene Fahne flatterte, den Mast hinauf. So schrecklich hatte er das Meer noch nie toben sehen. In der Höhe klammerte er sich einen Augenblick fest und blickte vom gewaltig schwankenden Maste in das Schäumen und Tosen der Wasser. Regen durchnäßte sein Kleid. Blitze flammten auf; Donner rollten ins Brüllen der Wogen. Vesonius, der unten auf Milon wartete, wollte es den Atem benehmen, als er ihn auf die Rahe hinaussteigen und einhändig das flatternde Rahsegel einholen sah. Der Regen hatte die Knoten gehärtet, und Milon vermochte sie nur mühsam zu lösen. Fest biß er auf die Zähne. Ein Stück des Segels hatte er schon unter einen Arm geklemmt, während er den letzten Knoten bearbeitete. Plötzlich ein Windstoß! Vesonius sah nur einen hellen Streifen im Sturmwind verschwinden. Das Segel war weg. Als Milon mit leeren Händen zu Vesonius kam, begaben sie sich schleunigst ins Schiffsinnere. Vesonius meinte zu ihm:

«Ein Schiff, das ein Segel verliert, geht bald unter, sagen alte Seeleute.»

Im Halbdunkel kauerte die Schiffsbesatzung beisammen in banger Erwartung, daß sich der Sturm sänftige. Das Schiff krachte in allen Fugen. Keiner sprach mehr ein Wort. Der Aufseher und der Schiffsverwalter saßen ebenfalls bei den Sklaven, alle jetzt auf Tod und Leben miteinander verbunden, in gleicher Gefahr und Furcht. Plötzlich schrie eine Stimme:

«Wasser im Schiff!»

Alles sprang erregt auf.

«Im unteren Laderaum steht es schon knietief!»

«Eimer her! Ausschöpfen! Bildet nach oben die Eimerkette!»

Nach einem kurzen Wirrwarr wanderten gefüllte Ledereimer von unten über eine Leiter hinauf nach oben und kehrten leer wieder zurück in ununterbrochener Folge. Der Aufseher begab sich mit dem Schiffsverwalter nach unten, um das Leck zu entdecken, indes die Sklaven fieberhaft schöpften und Eimer weiterreichten. Beim schwachen Schein eines Windlichts gewahrten sie, daß die eingelagerten Waren schon tief im Wasser staken. Es war ganz unmöglich, das Leck im Schiffsboden zu finden. Trotz des Schöpfens blieb das Wasser beharrlich auf Kniehöhe und sank nicht. Draußen brausten unvermindert die Sturmwellen. Stundenlang arbeiteten die Wasserschöpfer, in Schweiß gebadet. Als es dunkelte, ließ der Wind etwas nach; aber die Wogen warfen das ächzende Schiff unbarmherzig hin und her. Mittlerweile war das Wasser trotz des Schöpfens wieder einige Handbreit höhergestiegen. Allen war klar, daß sich der verborgene Riß im Schiffsboden vergrößert hatte. Der Aufseher ordnete an, daß man abwechselnd in zwei Schichten schöpfe. Milon und Vargo waren bei der ersten Gruppe, die sich völlig ermattet auf dem mittleren Schiffsboden niederlegen, Wasser trinken und hartes Brot kauen durfte.

«Wir befinden uns etwa drei Tage von Alexandria weg, Zeit genug zum Versinken», versetzte Milon.

«Drei Tage können wir vielleicht noch durchhalten bei solch verrücktem Schöpfbetrieb; aber diese alte Kiste kann plötzlich auseinanderbrechen», ergänzte Vargo.

Als die beiden ungefähr nach einer Stunde wieder an die Arbeit kamen, bemerkte Milon, daß das Wasser noch weiter gestiegen war. Die erschöpften Kameraden stürzten sich auf die Wasserkrüge, ihre vertrockneten Zungen zu feuchten, und dann ließen sie sich wie tot zu Boden fallen. In fast doppelter Schnelligkeit wanderten jetzt bei der ausgeruhten Mannschaft die Eimer, so daß es eine Zeitlang aussah, als ob das Wasser etwas sänke. Doch dieses Tempo konnte auf die Dauer nicht eingehalten werden. Als die Eimer langsamer wanderten, war auch das Wasser wieder im Anstieg. So ging es im Wechsel die ganze Nacht. Als der Tag dämmerte, hatten die Winde fast gänzlich nachgelassen, so daß wiederum Segel aufgezogen werden konnten. Das Meer beruhigte sich zusehends.

Im Schiffsinnern hatte das Wasser den mittleren Boden erreicht, der zugleich Aufenthalts- und Schlafraum war. Obwohl das Schiff wenig Fracht hatte, tauchte es bedenklich tief ins Wasser und fuhr nur sehr träge dahin. Das Wasserschöpfen geschah immer aufgeregter; denn nun ging es um Leben oder Tod in den Fluten. Das einzige kleine Boot würden ja der Aufseher und der Verwalter mit zwei Ruderern voll besetzen, und ob es diesen Rettung bringen könnte, war auch ungewiß.

Der Schiffsverwalter hatte Auftrag gegeben, sobald ein Schiff gesichtet würde, mit Tüchern Notzeichen zu geben, um es zu Hilfe zu rufen. Die Sklaven litten unter entsetzlichem Durst. Der Süßwasservorrat betrug nur noch wenige Krüge – die erschöpften, ausgedursteten Sklaven hatten nicht mehr viel übriggelassen. Milon, der gern und gut kletterte, hatte sich in einer Ruhestunde auf einen Mast begeben und suchte mit angestrengtem Blick die weite Meeresfläche ab.

«Vesonius!» rief er plötzlich hinunter, «mir scheint, dort in der Ferne ist ein Segler!»

Sogleich kletterte der Gerufene hinauf an Milons Seite. Der weißliche Schimmer war schwach, aber deutlich genug, daß jetzt auch Vesonius bestätigte:

«Ja, es ist ein Schiff. Es hat fast gleiche Fahrrichtung wie wir. Wenn wir etwas östlich schwenkten, kämen wir seinem Kurs näher!»

Milon rief:

«Eile zum Steuermann! Ich bleibe oben und gebe die Richtung an, die wir einschlagen müssen, ihm näher zu kommen. Noch ist es weit hinter uns und scheint ebenfalls Kurs auf Alexandria zu nehmen.»

Bald gab es große Aufregung. Auf die Rufe: «Ein Schiff!» eilten alle Mann mit und ohne Eimer auf Deck und spähten ins Weite in die Richtung, die Milon mit ausgestrecktem Arm anzeigte. Plötzlich donnerte der Aufseher:

«Wollt ihr alle ersaufen? Geht schöpfen! Mit Herumgaffen retten wir uns nicht!»

Schleunigst und wieder hoffnungsfroh begann die Wasserschöpferei mit vermehrter Kraft. Es war aber auch notwendig; denn bereits stand das Wasser im oberen Raum knietief. Nirgends war mehr ein trockener Platz, wo man im Innern des Schiffes sich noch hätte niederlegen können.

Der Steuermann gab etwas vorgelegten Kurs auf einen abgeschätzten Begegnungspunkt mit dem schneller fahrenden Segler. Milon war als Lotse oben geblieben. Vesonius machte den Boten hin und her zum Steuermann.

«Kurs gut!» rief er nach einer Weile, «ich kann bereits einzelne Segel unterscheiden.»

Indes hatten der Aufseher und Vesonius an einer langen Stange eine Flagge befestigt, die sie nun im Halbkreis winkend hin und her bewegten, Seenot anzuzeigen. Der Schiffsverwalter hatte erlaubt, den dürstenden Sklaven alles Wasser aus den Krügen zu reichen, daß sie mit letzten Kräften aushielten. Da nun der Segler auch von Deck aus gut sichtbar wurde, vernahm man unterdrückte Schreie der Freude.

«Wie hängen doch die Menschen alle am Leben, selbst der elendeste Sklave liebt es», dachte Milon auf seinem Beobachtungsposten.

«Milon!» rief plötzlich von unten Vargos Stimme.

«Hier ein letzter Trunk für dich; es ist kein Tropfen mehr in Krügen und Fässern.»

Auf dieses Anerbieten kletterte er rasch abwärts; denn auch ihn quälte brennender Durst. In tiefen Zügen schlürfte er aus dem dargebotenen Krug.

«Danke, Vargo! Vor Mattigkeit hätte mich der Schwindel bald ohne Klettern vom Mast hinunterbefördert. Ich geh wieder schöpfen, der Segler entgeht uns nicht mehr. In einer halben Stunde müssen wir zusammentreffen, obschon unsere Wasserkiste so träge schleicht.»

«Halt, Milon!» rief der Aufseher. «Komm her mit Vesonius, die Flagge schwenken!»

Eine kurze Zeit später riefen die Flaggenschwenker:

«Sie geben Antwort! Sie haben uns verstanden!» Deutlich nahm man auf dem Segler zeitweise ein Tücherschwenken wahr. Auf diese Kunde hin eilten wieder sämtliche Wasserschöpfer auf Deck, es mit eigenen Augen zu sehen; doch der Aufseher jagte sie barsch an ihre Arbeit zurück.

Als man sich so nahe war, daß die Schiffsleute deutlich zu erkennen waren, mußte die Besatzung des Seglers die Not der ‹Alexandra› erkannt haben. Aus Zurufen war zu entnehmen, daß man versuchen wolle, Seite an Seite zu legen. Alle Segel der ‹Alexandra› wurden eingeholt, daß sie wie ein Floß im Wasser stillestand.

«Bringt alles, was zu retten ist, auf Deck!» gebot der Aufseher. Mit Schöpfen hatte man aufgehört. Segel, Taue, Fässer, Krüge und letzte Vorräte wurden zusammengestapelt. Ein Glück, daß die Wellen sich kaum mehr regten; denn das Wasser war im mittleren Raum über die halbe Höhe hinaufgestiegen. Als sich vom rettenden Schiff aus lange Stangen mit Enterhaken an die sinkende ‹Alexandra› hefteten, ertönten wiederum jubelnde Zurufe. Als erste begaben sich Schiffsverwalter und Aufseher hinüber und begrüßten umarmend ihren Kollegen, den römischen Schiffspatron der ‹Neptunus›. Bretter wurden von Bord zu Bord gelegt und die Stapelware hinübergetragen. Als schließlich alles drüben war, auch das kleine Boot, zog man die Bretter weg. Die Enterhaken ließen locker, und die ‹Alexandra› ging führerlos ihrem langsamen Untergang entgegen.

Milon stand mit Vargo auf dem Hinterdeck der ‹Neptunus›.

«Länger als einen halben Tag hätten wir sie nicht mehr über Wasser halten können.»

«Ich hatte für uns drei eine Rettung vorbereitet! Sieh, eines der leeren Fässer, das wir herübertrugen, hat ein Fischnetz umgeknüpft. Das habe ich vorbereitet, damit wir uns mit den Gürteln daran hätten befestigen können.»

«Deine Erfindung, Vargo, ist gut; aber dieses Faß hätte vielleicht nur unsere Qualen verlängert, wenn wir nicht bald entdeckt worden wären. Wer beachtet schon ein schwimmendes Faß auf dem Weltmeer!»

«Du hast recht, und doch klammert sich jeder Ertrinkende an ein Brett. Was wäre unser Leben ohne Hoffnung?»

«Ein Sklave lebt von der Hoffnung, daß einmal unter hundert schlimmen Tagen wieder ein besserer kommt. Bis Alexandria, Vargo, haben wir sorglose Stunden.»

Ja, es war eine gute Zeit. Drei Tage ruhige Meerfahrt ohne Arbeit und Aufregung mit genügend Speise und Trank. Als die bekannte

Küste in Sicht kam, versammelte der Aufseher die Sklaven der ‹Alexandra›:

«Bevor wir an Land gehen, müßt ihr wissen, daß für unseren Herrn Calpurnicus der Untergang der ‹Alexandra› einen großen Verlust bedeutet. Es ist sehr wohl möglich, daß er kein anderes Schiff mehr kauft. Ich habe mit dem Patron des ‹Neptunus› vereinbart, daß wir noch einige Tage bei ihm Gastrecht haben. In dieser Zeit wird unser Schiffsverwalter mit Calpurnicus beraten, was mit euch geschehen soll. Ihr helft beim Ausladen der Waren. Ich selber bleibe hier, bis der Entscheid gefällt ist.»

Nach diesen Worten ließ der Aufseher die Sklaven wieder allein.

Vargo wandte sich zu Milon:

«Ich bin sicher, Calpurnicus wird kein neues Schiff kaufen; aber uns wird man verkaufen. Nirgends ist dies günstiger als auf dem Markt von Alexandria.»

Die Vermutung des Vargo traf zu. Nach zwei Tagen wurde die ganze Mannschaft der ‹Alexandra› auf den Sklavenmarkt der großen Stadt gebracht.

Ein neuer Herr

Obwohl Milon schon verschiedene Herren gewechselt hatte, war er bis jetzt noch nie auf einem öffentlichen Sklavenmarkt ausgestellt gewesen. Vargo hatte ihm angeraten, das von Tyrios erhaltene römische Kleid anzuziehen, das er von der ‹Alexandra› gerettet hatte.

«In diesem Kleid siehst du prächtig aus und wirst in ein vornehmes Haus gekauft. Sicher entgehst du der Galeere!»

«Vom Meerfahren habe ich für eine gute Weile genug. Lieber wäre mir ein Dienst auf dem Lande.»

Die Sklaven der ‹Alexandra› wurden auf dem Markte mit viel hundert anderen zur Schau gestellt. Milon hegte den Wunsch, mit Vargo zusammenbleiben zu können. Er war ihm ein guter Freund geworden, hatte viel Freud und Leid mit ihm geteilt.

«Wie machen wir es, Vargo, daß wir nicht getrennt werden? Du hast immer wieder einen guten Einfall.»

«Hier hört mein Rat auf.»

Gedämpft und traurig kamen diese Worte aus Vargos Mund.

Der frühere Schiffsherr Calpurnicus war auch auf den Markt gekommen, die Preise für seine Sklaven festzusetzen und möglichst viel herauszubringen, um seinen großen Verlust mit dem Schiff etwas zu mildern. Käufer kamen und gingen.

Eine ältere, auffällig bunt gekleidete, reiche Ägypterin in Begleitung ihres Verwalters begann eben mit diesem, die Sklaven der ‹Alexandra› zu mustern.

«Was kostet dieser?»

Sie deutete auf Milon. Calpurnicus nannte eine Summe, die sie aufkreischen ließ.

«Für so viel Geld kaufe ich mir *zwei* andere! Gegen Abend wird er billiger sein, der schlanke Grieche. Wir kommen später wieder.»

Vargo spottete:

«Hoffentlich kauft dich diese Ziege nicht. Da müßtest du immer nach ihrer Nase meckern!»

«Ja, dann lieber auf ein Schiff oder richtige Ziegen hüten!»

Ein mit Calpurnicus bekannter Schiffsmann verhandelte lange abseits mit ihm und kaufte schließlich Vargo, Vesonius und zwei andere für sein Schiff. Milon nahm allen Mut zusammen, trat zu Calpurnicus und fragte:

«Wäre es nicht möglich, daß ich mit Vargo und Vesonius beisammen bleiben könnte?»

Calpurnicus blickte ihn erstaunt an:

«Du bist zu teuer für den Schiffsdienst. Dich verkaufe ich zu Herrschaftspreis!»

Wie gerne hätte Milon jetzt sein Kleid zerrissen, da er glaubte, daß nur dieses schuld sei an der Trennung von seinen Kameraden. Er verwünschte den Gedanken, der ihn bewogen hatte, ein schmucker Diener sein zu wollen. Tränen traten ihm in die Augen, als er zum Abschied seinen Freund Vargo umarmte, mit dem er einst in Pompeji ein Kind lebendig aus dem Gemäuer geholt und dafür wenig Dank erfahren hatte.

«Leb wohl, Vargo! Wir vergessen uns nicht!»

Vargo nickte stumm. Ein Wort fand er nicht. Dann sah Milon die vier im Marktgewühl verschwinden.

Es ging gegen Mittag, als ein gestrenger Römer, von einem Sklaven begleitet, Milon eingehend musterte.

«Hast du schon in einem Herrschaftshaus gedient?»

«Zweimal, Herr!»

«Wo war's?»

«Einmal in Griechenland, im Hause des Midias in Athen.»

«Und das andere Mal?»

«In Stabiae, im Hause des Pomponianus.»

«Was, bei dem berühmten, reichen Pomponianus, dem Schiffsbesitzer? Warum hat er dich nicht behalten?»

«Herr, nach dem Untergang Pompejis war Haus und Hof in Stabiae zerstört. Er löste den Hausstand auf.»

«So warst du dabei in den schrecklichen Tagen?»

«Ja, Herr, ich sah den Untergang der blühenden Stadt.»

Der Römer wandte sich wieder Calpurnicus zu. Sie wurden handelseinig. Kurze Zeit später saß Milon mit einem anderen Sklaven, der sich Lesco nannte, in einem Pferdegefährt. Neben den Wagenlenker setzte sich der Römer, der sie beide auf dem Markt gekauft hatte. Bald verließ der Wagen die Stadt in südlicher Richtung. Später bog er westwärts und fuhr in raschem Tempo stundenlang in der Hitze dahin, mit kurzen Unterbrechungen bei Tränke-Brunnen. Milon saß stumm in sich gekehrt da. Einige Male versuchte der andere ein Gespräch zu beginnen.

«Der uns gekauft hat, ist nicht der Herr, den wir kriegen. Er ist Verwalter. Ich hab' es erlauscht, als er mich auf dem Markt kaufte.

Hoffentlich gibt's sauberen Dienst! Ich komme aus einem vornehmen Hause Alexandriens, hatte wenig Arbeit und Essen wie die Herrschaft. Wo warst du?»

«Auf einem Schiff, Kornsäcke tragen.»

«Ach so. Und dein schönes Kleid? Hat's dir der Händler bloß für den Markt angezogen?»

«So ungefähr.»

«Hab' mir's gedacht. Ein gutes Kleid!»

Milon mochte jetzt nicht dem neugierigen Frager sein Leben erzählen. Er starrte auf die vorbeiziehenden Felder, Äcker, Bäume und verstummte.

Es ging gegen Abend, als der Wagen bei einem großen Hof ankam, der ganz nach römischer Art gebaut war. Im Innern befand sich ein weiter, gepflasterter Platz, umgeben von Gebäuden. Milon fiel ein vornehm gebautes Herrschaftshaus auf mit prächtigen Gartenanlagen.

Hier lebte Andarius, ein alter Kriegsmann und römischer Feldherr, mit seiner Gemahlin Pyrra. Nach einem bewegten Leben in Kriegszügen gegen den Orient, im Dienste des Kaisers, verbrachte er hier einen ruhigen, angenehmen Lebensabend. Um die Besorgung des Gutes kümmerte er sich wenig. Sein Verwalter hielt die zahlreichen Diener und Knechte in strenger Sklavenzucht. Seine Kornkammern und Wollballen mehrten sich von Jahr zu Jahr.

Zu dem angekommenen Wagen eilte jetzt ein Pferdeknecht herbei, die Tiere zu versorgen. Der Verwalter wandte sich zu den beiden Neulingen:

«Wascht euch drüben beim Brunnen den Staub von Gesicht und Gliedern. Ich werde euch bald holen zum Antritt vor euren künftigen Herrn.»

Er begab sich hinüber zur Villa und stieg die Stufen zu einer Terrasse empor, auf der um diese Zeit Andarius zu weilen pflegte. Er fand ihn mit seiner Gemahlin, dem Singsang einer Sklavin lauschend, die auf einer Leier karge Töne zu einem Liede zupfte. Nachdem der Verwalter das Paar begrüßt hatte, meldete er:

«Wenn es den Herrschaften Vergnügen bereitet, so führe ich die beiden Sklaven vor, die ich heute in Alexandria kaufte. Der eine ist als Diener in der Villa vorgesehen, der andere vorläufig als Schafhirt draußen im Felde. Die Herrschaften wollen bitte selber auswählen, welcher von beiden im Hause dienen soll.»

Andarius blickte auf Pyrra:

«Ist es dir recht heute abend, oder willst du am Morgen entscheiden?»

«Bringe sie her, wir wollen prüfen, was du aus Alexandria gebracht hast.»

Als der Verwalter in den Hof zurückkehrte, hatten die beiden Sklaven den Reisestaub abgewaschen und waren eben im Begriff, ihr Überkleid anzuziehen.

«Das Lendentuch genügt! Bei Sklaven zählen die Muskeln und nicht der Rock!»

Drüben bei der Villa, vor der Treppe, die zur Terrasse hinaufführte, blieben sie stehen und warfen sich angesichts der Herrschaften ehrerbietig nieder. Ihre Stirnen berührten die unterste Steinstufe. Der Verwalter brachte sie hinauf und stellte sie vor:

«Hier der Dunkle heißt Lesco, stark gebaut, daß er wohl hätte Galeerendienste übernehmen können. Er hat in Alexandria gedient und kennt die Hausarbeiten. Dieser ist Milon, ein Grieche, war auf Schiffen, aber auch in pompejanischen Diensten.»

Einen Augenblick prüfte Andarius die beiden mit forschenden Augen.

«Holt Blumen im Garten, bringt sie hierher!»

Schon eilte der dunkle Lesco die Treppe hinunter, indes Milon einen Augenblick zögernd umherschaute, dann aber dem andern nachfolgte. Bald erschien Lesco wieder mit einem üppigen Strauß. Er ergriff einen Wasserkrug, der auf der Terrasse stand, steckte seine Blumen in hastiger Dienstfertigkeit hinein und stellte sein Werk auf einen Steintisch.

Etwas später kehrte Milon zurück, in einer Hand ein paar gelbe Rosen. Wie er bemerkte, daß der andere bereits den Dienst getan und sich der einzigen Vase bemächtigt hatte, die vorhanden war, ging er zögernd auf die Herrin zu. Mit einem freundlichen Kopfnicken gab er die Rosen in ihre Hände. Der Herr lachte laut auf, daß ein Sklave einer römischen Patrizierin Rosen anbot.

«Pyrra, du hast einen neuen Verehrer erworben! Der führt sich rosig ein! Der würde als Hausdiener nur immer dich füttern und mich verhungern lassen. Wir bleiben beim dunklen Lesco!»

Zu diesem gewendet meinte er:

«Daß du gleich den leeren Krug dort drüben auf dem Boden bemerkt hast und seine Verwendung, hat für dich entschieden.»

Im Weggehen aber hörte Lesco, wie die Herrin zu Andarius eine Bemerkung fallen ließ, Milon hätte ihr trotz seiner Befangenheit besser gefallen für den Hausdienst; das ärgerte ihn.

Pyrra wußte wohl, wenn Andarius einmal entschieden hatte, war er nicht gewohnt, gegebene Befehle zurückzunehmen.

Auf Weisung des Verwalters mußte Milon sein buntes Kleid dem Lesco geben und dessen abgetragenen Rock anziehen, der für einen Schafhirten gerade recht sei.

Auf dem Landgut gab es eine größere Zahl von Sklaven. Die meisten arbeiteten auf den Feldern, einige in den Pferdeställen, in Haus, Hof und Küche. Für sie alle befand sich über den Stallungen ein gemeinsamer Schlafsaal, wo sie auf Strohsäcken die Nacht verbrachten. Nur der Hausmeister, ein verdienter, alter Sklave, bewohnte neben dem Verwalter eine Kammer des Herrschaftshauses. Große Hunde wachten im Hofe, die beim leisesten, fremden Geräusch während der Nacht Laut gaben und jeden flüchtigen Sklaven auf der Stelle zerrissen hätten. Die beiden Neuankömmlinge der Sklavenschaft wurden am hintersten Ende des langen Raumes einquartiert.

Als sie am folgenden Abend im Dunkeln auf ihren Strohsäcken lagen, sprach Lesco zu Milon:

«Ich bin froh, daß ich Hausdienst gekriegt habe! Die Herrschaft ist nicht aufsässig, und ich bin an der Quelle guter Dinge. Heute habe ich Gänsebraten gegessen! Wie ist es dir ergangen, Milon?»

«Ich habe auf dem Felde die Schafe gehütet. Einen großen Stock hat mir der Aufseher gegeben. Es soll vorkommen, daß wilde Hunde die Herde anfallen. Brot und Früchte sind meine Speise. Ich habe mir eine gute Mittagsrast im Schatten der Olivenbäume vergönnt. Heiß brannte die Sonne. Am Rande des weiten Feldes zieht sich ein dichtes Steppengebüsch hin, woraus plötzlich ein wilder Hund hervorbrechen könnte und in die Herde fahren. Doch hab' ich einen Schäferhund dabei, der gut meldet.»

Als Milon so erzählte, dachte Lesco für sich:

«Elende Arbeit! Ich habe das bessere Los gezogen. Hoffentlich bleibt alles, wie es ist. Wenn nur die Herrin ihn nicht eines Tages gegen mich eintauschen möchte!»

Lesco hatte nicht vergessen, daß sie Milon bevorzugt hätte.

Eine seltsame Begegnung

Es begab sich, daß Milon an einem heißen Tage draußen im Felde ruhte und sein kärgliches Mittagsbrot unter einer Baumgruppe verzehrte. Die Schafe lagen um ihn her, im Schatten zusammengedrängt. Einzelne knabberten etwas weiter seitab an halbvertrockneten Grasbüscheln. Milon schickte sich an, ein wenig zu schlummern, als plötzlich in rasendem Lauf mit lautem Geblök jene verstreuten Tiere herangestürmt kamen und an den Schattenbäumen vorbeirannten. Einige stürzten dabei in wilder Hast über die ruhenden Schafe, überschlugen sich und jagten im Nu die ganze Herde auf, die mit lautem Geschrei das Weite suchte. Vergeblich verfolgte der Schäferhund bellend die wildgewordenen Tiere. Sie waren nicht aufzuhalten. Milon sprang erschrocken auf, ergriff seinen Stock. Einen Augenblick spähte er umher. Hatte ein wilder Hund sie erschreckt? Es war nicht zu ergründen, was für ein Schreck in die sonnenmüde Herde gefahren war. Eine kurze Weile blickte Milon dem wilden Davontreiben nach, das auf dem trockenen Steppenboden Staubwolken aufwirbelte. Er überlegte: Nachfolgen? Dableiben? Dem Hund das Zurücktreiben überlassen? – Von ungefähr geriet dabei sein Blick wieder in die Richtung der Büsche, woher der erste Lärm gekommen war. Seine Augen weiteten sich vor Schrecken, als er aus dem Laubwerk einen Löwen hervorragen sah, der ihn mit seinem Blick fixierte. Blitzschnell durchfuhr es Milon:

«Da kann mich keine Flucht mehr retten. Löwensprünge erreichen jeden Menschenfuß. Es gibt nur eines: hinauf auf den nächsten Baum!»

Im selben Augenblick kletterte er geschmeidig an einem Stamm hoch und klammerte sich oben ins Geäst. Hier war er vor dem Raubtier sicher; Löwen klettern nicht auf Bäume. Als er aus einiger Höhe wiederum nach dem Raubtier Ausschau hielt, gewahrte er, wie dieses sich mit langsamen Schritten seinem Baum näherte. Aber – was hatte der Löwe für einen seltsamen Gang? Jedesmal wenn er den linken Vorderfuß aufsetzte, knickte er hinkend ein. Milon beobachtete scharf, daß es immer wieder der linke Vorderfuß war, der dem Löwen im Schreiten Mühe und offenbar heftigen Schmerz bereitete. Plötzlich blieb er stehen, beleckte die Pfote, schaute suchend umher, hob das Bein zuckend in die Luft, als ob er damit um Hilfe flehen wollte. Ganz deutlich richtete er jetzt seine Blicke auf Milon, der oben in der Baumkrone saß. Auf einmal würgte sich ein heiserer Schrei aus des Löwen Brust. Milon konnte ihn nicht anders denn als Schmerzensruf deuten. Als der Löwe bis unter den Baum des Hirten gehumpelt war, legte er sich nieder, gab leise gezogene Töne von sich und ruderte zeitweise mit der schmerzenden Pfote in der Luft herum. Einen Augenblick dachte Milon: «Könnte es eine List des Tieres sein, mich mit seinem kläglichen Gebaren herunterzulocken und dann zu überfallen?»

Aber sogleich verwarf er diesen Gedanken. Es wäre ja dem Löwen ein leichtes gewesen, die Schafe zu verfolgen und sich saftige Nah-

rung in Fülle zu holen. – Von so nah hatte Milon nie einen Löwen betrachten können. Es war ein sehr kräftig gebautes Männchen mit vollbuschiger Mähne. Zu der königlichen, würdevollen Gestalt wollte sein Gebaren nicht passen. Aus dieser breiten Brust erwartete man andere Laute als klägliches Stöhnen. Etwas wie Mitleid mit dem königlichen Tier stieg in Milon auf. Es mußte verletzt sein. Vorsichtig ließ er sich einige Äste tiefer rutschen. Der Löwe warf den Kopf hoch. Ein kurzes Jaulen zitterte aus seiner Schnauze, indes er von neuem die Pfote hob. Milon konnte nun deutlich unterscheiden, daß der linke Vorderfuß dicker als der rechte war. Offensichtlich war er aufgeschwollen. Daß der Löwe Hilfe begehrte, war ihm klar; aber ein Löwe ist ein Löwe. Durfte man sich getrauen, ihm nahe zu gehn? Konnte nicht plötzlich die alte Raubgier in ihm hochkommen? Er kletterte noch ein paar Äste tiefer, was der Löwe mit freudigem Winseln vermerkte. In Milon reifte der Entschluß, dem von Schmerzen gequälten Tier zu helfen. Welch Gegensatz: die königliche Gestalt – das hilfesuchende Bitten! Etwas wie Abenteuerlust trieb Milon an, sich in die unmittelbare Nähe dieses Raubtiers zu wagen. Der Löwe hatte sich jetzt niedergelegt und beleckte zeitweise die vorgestreckte, aufgeschwollene Pfote. Hatte er sich vielleicht einen Holzsplitter oder einen spitzen Stein eingetreten, den er nicht wieder herauskriegte? Sachte stieg Milon den Baum hinunter bis auf die untersten Äste, immer scharf den liegenden Löwen beobachtend. Mit eins faßte er allen Mut zusammen. Er ließ sich am Stamm völlig auf die Erde gleiten, bereit, jeden Moment wieder hochzuklettern. Als ob der Löwe spürte, daß er den Hirten nicht erschrecken dürfe, blieb er liegen, drehte sich sogar auf die Seite, daß die schmerzende Vorderpfote frei in die Luft ragte. Seltsam, alle überstandene Furcht war aus Milon gewichen. Seine Sorge war vielmehr, den Löwen behutsam anzufassen, um festzustellen, was dem kranken Glied fehle. Als er nur noch wenige Schritte von dem Liegenden entfernt war, schnalzte er leise mit der Zunge und redete ihn an, so ähnlich, wie er beruhigend zu einem Schäfchen sprach, das sich in eine Dornenhecke verrannt hatte und nicht mehr von selber herauskommen konnte. Nun stand er dicht bei ihm. Mit der aufgeschwollenen Vorderpfote ruderte der liegende Löwe ihm entgegen. Leise redete ihn Milon an:

«Nu, nu, zeig mal her! So – ja – so . . .»

Milon hatte den Vorderfuß etwas weiter hinten angefaßt, wo die Empfindlichkeit geringer sein mußte. Mit *einem* Blick erfaßte er, woran das Tier litt: Ein scharfer Kaktusdorn, zwischen die Ballen der Pfote eingedrungen, hatte eine schmerzhafte Entzündung und eine Geschwulst hervorgerufen. Milons scharfes Auge hatte das Dornende als dunkelbraunen Punkt entdeckt; nun galt es, ihn mit den Fingernägeln einzuklemmen und auszuziehen. Zum Glück hatte die Eiterung den Dorn schon gelockert, und so war es ein leichtes, ihn zu entfernen. Er zeigte eine erstaunliche Länge und mußte tief innen die großen Schmerzen erregt haben, die den Löwen, wohl nach tagelangem Leiden, in die Nähe von Menschen getrieben hatten. Als der Dorn herausgezogen war, flossen Eiter und Blut nach. Das verschaffte dem Verletzten sofort eine gewisse Erleichterung. Milon tätschelte das liegende Tier, kraulte ihm gar die Mähne. Der Löwe nahm dies mit großem Behagen auf und beleckte des Hirten Füße. Der Verletzte mußte sehr erschöpft sein. Gewiß hatte er zufolge der ausgestandenen Schmerzen schon längere Zeit kaum schlafen und auch nicht jagen können. Er drehte sich plötzlich seitwärts, schlug die wunde Tatze über die ge-

sunde und schlief ein. Für einen Augenblick kam Milon der Gedanke, daß er jetzt mit einem großen Stein dem Löwen den Schädel spalten könnte und daß eine solche Tat ihn beim Gutsherrn Andarius in hohe Gunst setzen würde. Das prächtige Fell würde Pyrra als Teppich schätzen. Aber sogleich verscheuchte er diesen häßlichen Gedanken. Er strich dem Schlummernden über die Mähne, als wollte er bekräftigen:

«Du bist jetzt mein Freund; dir soll nichts Böses geschehn!»

Jetzt erst kam ihm wieder seine geflüchtete Schafherde in den Sinn. Weit und breit in der Runde war kein einziger weißer Fleck von den Tieren zu bemerken. Ob sie wohl samt dem Hund Hals über Kopf heimwärts zu den Hürdenställen gerannt waren? Es mußte so sein! Behutsam rückte Milon einige Schritte vom Löwen weg, der im guten Baumschatten schlummerte. Er ergriff seinen Hirtenstab, schaute nochmals rückwärts auf den Schlafenden und dachte:

«So einen starken Begleiter, Freund und Beschützer müßte man haben, wenn Menschen einen quälen, besonders wenn man ein verachteter Sklave ist.»

Am liebsten hätte er den Löwen wachgerüttelt, sich auf ihn gesetzt und gerufen: «Reite mit mir hinaus in die weite freie Welt, wo es keine Aufseher, keine Sklavenhunde und keine Angst mehr gibt!» – Ach, Milon wußte, daß dies Traumwünsche waren; aber es war schön, so zu träumen. Und doch mußte er den Löwen jetzt verlassen. Gewiß käme man ihn bald suchen, da die Schafe ohne ihn heimgekommen waren. Zögernd verließ er den Ort, den Baumschatten, den Löwen und ließ seine Träume, seine Freiheitsträume hinter sich. Wie er schnelleren Lauf anheben wollte, hielt Milon plötzlich inne. Es fuhr ihm durch den Sinn, sein römischer Herr könnte auf den Gedanken kommen, eine Jagd auf den Löwen zu veranstalten, wenn er von ihm erführe, und «seinen Löwen» töten. Ob er wohl morgen wiederkäme, ihn zu besuchen? Tiere sind oft dankbarer als Menschen. Wenn er ihn zähmen könnte; hier in aller Verborgenheit! Er hatte doch Freundschaft mit ihm geschlossen. Immer ferner lagen die Olivenbäume.

«Nein, ich sage nichts vom Löwen, sonst wird man ihm bestimmt nachstellen.»

Der gelbbraune Löwenfleck im Baumschatten wurde immer winziger und schimmerte undeutlich in der heißen Mittagsluft, die über das trockene Steppengras wehte.

Die Rückkehr

Als Milon sich dem Gutshof näherte, kam ihm eine Gruppe Menschen entgegen, unter denen er den Aufseher erkannte. Er führte die beiden Bluthunde an der Leine. Eben jetzt war man des Hirten ansichtig geworden. Ein aufgeregtes Stimmengewirr drang an sein Ohr; Milon schien es, man habe angenommen, er sei entflohen, da die Schafe allein nach Hause zurückgekehrt waren. Wollte man ihm mit den Bluthunden nachsetzen? Nähergekommen, bemerkte Milon das grimmige Gesicht des Aufsehers, das nichts Gutes für ihn verhieß. Als er nun vor ihm stand, schlug sich der Aufseher erregt mit dem Peitschenstiel an die Seite. Es sah aus, als wolle er im nächsten Augenblick auf den Schafhirten einschlagen. Er schrie ihn an:

«Was ist mit dir? Warum achtest du nicht auf deine Tiere?! Du verdammter Kerl, ich will dich lehren, deine Herde zu verlassen!»

Schon hob sich der Arm, den beschuldigten Sklaven zu züchtigen. Da rief Milon blitzschnell:

«O Herr, der Löwe, der Löwe!»

Der Aufseher ließ den erhobenen Peitschenarm sinken:

«Was, Löwe! Hast du einen Löwen gesehn?»

«Jawohl, mein Herr. Deshalb sind die Schafe allein nach Hause gesprungen.»

«Erzähle!» befahl des Aufsehers Stimme mit aufgeregter Neugier.

«O Herr, wie wir Mittagsrast pflegten bei den fünf Olivenbäumen in der Nähe des Buschwäldchens, erhob sich auf einmal ein wildes Geschrei unter den Tieren. Sie jagten samt dem Schäferhund wie ein Sandwirbel davon. Als ich der Ursache dieser Flucht nachgehen wollte, kam vom Steppengebüsch her ein Löwe auf mich zu, vor dem ich auf einen Baum flüchtete. Da mußte ich eine Weile bleiben, bis ... bis ... er mir nichts mehr tun konnte.»

Hier stockte Milon, und als der Aufseher nach Größe und Alter des Tieres fragte, gab er Auskunft und fand so die Möglichkeit, den Rest des Geschehens zu verschweigen.

«Das muß ich sofort dem Gutsherrn melden», meinte der Aufseher, «daß hier ein Löwe aufgetaucht ist. Das ist seit vielen Jahren nicht mehr vorgekommen in der Gegend von Alexandria.»

Auf dem Rückweg durfte Milon neben dem Aufseher hergehen und ihm die Hunde führen. Noch einmal mußte er genau erzählen, wie alles gekommen sei; aber noch einmal verschwieg er, was ihm selbst die Hauptsache war am Löwenerlebnis. Das sollte sein Geheimnis bleiben!

Da sie nun beim Gutshof ankamen, ruhten die Schafe still in den Hürden. Man merkte ihnen nichts mehr an von überstandenen Schrecknissen. Sogleich begab sich der Aufseher mit Milon zu Andarius. Der Feldherr saß auf der schattigen Terrasse und pflegte der Ruhe, indes seine Gemahlin schläfrig den eintönigen Melodien der ägyptischen Sklavin lauschte. Lesco meldete den Herrschaften eine wichtige Botschaft des Aufsehers an. Sie schienen gern die Langeweile mit etwas Interessantem zu vertauschen; denn Andarius winkte mit der Hand:

«Er soll mir gleich hier die Neuigkeit berichten!»

Bald darauf erstieg der Aufseher mit Milon die Stufen zu der Terrasse, auf die der Hirtensklave unlängst einige Rosen hinaufgebracht hatte. Mit wichtiger Miene verkündigte der Aufseher das Erscheinen eines Löwen auf Gutsgebiet. Milon mußte zu wiederholtem Mal seinen Bericht abgeben. Doch auch jetzt zauderte er, den

Schluß des Erlebnisses vollständig zu erzählen. Ja, er fürchtete, man würde ihn auslachen, ihm keinen Glauben schenken, wenn er erzählte, wie alles sich wirklich zugetragen. Während er berichtete, stand Lesco in einiger Entfernung bei einer Säule und hörte alles mit. Pyrra, die Herrin, verglich den schlanken Milon, der da in zerrissenen Lumpen gekleidet lebhaft erzählte, mit der etwas stumpfen Art ihres Dieners Lesco und fand wiederum, daß der Schafhirt der angenehmere Hausbursche wäre.

Der Feldherr hörte sich den Bericht des Sklaven mit wachsendem Interesse an. Immer höher richtete er sich von seinem Lager auf. Seine Augen begannen zu funkeln wie früher, in jüngeren Jahren, vor Beginn einer Schlacht. Gar oft hatte er auch in seinem langen Leben leidenschaftlich am Erjagen wilder Tiere teilgenommen. Insbesondere hatte es ihn immer gelockt, mit Fallen oder Netzen Tiere lebendig einzufangen, und mehr als einmal hatte er nach Siegeszügen nicht nur gefangene Sklaven, sondern auch wilde Tiere nach Rom gebracht. Was Milon befürchtet hatte, geschah: Andarius befahl, sogleich einen Wagen anspannen zu lassen, da er einen befreundeten Gutsherrn in der Nähe aufsuchen wolle, der gewiß auch Gefallen an einer Löwenjagd hätte. So könnte man vielleicht schon morgen das wilde Tier einfangen oder erlegen.

Milon begab sich zu den Schafhürden, um an der Umzäunung etwas zu erneuern. Da gewahrte er, bevor Andarius wegfuhr, daß dessen Gemahlin mit ihm zum Wagen trat und anscheinend etwas Wichtiges vorbrachte; denn sie redete sehr eindringlich auf ihn ein. Ob sie wohl abriet, sich auf eine Löwenjagd einzulassen? Es schien, der Herr sei mit ihrem Anliegen einverstanden; denn sie verabschiedete sich sehr freundlich und winkte dem Wagen noch einige Zeit nach. Also konnte es sich nicht um den Verzicht auf die Löwenjagd handeln. Milon sollte bald erfahren, was die beiden eben besprochen hatten.

Veränderter Dienst

Nicht lange nachdem die Herrin verschwunden war, trat der Sklavenaufseher auf die Terrasse heraus und winkte Milon herbei. Was sollte er nun schon wieder da oben? Mit knappen Worten befahl der Aufseher:

«Geh mit Lesco hinauf in den Schlafraum. Wechselt die Kleider! Von heute abend an hast *du* den Dienst im Hause zu versehen. Lesco wird Hirte und übernimmt die Schafe. Bis die Sache mit dem Löwen klar ist, soll er sich mit der Herde nur in der Nähe des Gutes aufhalten.»

Milon war von diesen Worten so überrascht, daß er vergaß, den Mund zu öffnen und sein «Jawohl» herauszubringen. Eigentlich hatte es ihm bei den Schafen gut gefallen. Jetzt konnte er auch dem Löwen nicht mehr begegnen, draußen bei den fünf Olivenbäumen.

«Wird's bald!» herrschte ihn der Aufseher an.

«Jawohl, Herr, ich gehe. Wo ist Lesco?»

«Ich hab ihn vorausgeschickt; er wartet schon oben. Er soll dir deinen neuen Dienst erklären. Heute abend kann er dich einführen.»

Nach diesen Worten winkte ihn der Aufseher weg, und Milon eilte dem Schlafraum zu. Er fand Lesco oben auf seinem Strohsack sitzen, das Gesicht blaß und verkrampft. Kaum erschien Milon, herrschte ihn Lesco wütend an:

«Gemeiner Kerl! Du hast dich bei der Herrin eingeschmeichelt, daß sie mich jetzt wegschickt und dich annimmt. Du elender Hund!»

«Lesco», antwortete Milon bekümmert, «es ist nicht mein Wunsch gewesen, Hausdienst zu erhalten. Ich liebe die Schafe, die stillen Felder, den Schatten der Bäume. Ich vermag nichts zu ändern am Willen der Herrin. Du weißt ja, daß wir Sklaven sind: Menschen, die man wie Tiere kauft und verkauft, hierhin und dorthin stellt nach Belieben.»

Doch auch diese Worte vermochten die Wut Lescos nicht zu brechen:

«Du stellst dich unschuldig, elender Speichellecker. Die Sache mit dem Löwen hast du doch nur erfunden, um dich wichtig zu machen. Lächerlich, ein Löwe in Alexandria! Ein Lügenkerl bist du, ein aufgeblasenes Lügenmaul!»

Milon wußte nichts mehr darauf zu sagen. Wenn ein Mensch sich blind machen will für die Wahrheit, verdreht er alles, wie es ihm paßt. Nach einer stummen Weile versuchte er nochmals, sich zu rechtfertigen:

«Lesco, deine Enttäuschung macht dich blind. So wahr ich dich hier im Zorn vor mir sehe, so wahr ist es, daß heute der Löwe vor mir gestanden hat draußen bei den fünf Olivenbäumen. Ich habe nicht einmal alles erzählt. Er hatte einen Dorn im Fuße stecken, und den hab' ich ihm ausgezogen. Er hat mir Hände und Füße beleckt.»

Als Milon das hastig erzählte, lachte Lesco spöttisch:

«Hört diesen Schwindler! Ein Löwe hat ihm die Füße beleckt! Warum hast du das Andarius nicht erzählt? Der wäre jetzt nicht mit seinem Wagen davongefahren, eine Löwenjagd zu veranstalten. Wenn man keinen Löwen findet, wird es schlecht für dich ausgehen. Ich werde deine Phantastereien erzählen, und dann kann *ich* wieder lachen!»

Boshaft grinste Lesco, riß sich sein Gewand vom Leibe und warf es vor Milon auf den Boden. Dieser gab ihm seine Schäferlumpen. Laut Weisung des Aufsehers erklärte ihm Lesco widerwillig die Dienste, die ein Hausdiener drüben zu verrichten hatte.

Abends zur Essenszeit war Andarius noch nicht zurückgekehrt. Die Herrin speiste allein. Unter der Aufsicht des Hausmeisters trug Milon die Speisen auf; aber seine Gedanken weilten anderswo. Er bangte um den Löwen, um dessen Freiheit und Leben. Spät erst in der Nacht kehrte der Wagen des Gutsherren zurück, dem ein heller Mond den Weg erleuchtet hatte. Seiner Frau berichtete er:

«Bei meinem Freunde war eben ein römischer Hauptmann zu Gast, der erklärte, seine Soldaten wären gegenwärtig zu wenig beschäftigt, da man neue Weisungen aus Rom erwarte. Gerne sei er bereit, eine größere Zahl für eine Löwentreibjagd zur Verfügung zu stellen. Allerdings knüpfte er die Bedingung daran, daß der gefangene Löwe an die Arena von Alexandria käme für die Tierkämpfe, die diesen Herbst stattfänden. Dem Hauptmann ist bekannt gewesen, daß vor einigen Tagen in der oberen Provinz ein Löwe erschienen sei und Bauern erschreckt habe. Vermutlich ist es derselbe, der sich auf meinen Ländereien gezeigt hat.»

Pyrra war froh zu vernehmen, daß sich ihr Mann nur mit der Leitung der Jagdveranstaltung befassen wollte und nicht mit dem eigentlichen Jagen. Als dieser ihr alles erzählt hatte, dankte sie ihm dafür, daß er vor dem Wegfahren ihren Wunsch nach dem Wechsel des Hausdieners erfüllt hatte.

Im Schlafsaal der Sklaven war am Abend nur *ein* Gespräch: Milon und der Löwe. Einer beteiligte sich nicht daran, lag düster brütend und stumm auf seinem Strohsack. Er ließ auch nichts verlauten über das, was Milon den andern verschwiegen hatte, das Dornausziehen. Er fürchtete, wenn das wahr wäre, würde jenem noch mehr Aufmerksamkeit und Ehre zuteil. Er brannte innerlich vor Wut und haßte ihn als seinen Verdränger aus dem angenehmen Hausdienst. Nun war er der quälenden Hitze, den sandigen Winden ausgeliefert, hatte nur karges Hirtenbrot und kam vor einsamer Langeweile draußen in den Feldern fast um. Unentwegt arbeiteten seine Gedanken: wie kann ich Milon wieder aus dem Herrschaftshaus verdrängen und die Stelle einnehmen, die er mir weggestohlen hat? Eines hatte er sich fest vorgenommen: wenn der Löwe weder erjagt noch gesehen würde, könnte er Milon als Schwindler hinstellen, der die Löwengeschichte erfunden habe, um sich wichtig zu machen und sich für den Hausdienst einzuschmeicheln. Dann würde der furchtbare Zorn des Andarius, der auf eine Sklavenlüge hin eine Löwenjagd unternommen, sich auf Milon entladen. Vielleicht würde er zu Tode geprügelt. Sicher könnte er, Lesco, in seinen alten Dienst zurückkehren. Noch wollte er sich nichts anmerken lassen und auf den Tag der Rache warten.

Milon hatte an diesem Abend verlängerten Dienst, da der Herr erst spät nach Hause gekommen war. Als letzter begab er sich in den

Schlafraum der Sklaven. Nach seinem Eintreten scharten sich in der Dunkelheit Neugierige um seinen Strohsack, auf den er sich niederlegte. Die vielen Fragen, die ihm gestellt wurden, waren ihm lästig. Er wehrte ab:

«Ach, laßt mich jetzt in Ruhe, ich möchte schlafen!»

Nebenan lag Lesco und tat, als ob er fest schliefe. Als auf der Treppe die Schritte des Aufsehers hörbar wurden, huschten alle wie die Katzen auf ihre Säcke, und Schweigen legte sich über den Raum. Der Aufseher trat mit einem schimmernden Öllicht ein. Im Herumgehen kontrollierte er, ob auch kein Sack unbelegt sei. Bei Milon hielt er an und sprach freundlich, wie er sonst nicht zu Sklaven redete:

«Nun, Milon, deinem Löwen wird's bald an die Mähne gehen. Morgen ist Treibjagd. Wenn du willst, darfst du deinen Herrn zur Jagd begleiten.»

«Herr, wie *Ihr* es wünscht; so Ihr mich aber fragt: ich bleibe lieber zu Hause. Die Herrin hat mir für morgen besondere Dienste aufgetragen.»

«So bleib zu Hause», lachte der Aufseher wohlwollend, «ich geh aber mit. Eine Löwenjagd ist eine seltene Sache in diesem Lande.»

Plötzlich wandte er sich an Lesco, rüttelte ihn an den Schultern und fragte etwas spöttisch:

«Wie gefällt es dir bei den Schafen mit dem knusprigen Hirtenbrot?» Beflissen antwortete der Befragte:

«Herr, ich erfülle überall meine Pflicht um deiner Zufriedenheit willen!»

«Paß auf», meinte der Aufseher, «vielleicht frißt dich morgen der Löwe auf, bevor wir ihn ins Netz kriegen; dann werde ich dich zur Strafe auspeitschen lassen!» Er lachte über seinen faulen Witz, und die Sklaven lachten mit. Bald hörte man ihn wieder die Treppe hinuntersteigen, und nach einigem Tuscheln wurde es still im schwülen Raum. Der Schlaf legte sich über die müde Sklavenschar. Einer aber schlief lange nicht ein und wälzte sich unruhig auf seinem Strohsack herum. Es war Lesco, dem das schadenfrohe Gelächter der Kameraden die Bitternis noch tiefer in die Seele gebrannt hatte.

Am Tag der Löwenjagd

In aller Frühe des folgenden Tages waren die Vorbereitungen zur Treibjagd beim Palmenwald in vollem Gange. Milon sah Andarius mit einem Wagen davonfahren, begleitet vom Aufseher, einem Pferdeknecht und zwei Läufern, die sich ihm bei der Treibjagd nützlich erweisen sollten. Eine Weile schaute er ihnen nach und dachte:

«Wenn der Löwe nur wieder das Steppengebüsch verlassen hat. Sein Fuß ist noch wund und zu schnellem Lauf nicht fähig.»

Der Gedanke bedrückte ihn, daß er tot oder lebendig in die Hände der Römer fallen konnte. Er kam sich wie ein Verräter vor. Die Stunden vergingen. Jedesmal wenn ein Hund bellte, sprang Milon auf die Terrasse, von wo man jede Ankunft überblicken konnte.

Mittag war vorüber, als einer der Läufer an Pyrra die Botschaft ihres Gatten überbrachte:

«Der Löwe ist gefangen! Der Herr bittet, auf den Abend ein Festmahl für zehn Gäste zu bereiten.»

Das hieß viel Arbeit für die Küche und für Milon. Nur kurz fand er Gelegenheit, den Läufer zu befragen, wie es beim Fang zugegangen sei. Eifrig berichtete dieser:

«Eine große Zahl von Treibern hat mit langen Netzen den Löwen eingekreist, den die Jagdhunde im Steppengebüsch aufgestöbert hatten. Das Schleudern der Lanzen war gar nicht notwendig, da er sich nicht besonders wild gebärdete. Von drei Seiten ist man mit ausgespannten Netzen gegen ihn losgegangen, in die er sich bald verfing. Nun ist er schon auf einem Wagen unterwegs nach Alexandria, wo er für die Herbstspiele aufgehoben wird.» – Milon hörte diesen Bericht mit fiebernder Erregung an. Da der Löwe entdeckt worden war, konnte Lesco ihn jetzt nicht des Betruges anklagen. Nur schade, daß das Tier nicht hatte entfliehen können in die Freiheit der Steppe. Jetzt aber blieb keine Zeit, weitere Fragen zu stellen, denn Hausmeister und Küchendiener waren in großer Aufregung, wie man so schnell noch das Festessen für die Löwenfänger bereiten sollte.

Als bei Sonnenuntergang des Andarius' Wagen und zwei weitere in den Hof einfuhren, gab es freudige Begrüßung durch Pyrra und den Hausmeister. Stolz überreichte Andarius seiner Gemahlin eine Strähne der Löwenmähne. Seine Freude und sein Lachen verjüngten das sonst so strenge Feldherrengesicht. Etwas außerhalb des Hauses, beim Schafpferch, stand im Halbdunkel eines Baumstammes Lesco und beobachtete das Treiben beim Eingangsportal. Er ballte die Faust, als er gewahren mußte, wie Andarius dem römischen Hauptmann Milon vorführte als Entdecker des Löwen und Helden des Tages. Deutlich bemerkte er, wie Andarius dem Sklaven etwas in die Hand drückte, worauf dieser sich sehr ergeben bedankte.

Der römische Hauptmann hatte eine Anzahl Offiziere mitgebracht. Milon kam es zustatten, daß er sehr flink war; leichtfüßig trug er die vielen Gerichte und die schweren Weinkrüge auf. Immer wieder lauschte er, um Einzelheiten von der Jagd zu erfahren, um die sich vorerst alle Gespräche drehten: wie der Löwe wider Erwarten wenig Wildheit zeigte, wie er sich in die Netze verstrickte, sich verzweifelt zu befreien suchte und beim Binden der Füße, obwohl er unter dem Netz lag, einem Treiber die Muskeln einer Wade aufgerissen habe.

Im Lauf des Abends kamen auch kriegerische Ereignisse und neue römische Eroberungen zur Sprache. Mit großer Aufmerksamkeit verfolgte Milon alles, mußte jedoch achtgeben, daß die Becher der Trinkenden nie leer wurden. Plötzlich kam die Rede auf sonderbare Menschen, die vor einiger Zeit in Rom auftauchten und das Mißfallen des Kaisers erregt hätten.

«Was sind es für Leute?» fragte Pyrra. Der römische Hauptmann erläuterte:

«Sie nennen sich Christen und glauben an einen Gott, der unter Kaiser Augustus zu Jerusalem am Kreuz gestorben ist.»

«Was hat denn der Kaiser gegen sie? Verehren doch die Römer vielerlei Götter und haben auch fremden Göttern in ihren Tempeln Raum gegeben.»

Der Hauptmann fuhr fort:

«Der Gott der Christen ist anderer Art als alle bisherigen Götter. Er soll auf Erden als Mensch gelebt haben und als Gottheit im Tode auferstanden sein. Sie heißen ihn einen Gott der Liebe, darum wollen die Christen nicht Soldaten sein und nicht töten. Rom und der Kaiser aber brauchen Soldaten! Wenn der Christengott im römischen Reich mächtig wird, fällt unser ganzes Reich zusammen. Das weiß der Kaiser, deshalb muß er sie unterdrücken und verfolgen.»

Andarius äußerte:

«Im letzten Heere, das ich befehligte, hatte ich eine Anzahl Soldaten aus Ägypten, die sich auch Christen nannten. Sie zeichneten sich aus durch guten Gehorsam; aber dem allgemeinen Götteropfer blieben sie fern. Ich ließ sie gewähren. Einer von ihnen erklärte mir, sie lebten nach dem Grundsatz: Gebt dem Kaiser, was des Kaisers ist, und Gott, was Gottes ist! Das fand ich vernünftig und hatte keinen Grund, sie zu belästigen. Wie ich hörte, soll es gegen die Wüste hin in Felsenhöhlen Einsiedler geben, die freiwillig hungern und nur ihrem Christengott leben und die Welt verachten. Wenn dieser Brauch sich ausbreiten würde, wären unsere Länder bald ausgestorben. Darum sage ich: Unsere römischen Götter Mars, Venus und Jupiter sollen leben und Roms Macht und Reichtum erhalten!» Bei diesen Worten erhob Andarius seinen Becher, und alle stimmten kräftig zu. Nun wendete sich das Gespräch wieder Jagdgeschichten zu; doch Milon dachte:

«Die Römer haben ihre Götter, die sie reich und mächtig machen. Für arme Sklaven gibt es keine, und die Götter Griechenlands sind fern. Nie habe ich Vater und Mutter gekannt, die mir von einem Gott der Sklaven hätten erzählen können. Von meinen Mitsklaven verehrt keiner die römischen Götter.»

Traurigkeit befiel ihn, als er mit seinem Weinkrug müde an einer Säule der offenen Halle lehnte. Aus flammenden Schalen flackerte Lichtschein stetig wechselnde Helligkeit über die zechenden Römer. Milon gewahrte, wie Mücken und Nachtfalter in die Flammen stürzten und verbrannten.

«Die Römer sind die stolzen Flammen, wir Sklaven die Mücken und Falter», dachte er. Dann aber erblickte er oben am Nachthimmel die Sterne, und er entsann sich der stillen Nächte, da er schon als Knabe bei Delphi Schafe hütete und kein anderes Buch als das Buch der Sterne kannte. Damals hatte er sich einen Gott über den Sternen gedacht, der ihm aber so unendlich ferne schien, daß er nie wagte, zu ihm zu beten, mit ihm zu sprechen. Plötzlich erhielt Milon einen Stoß in die Seite. Der Hausmeister zischte ihn an:

«Träumst du?! Die Becher sind bald leer! Geh, mach die Runde!»

Milon gab sich einen Ruck, bald wäre der Krug entfallen. Doppelt aufmerksam verrichtete er nun seinen Dienst und ließ das Träumen von Faltern, Sternen und Göttern für den Rest des Abends bleiben.

Mitternacht war vorbei, als die Jagdgesellschaft sich verabschiedete. Milon mußte beim Einspannen der Pferde helfen, und bald donnerten die großen Räder über das Pflaster des Hofes hinaus in die Nacht. Unterwegs zum Schlafraum nahm er aus der Rocktasche das Silberstück hervor, das ihm Andarius heute geschenkt hatte. Im fahlen Mondschein blieb er stehen und betrachtete das Bild des Kaisers von Rom, von dem es hieß, er sei den unsterblichen Göttern ähnlich. Würde ihm diese Münze auch ein unerwartetes Glück bringen wie der goldene Titus? Wo sollte er sie aufbewahren? Als Sklave hatte er weder Schrank noch Fach. Es schien ihm, daß unter seinem Strohsack der sicherste Ort wäre. Er würde auf der Kaisermünze schlafen, und am Tage könnte er sie im Gürtel mit sich herumtragen, sie betrachten und sich daran freuen.

Betrogen und geschlagen

Die Tage gingen dahin. Immer unerträglicher wurde Lesco der eintönige langweilige Hirtendienst in Hitze und Unwetter, bei kargem Brot und Früchten, die er in seiner Ledertasche mitnahm. In wochenlangem Brüten hatte er sich einen Plan ausgeheckt, wie er Milon vom Hausdienst wegbringen könnte. Er hatte während seines Dienens einige Male beobachtet, daß im Waschraum der Villa, jeweils am Morgen früh, Ring und Armband der Herrin lagen, die sie erst nach ihrer Morgentoilette wieder an sich nahm. Er wollte einen günstigen Augenblick abwarten, sich unbemerkt ins Haus zu schleichen. Der kostbare Ring der Herrin mußte verschwinden. Milon sollte als Dieb bezichtigt werden.

Die Gelegenheit kam. Eines Morgens, als Lesco mit Späheraugen am Herrschaftshause vorbeischlich, gewahrte er, daß sich der Hausmeister mit der Dienerschaft eben auf der Terrasse befand, um ihnen Anweisungen für die Arbeit des Tages zu geben. Wie eine Katze verschwand Lesco um die Hausecke und schlüpfte durch die Hintertür ins Innere der stillen Räume. Die Herrschaft war noch nicht aufgestanden. Vor dem Waschraum blieb er einen Augenblick stehen und horchte. Nichts regte sich. Er schob den Vorhang geräuschlos zur Seite und trat ein. In einer polierten Muschelschale lag der Schmuck der Herrin und einige Haarspangen dabei. Wie er die Hand nach dem Ring mit dem blutroten Edelstein ausstreckte, zitterte sie vor Furcht und Freude zugleich. Die Finger umkrallten das Kleinod. Auf dem Rückweg wischte er sich mechanisch den Schweiß von der Stirne, der ihm vor innerer Erregung hervorperlte. Schon war er wieder draußen. Niemand hatte von seinem Raub das geringste bemerkt. In der geballten Hand glühte der Rubinring wie Feuer. Lesco eilte zur Schafhürde, spähte zurück auf die Terrasse. Noch immer war der Hausmeister am Erklären. Jetzt eilte er hinüber zur Sklavenküche, über welcher der Schlafsaal lag. Absichtlich hatte er vergessen, Brot in seine Hirtentasche zu stecken, um einen Grund zu haben, noch einmal unauffällig dorthin zurückzukehren. Mit nackten Sohlen huschte er geräuschlos die Steinstufen hinauf. Milons Strohsack hob er am Kopfende hoch, den Ring darunter zu verstecken. Mit Erstaunen gewahrte er, daß da bereits eine silberne Kaisermünze verborgen lag. Höhnisch grinste er und legte den Ring daneben. Kaum vernehmbar fauchte er:

«Du kommst in gute Gesellschaft!»

Und weiter überlegte er, daß die Silbermünze ein guter Mitzeuge für Milons Versteck und Sammlung von Schätzen sei. Er ließ den Strohsack wieder niederfallen. Auch hier hatte niemand sein verborgenes Treiben beobachtet. Kurz darauf trat Lesco in die Küche. Er erhielt sein Brot und beeilte sich, mit den Schafen hinaus ins weite Feld zu kommen. An anderen Tagen hatte er dem Schäferhund das Wegtreiben überlassen und war träge hinterher gelaufen. Doch heute bückte er sich immer wieder zur Erde, ergriff Steine und warf sie den Schafen nach, wodurch auch der Hund in Aufregung geriet und die Herde in wilder Flucht hinaus gegen die fünf Olivenbäume trieb.

Als Pyrra aufstand, ließ sie sich von ihrer Sklavin Baarla bei der Morgentoilette helfen. Da diese ihr aus der Muschelschale den Goldreif reichte und den Ring nehmen wollte, war er nicht darin. Sie hob die Schale auf:

«Wo ist der Ring, Herrin? Hast du ihn vielleicht im Schlafgemach abgelegt?»

«Nein», antwortete Pyrra, «es ist meine stete Gewohnheit, meinen Schmuck abends in diese Muschel zu legen. War er jemals nicht darin?»

«Nein, Herrin, er war immer darin. Sollte er auf den Boden gefallen sein?»

Schon suchte Baarla mit einem Federbesen in allen Winkeln des Raumes, aber vergebens. Pyrra fuhr aufgeregt im Schlafraum herum, obwohl sie mit Sicherheit wußte, daß sie am Abend den Ring in der Waschkammer abgelegt hatte. Das Kleinod kam nirgends zum Vorschein. Pyrra brach in Tränen aus; denn der Ring war das kostbarste Geschenk, das Andarius ihr vom letzten, siegreichen Feldzug mitgebracht hatte. Erschrocken holte Baarla den Haushofmeister, der überall nachforschen half und eine immer finsterere Miene machte. Der Verdacht befestigte sich, daß der kostbare Ring gestohlen worden sei. Als Andarius von dem Verlust Kenntnis erhielt, befahl er unverzüglich, alle Sklaven des Hauses zu versammeln. Der Aufseher, mit der Peitsche bewaffnet, übernahm es, die Kleidung eines jeden peinlich zu durchsuchen. Niemand wußte etwas vom verlorenen Ring. Nirgends kam er zum Vorschein. Da sprach der Hausmeister zu Pyrra und Andarius:

«Man muß dem Dieb Gelegenheit geben, den Ring irgendwo sichtbar hinzulegen, wo man ihn wiederfinden kann. Größte Strafe ist anzudrohen, wenn der Dieb entdeckt werden sollte. Die Haussklaven sind alle da. Wer schon auf dem Felde ist, kann am Abend verhört werden. Gestattet mir, den Schuldigen auszupeitschen und auf dem Markt als Galeerensklave zu verkaufen.»

«Tu wie du willst! Doch der Ring muß her!» versetzte Andarius scharf.

Wiederum versammelte der Aufseher mit lautem Pfeifen die Sklaven, drohte und feuerte an zu neuem Suchen in Haus und Hof. Gegen Abend, als alle Sklaven von der Feldarbeit heimkehrten, ließ der Aufseher alle Strohsäcke aus dem Schlafraum in den Hof hinuntertragen, da gelegentlich Sklaven gestohlene Gegenstände in ihren Säcken versteckten. Bereits waren einige mit Auftrennen der Säcke beschäftigt, als oben vom Schlafsaal her ein aufgeregtes Rufen hörbar wurde:

«Bringt die Säcke wieder herauf, der Ring ist gefunden!»

Droben stand der Aufseher neben dem Strohsack des Milon, unter dem man eine Silbermünze und dicht dabei den Ring entdeckt hatte. Sogleich gab er Weisung, Milon vom Herrschaftshaus herüberzuholen. Den Ring, nachdem er sich vergewissert hatte, daß er unbeschädigt war, hatte er wieder neben die Münze an seinen früheren Platz gelegt. Die Lederpeitsche in beiden Händen krampfhaft biegend, erwartete er den Übeltäter. Milon erschien mit bleichem Antlitz; denn der Sklave, der ihn holte, hatte bereits eine Andeutung über den Fund gemacht. Wie er vor den Aufseher hintrat, wies dieser mit der Peitsche auf Münze und Ring und schrie:

«Verdammter Schurke! Gemeiner Schuft! Gesteh, daß *du* der Dieb bist!»

Milon war wie vom Blitz getroffen, als er den Ring unter seinem Strohsack erblickte. Er bohrte entsetzt seinen Blick in den rotfunkelnden Rubinstein und stammelte:

«Herr, ich weiß nicht ...»

Da sauste schon mit furchtbarer Wucht die Lederpeitsche über sein Gesicht. Ein Fußtritt warf ihn zu Boden. Unbarmherzig schlug die gestaute Wut des Aufsehers auf den sich am Boden windenden Sklaven ein, bis blutige Striemen und Staub sein Dienerkleid verfärbten. Nachdem er ihm unter Fluchen noch einige Fußtritte versetzt hatte, winkte er der starr herumstehenden Dienerschaft zu, den Gezüchtigten ins Hausgefängnis zu werfen. Ihrer vier hoben das stöhnende Menschenbündel auf und trugen es über den Hof. Bei den Schweineställen, wo ein überzähliger Kofen zuzeiten als dunkler Arrest- und Gefängnisraum für widerspenstige oder faule Sklaven diente, sperrten sie Milon ein. Nicht lange nachdem dies alles geschehen war, kam Lesco, absichtlich spät heute, mit den Schafen vom Felde heim. Ein Pferdeknecht trat zu ihm und berichtete mit eifrigen Worten, was heute in seiner Abwesenheit vorgefallen sei. Der durchgepeitschte Dieb liege im Schweinestall und müsse die schlimmste Strafe gewärtigen; bestimmt werde er als Galeerensklave verkauft. Lesco hatte sich alles mit geheuchelter Ruhe angehört; dann aber breitete sich ein Triumph über sein Antlitz. Der Gedanke: «Es ist gelungen!» befriedigte sein Rachegefühl. Nachdem die Schafe im Pferch versorgt waren, schlenderte er gleichgültig dem Sklavenhaus zu. In der Küche ließ er sich noch einmal die einzelnen Vorkommnisse, die Suchaktion und deren Erfolg im Schlafsaal berichten. Wie gedacht, so geschah es. Kurze Zeit nach seiner Heimkehr ließ der Hausmeister Lesco rufen.

«Geh, wasche dich gründlich und laß dir Hausdienstkleider geben.

Du versiehst wieder deinen früheren Dienst. Schafhirte sei der alte Libo. Gib ihm deine Tasche.»

Innerlich jubelte Lesco auf:

«So schnell ändert sich das Geschick, wenn man es zu steuern weiß!»

Laut antwortete er dem Hausmeister:

«Herr, ich will mich beeilen und freue mich, den Hausdienst wieder zu deiner Zufriedenheit zu versehen.»

Bald stand Lesco blitzblank gewaschen und gekleidet auf der Terrasse und bediente in der kühl wehenden Abenddämmerung die Herrschaften mit freundlichem Lächeln, als ob er nie Schafhirte gewesen wäre. Pyrra war seltsam still. Von Zeit zu Zeit schaute sie auf ihren Ring, dessen Stein im Widerschein der Ölampeln rot aufleuchtete. Immer wieder stand das Bild vor ihr, das sie durch eine Türöffnung im Hof hin heute gesehen hatte: die Träger, die den blutverfärbten Milon zum Schweinestall schleppten, dessen freundlich aufmerksame Bedienung sie so geschätzt hatte.

Hatte das rote Glühen dieses Steines den armen Sklaven so verführerisch verwirrt, daß er nicht widerstehen konnte, ihn zu besitzen? Der Ring konnte ihr keine Antwort geben, wie sie ihn auch drehte und wendete. Ein gewöhnlicher Dieb war Milon nicht, sonst hätte sie sich in seinen oft so traurigen Augen getäuscht. Viel eher hätte sie dem Lesco mit den verschlagenen Seitenblicken eine Dieberei zugetraut. Aber der Mensch ist ein rätselhaftes Wesen und hat oft ein inneres und ein äußeres Gesicht, die nicht immer zusammengehen! – So dachte Pyrra.

Es war, als ob Andarius in ihren Gedanken lesen könnte. Er sprach unvermittelt:

«Schade! Er schien ein treuer Kerl zu sein. Schon wollte ich dich zu deiner Wahl beglückwünschen. Nun sind wir froh, daß wir den andern wieder holen konnten.»

Damit war für die Herrschaften das Gespräch über Milon beendet. – Spät am Abend, als die Sklavin Baarla ihre Herrin ins Schlafgemach geleitete, fragte sie:

«Herrin, würdest du mir gestatten, dem Sklaven Milon drüben im Stall die Wunden waschen zu gehn?»

«Warum willst du das tun?»

«Meine Mutter hat mich gelehrt, daß man Kranken und Elenden helfen soll. Sie war eine Christin und sagte immer, alle Menschen wären Brüder und Schwestern. Ich war damals zehn Jahre alt, als sie starb; aber diese Worte sind mir geblieben.»

«Seltsame Lehre», meinte Pyrra, «aber geh zu Milon und bringe ihm zu trinken. Es hat auch mancher berühmte Römer sich an fremdem Eigentum bereichert und ist straflos ausgegangen. – Ich verstehe nur eines nicht. Er konnte doch wissen, wie der Verlust mich treffen würde. Was wollte er mit dem Ring anfangen? Etwas stimmt da nicht zusammen; aber geh nur hinüber, der Kerl tut mir leid.»

Nachdem Baarla den Hausmeister verständigt hatte, begab sie sich mit einem Krug, Becken und Öllicht in den Hof und zu den Ställen. Vorne am Tor bellte ein Hund, als sie den Keil aus der Stalltüre zog, hinter der Milon lag. Das Licht vorhaltend, leuchtete die Magd in den finstern, stinkenden Stall. Auf schmutzigem Boden lag er unbeweglich und atmete schwer. Baarla erschrak, da sie ihm ins aufgeschwollene, blutunterlaufene Gesicht leuchtete.

«Wasser!» stöhnte er, als er den Krug erblickte. Baarla half ihm, sein Haupt aufzurichten, und setzte den Krug an seine Lippen. In tiefen Zügen schlürfte er ein. In einem Winkel fand Baarla Stroh und schob ihm davon unter den Kopf. Mit einem feuchten Tuch wusch sie das Blut aus seinem Antlitz, gab nochmals zu trinken und befeuchtete die Kleidung, wo sie vom eingetrockneten Blut der Wunden am Körper angeklebt war. Wie einem Kinde stopfte sie dem Hilflosen Beeren einer großen Traube in den Mund, die er langsam aß. Endlich fand Milon die Sprache wieder und fragte kaum hörbar:

«Wer hat dich zu mir gesandt?»

Leise antwortete sie:

«Ich folge dem Gebote Christi, wie es meine Mutter mich gelehrt.»

Mit weit geöffneten Augen schaute er eine Weile ins Öllicht.

«Ist dein Christus ein Gott der Sklaven?»

«Ein Gott aller Menschen, auch der Sklaven. Meine Mutter lehrte mich, er sei für *alle* Menschen gestorben, daß Wahrheit und Liebe auf Erden wohnen können.»

Milon ließ sein Haupt aufs Stroh zurücksinken und suchte nach Worten:

«Wenn Christus für die Wahrheit gestorben ist, so weiß er, daß ich unschuldig bin. Nie habe ich Pyrras Ring berührt. Nie berührt!»

Erschöpft schloß er die Augenlider. Baarla war entsetzt über diese Worte, hatte sie doch alle Beweise des Diebstahls vernommen. Log der Geschlagene jetzt aus lauter Schwäche, oder war er das Opfer eines Irrtums? Sie trocknete mit einem Linnenlappen die mit Blut und Schweiß vermischten Tränen, die unter Milons geschlossenen Augenlidern hervorquollen, und flüsterte:

«Schlafe! Die Schmerzen werden vergehn. Ich will dich pflegen, und du wirst wieder genesen.»

Sachte erhob sie sich und entschwand mit dem Licht. Als sie von außen den Holzriegel wieder vorschob, war es Milon, ein still wärmendes Licht wäre bei ihm in der Finsternis verblieben. Er spürte kaum mehr die brennenden Striemen. Selbst die Bitternis auf Lesco, der ihn schmählich verschachert hatte, wie er wohl wußte, schwand hin. Ruhe und Frieden umfingen ihn. Er sah wie ein Nachbild die sanften Augen Baarlas im Widerschein des Öllichtes. Träume breiteten sich über seine Schmerzen, und dann verschwanden Leid und Unrecht im tiefen Schlaf.

Auf dem Sklavenmarkt in Alexandria

Einige Tage später gab der Sklavenaufseher den Befehl, einen Wagen zur Fahrt nach Alexandria bereitzustellen. Der Verwalter wollte sich für die Einkäufe in die Stadt begeben und bei dieser Gelegenheit den diebischen Milon verkaufen. Wie Baarla davon hörte, daß dies so eilig geschehen sollte, begab sie sich gleich hinüber zum Stall mit Krug und Brot. Sie fand niemand mehr darin. Milon saß bereits gewaschen und mit einem frischen Tuch angetan in der Sklavenküche seitab in einer Ecke und aß aus einer Schüssel aufgekochte Hirse als Nahrung für den heutigen Tag. Niemand sprach ein Wort zu ihm. Selbst der Koch, der Milon sonst gut leiden mochte, strafte ihn mit Verachtung und schaute an ihm vorbei, als er die Schüssel füllte.

Baarla begab sich langsam zurück ins Herrschaftshaus. Tiefe Unruhe hatte sich ihrer bemächtigt. Während der Nacht war sie öfters aufgewacht, und hatte über Milon und den Ring nachgedacht. War er unschuldig? Er war doch ganz klaren Geistes, als er zu ihr sprach:

«Ich habe Pyrras Ring nie berührt!» Nein, Milon hatte sie nicht belogen. Sollte sie mit Pyrra darüber sprechen? Aber wer war der Schuldige? Pyrra hatte sie noch nicht zur Morgentoilette rufen lassen, und aufwecken durfte sie die Herrin nicht, um Fürsprache für einen Sklaven zu leisten. Draußen im Hof hörte man das Vorfahren des Wagens. Baarla eilte hinaus. Vorneauf saß der Verwalter. Ein Pferdeknecht band leere Körbe an. Eben stieg hinten, mit gefesselten Händen, Milon auf. Ein Mitsklave band ihn mit einem Strick am Wagen fest, jede Flucht zu verhindern. Am liebsten hätte Baarla gerufen:

«Laßt Milon noch hier für einen Tag! Die Untersuchung muß weitergeführt werden. Er ist unschuldig!»

Aber mit solchen Worten hätte sie nur Hohn und Spott geerntet. Plötzlich rollte einer der aufgeladenen Körbe vom Wagen auf das

Pflaster des Hofes. Das gab Baarla Gelegenheit, blitzschnell hinzuzueilen und den Korb hinaufzureichen. Indes man ihn besser befestigte, stand Baarla einen Augenblick neben dem Gefangenen und flüsterte:

«Milon, weißt du, wer Pyrras Ring berührte?»

«Lesco!»

Noch konnte sie ihm zuflüstern:

«Leb wohl! Ich weiß, du bist unschuldig. Ich werde beten für dich!»

Dann rasselten die Räder, und zwei Augenpaare verloren sich. Als Baarla sich dem Hause zuwandte, gewahrte sie Lesco auf der Terrasse. Gebannt starrte er in den Torbogen des Hofes hinaus, wo eben der Wagen verschwunden war. Sein vorher angespanntes Gesicht überflog plötzlich ein Lächeln, darin Baarla so etwas wie Triumph und Zufriedenheit las.

«Ja, der ist es!» stöhnte Baarla; aber sie konnte den Wagen nicht mehr zurückrufen, er rollte gegen Alexandria.

Der Sklavenmarkt in der großen Stadt war eine tägliche Einrichtung, da auch vom Meer her viel Handel ins Land hereinkam. Auf dem großen Platz, wo er stattfand, gab es verschiedene Abteilungen: eine für kluge, jüngere Sklaven als Hausdienstboten, eine andere für Handwerker, für Landarbeiter und Lastenträger, sodann eine kleinere Gruppe, wo rebellische, diebische und verbrecherische Sklaven zu billigem Preis feilgeboten wurden, die man als Ruderer auf Galeerenschiffe oder zum Ziehen von Lastkähnen am Nilstrom verkaufte. Zu diesen wurde Milon gebracht, dessen Antlitz und Leib noch Spuren der Peitsche trugen. Er schaute sich unter seinen Gefährten um und bemerkte, wie bald ein Händler mit dem Gutsverwalter verhandelte, der ihn hergebracht hatte. Daß sie einig waren, merkte Milon, als er die Silberstücke in die Hand des Verwalters fallen sah. Ohne sich zu verabschieden, verschwand der Verwalter seines Weges. Jetzt trat der Händler, der ihn gekauft hatte, zu ihm als sein neuer Herr. Schon vorher hatte er ihn gründlich gemustert. Jetzt drückte er mit rauher Hand auf seinen wunden Striemen herum:

«Wird bald gut sein!»

Er band ihn vom Pflocke los, denn er war noch immer gefesselt, und brachte ihn zu zwei anderen Sklaven, die der Händler schon vorher gekauft hatte. Alle drei befestigte er an einer mitgebrachten Kette.

«Vorwärts, zum Schiffshafen!» kommandierte er und setzte sich mit ihnen in Bewegung. Einer der Sklaven kannte den Weg zum Hafen; denn er hatte in Alexandria gedient. Er nannte sich Rano. Der Händler ließ sie vorangehen und schlenderte hinterher. Rano sprach halblaut zu seinen Kameraden:

«Hoffentlich kommen wir nicht auf ein Galeerenschiff, sonst werden wir an Schiffsbänke angekettet und müssen unser ganzes Leben lang rudern.»

Als sie zum Hafen kamen, dirigierte der Händler sie zu einem Schiff, das den Namen ‹Roma› trug.

«Ein Segelschiff, keine Galeere!» flüsterte Rano freudig.

«Wir werden wohl Schiffsleute sein«, ergänzte Pinaro, der andere.

Auf dem Schiffe wurden sie von Kette und Handfessel befreit. Es sollte am folgenden Morgen Alexandria verlassen, und so gab es vielerlei Waren an Bord zu tragen, aufzustapeln und festzuschnüren. Rano, der sich in Milons Nähe hielt, fragte ihn bei aller Arbeit:

«Die Striemen auf deinem Körper verraten, daß du erst vor kurzem ausgepeitscht worden bist. Hast du auch ausbrechen und fliehen wollen wie ich?»

«Nein, man hat mich unschuldig als Dieb geschlagen!» Rano bemerkte bitter:

»Hast du noch nicht gelernt, daß ein Sklave immer schuldig ist und immer Unrecht hat?»

Milon schwieg und dachte für sich: «Einer kennt die Wahrheit!» Dieser Gedanke ließ ihn alles Kommende getrost erwarten. Seit Baarla ihn in jener Nacht im Stall gepflegt hatte, war in seinem Inneren etwas völlig anders geworden. All die vergangenen Jahre hatte er oft in Furcht gelebt vor dem, was ihm als Sklave noch Schlimmes widerfahren könnte. Diese Furcht war dahin. Baarla hatte ihm etwas von der Kraft jenes verborgenen Gottes gegeben, der auch für Sklaven gestorben ist. Hatte sie ihm nicht beim Abschied zugeflüstert: «Ich weiß, daß du unschuldig bist»? Die Gewißheit, daß jemand seine Wahrheit wußte, machte ihn froh, auch jetzt, da eine dunkle, ungewisse Zukunft sich vor ihm ballte.

Zwischen aller Arbeit vernahm er von Rano, daß dieser in die Freiheit, zurück nach Rhodos, hatte fliehen wollen, wo er als Knabe von Seeräubern geraubt worden war samt seinen Eltern und Geschwistern. Nie hatte er wieder etwas von ihnen gehört. Mit ihm konnte Milon sein geliebtes Griechisch sprechen.

Nacht breitete sich über Stadt und Meer. Die Sklaven wurden ins Schiffsinnere gesperrt, damit keiner bei Nacht an Land entwischen könne. Zwischen Warenballen lagerte sich auch Milon. Sein müder Körper war immer noch durchzuckt von stechenden Schmerzen in Muskeln und Knochen. Wie er sinnend im Dunkeln lag, als einzig Wachender in der Sklavenschar, stieg in ihm der Gedanke auf, daß die silberne Kaisermünze ihm doch kein Glück gebracht habe. Auch Athene war ihm verloren, da man ihm den Gürtel weggenommen hatte. Nun sollte das Schiff in die Nähe Roms fahren. Vielleicht käme er wieder in die Stadt, wo der Kaiser lebte, auf dessen Bild er geschlafen. Ob er ihn einmal von Angesicht sehen würde?

Ankunft in Rom

Milon und seinen zwei Genossen aus Alexandria war bald klar, daß die übrige Schiffsmannschaft längst eingewöhnt war und daß sie als Neulinge auch von den Schiffssklaven für fremd angesehen wurden. Nur sie drei waren vom Händler aufs Schiff geliefert worden aus der

Verbrecherecke von Alexandria. Was mit ihnen geschehen sollte, war ihnen völlig unbekannt. Auf der Überfahrt wurde ihnen als Sklaven der Sklaven alle niedere Arbeit zugewiesen. Nach Tagen erhob sich ein leichter Sturm, so daß die Segel alle eingeholt werden mußten. Hohe Wellen ergossen sich über das Deck. In einer trüben Stunde war Milon nahe daran, sich von einer Flutwelle über Bord spülen zu lassen. Und doch war wiederum etwas in ihm, das ihn kräftig nach einem rettenden Tau greifen ließ, als schon der Schiffsboden unter ihm zu weichen begann. Als der Sturm sich nach Stunden legte und die Segel im Winde sich wieder blähten, schienen Sonnenstrahlen durch die sich verziehenden Sturmwolken. «Ist nicht die Schiffahrt wie das menschliche Leben?» sann Milon, als er dem Jagen und Aufglänzen der Wolkengebilde zuschaute.

Nach Wochen lief das Schiff den Hafen Portus Augusti an. Hier hatte er einst auf einer Wagenfahrt glänzende Figur gemacht und mit Gold gezahlt! Einmal in seinem Leben war er für wenige Stunden Herr gewesen, hatte das kurze Glück von Achtung und Freiheit genossen.

Nach der Ankunft wurden die drei Sklaven aus Alexandria an eine gemeinsame, schwere Kette gebunden. Seltsamerweise durften sie nicht beim Ausladen der Waren mithelfen. Der Händler, zugleich Patron des Schiffes, war an Land gegangen und kam über Tag mit einem römischen Kaufmann an Bord. Er ließ sich die drei ägyptischen Sklaven vorführen. Sie schienen ihm in Gestalt und Alter zu gefallen. Nach getätigtem Kauf hieß er sie mit ihm an Land gehen, ohne sie aber von der schweren Kette zu befreien.

Dieser Händler kaufte für die Stadt Rom zu besonderen Zwecken Sklaven ein. Diesmal hatte er geeignete Burschen gesucht für die großen Kampfspiele in der Arena der Stadt, wo öfters Tier- und Menschenkämpfe stattfanden. Flink und kräftig mußten solche Sklaven sein. Da unwichtig war, ob sie mit dem Leben davonkamen, galten verbrecherische Sklaven als besonders geeignet, weil sie zumeist tollkühn und verschlagen waren und jene Wildheit zeigten, die man bei diesen Spielen schätzte. Milon kam mit seinen Gefährten in ein Verlies nach Rom nahe beim Zirkus, wo sie für eine Woche, bis zum Beginn der großen Spiele, gefangengehalten wurden. Noch wußten sie nicht, was mit ihnen geschehen sollte. Der große Raum, in dem schon einige Gefangene auf Bänken und Pritschen ruhten, hatte Ausgang in einen Hof, so daß man sich tagsüber an der Sonne aufhalten konnte. Die Nahrung war reich und kräftig, ganz anders als die übliche Gefängniskost. Man wollte die Insassen stärken, daß sie gekräftigt zu den Kampfspielen antreten konnten. Milon und den beiden Kameraden hatte man, wie den anderen, Kette und Fessel abgenommen. Vor dem massiven Eichentor standen Tag und Nacht Wächter. Von ungefähr trat ein Mitgefangener zu Milon und meinte:

«Hast du jemand erschlagen, daß du in diese Todeshöhle gekommen bist?»

Milon erschrak.

«Todeshöhle? Was meinst du damit?»

«Siehst du dort hinten das Gittertor? Von da führt ein langer Gang geradewegs in die Arena. Dort können wir uns in einer Woche abschlachten lassen, zur Unterhaltung der Römer. Wer übrigbleibt, wird vielleicht frei!» Milon verschlug es die Sprache. Er ließ seinen Blick umherschweifen. Ja, sie mußten es alle wissen, die hier beisammen waren. In den meisten Gesichtern stand Furcht, in anderen der verbissene Wille, zu kämpfen bis zum letzten Atemzug. Einige zeigten stumpfe Gleichgültigkeit, todergeben. Fast alle waren junge Männer von kräftigem Körperbau, wie man sie für Arenakämpfe aussuchte. Milon begann es in der Kehle zu würgen bei dem Gedanken, daß sein bitteres Sklavenleben nun ein so schreckliches Ende finden sollte. Gab es auf Erden keine Gerechtigkeit? Dann war sie nicht nur von guten Göttern regiert. Oder sollte wahr sein, was ihm ein greiser ägyptischer Sklave einst sagte:

«Die Götter sind in die Sterne gezogen, auf Erden hausen die Dämonen! In Finsternis wird sie untergehn!»

Milon setzte sich abseits mit dem Rücken an eine Mauer und schloß die Augen. Gedanken wogten und kämpften hin und her. Plötzlich drang von hinten ein eintöniges Flüstern an sein Ohr. In einer dunklen Nische des schwach erhellten Gewölbes, in das nur die Türöffnung gegen den Hof hin ein wenig Licht eindringen ließ, gewahrte Milon eine kleine Gruppe von etwa fünf Menschen, darunter eine Frau. An die Mauer lehnte ein bärtiger Greis, weiß von Haar. Er war es, der leise und fortgesetzt sprach. Die Umstehenden hielten ihre Hände über der Brust gekreuzt. Neugierde ergriff Milon. Unauffällig näherte er sich der Gruppe und lauschte hinüber. Das Gemurmel des Alten konnte er schlecht verstehen; doch vernahm er deutlich seine etwas gedehnten Schlußworte:

«In nomine Christi, Amen!»

Milon horchte auf. Hatte er hier Christen vor sich? Da sie ihn in ihrer Nähe bemerkten, verzogen sie sich langsam in den Hof hinaus bis auf den Greis, der bei der Nische verblieb.

«Es sieht aus, als ob es eine Familie wäre», dachte Milon, «der Großvater, ein Elternpaar und ihre beiden Söhne. Der Kleidung nach scheinen es keine Sklaven zu sein.»

Der Alte, der drinnen geblieben war, setzte sich auf eine Holzpritsche an der Mauer. Milon zögerte, zu ihm hinzugehen, da er, in sich versunken, die Augen geschlossen hielt. So schlenderte er in den Hof hinaus. Er hoffte, jemand von den vieren sprechen zu können.

Der Hof war von hohen Mauern umgeben, die zu den Gebäuden der Arena gehörten. Einige Steinblöcke dienten als Sitzgelegenheiten. Als Milon heraustrat, gewahrte er die Familie beisammensitzen in den Strahlen des fast schattenlosen Sonnenlichtes. Er trat zu ihnen und grüßte:

«Salvete, in nomine Christi – Seid gegrüßt im Namen des Christus!» Erstaunt blickten sie auf den Unbekannten. Der Vater der Familie erhob sich rasch, ergriff Milons Hände und flüsterte:

«Bist du unser Bruder in Christo?»

«Ich möchte es gerne sein», antwortete er und dachte an Baarla. Sie luden ihn ein, sich zu ihnen zu setzen. Gleich erkundigten sie sich nach den Wegen und Ursachen, die ihn hierhergeführt hätten. Das Erzählen wurde Milon leicht, da man Anteil an seinen Leiden, Freuden und Gedanken nahm, wie ihm noch nie widerfahren war. Sein Leben stand Bild um Bild vor ihm. Ihm selbst erschien es, als hätte die letzten Tage, Wochen und Monate ein Ereignis so ins andere gegriffen, wie wenn eine unsichtbare Hand ihn hierher zu diesen Menschen in den Kerker hätte führen wollen.

Nachdem er sein letztes, schweres Erlebnis bei Andarius erzählt hatte, trat Schweigen ein. Die neuen Freunde Milons waren von seinem Leben als Sklave tief ergriffen. Er aber ermutigte sich zu fragen, was denn sie als Römer hierhergeführt habe? Da hub der Vater an:

«Marius ist mein Name, hier meine Frau Dina, die Söhne Philippus und Bartholomäus. Wir sind eine römische Baumeisterfamilie

vom Geschlecht der Vero. Mein Vater, der jetzt dort innen weilt, hat manche schöne Villa auf den Hügeln Roms gebaut und war auch Baumeister an öffentlichen Werken. Eines Abends, zur Zeit, als er am Tempel des Jupiter baute und alle Arbeiter schon nach Hause gegangen waren, stieß mein Vater, der nach einem verlorenen Meßgerät suchte, hinter aufgestapelten Marmorblöcken auf eine Anzahl Menschen, die sich dort eben heimlich versammelt hatten. Einer unter ihnen ergriff das Wort und begann auf feurige Art zu reden, wie es mein Vater noch nie gehört hatte. Man nannte ihn Paulus den Apostel. Unmutig gedachte mein Vater die Schar vom Baugelände des Tempels fortzujagen, aber wie er näher hinhorchte, schlug die mächtige Rede des Unbekannten plötzlich Wurzel in seinem Herzen. Unbemerkt setzte er sich auf einen der nahen Blöcke und vernahm die Botschaft von einem Christus, dem Sohne Gottes, der diesem Paulus vor der Stadt Damaskus als Auferstandener erschienen war. Mein Vater, dem die alten Götter schon längst das Herz nicht mehr füllten, blieb, bis die Nacht anbrach. Von da an begab er sich jeden Abend an den Ort, der jeweils für den anderen Tag bestimmt wurde; denn die Christen fühlten sich in Rom nicht sicher vor ihren Feinden. Mein Vater ist bald selber ein Glied der christlichen Gemeinde in Rom geworden und ein Freund des Boten Paulus. Aus unserem Hause entfernte er Bilder und Zeichen der alten Götter, und wir Kinder wuchsen im neuen Glauben auf. Es kamen die Jahre, da man gegen uns Christen Haß säte. Heimlich, zur Nachtzeit, versammelte sich allwöchentlich die christliche Gemeinde in unserem Haus, das in einem großen Park lag und mehrere Zugänge hatte.

Die Verfolgungen wurden unter dem jetzigen Kaiser wieder drückender. Zeitweise war unser Leben bedroht. Manche Brüder und Schwestern erlitten den Tod als Märtyrer. Wir versammelten uns mehr und mehr in unterirdischen Höhlen, den Katakomben.»

Marius hielt in seiner Erzählung inne, als ob vor seinem inneren Auge ein Bild stünde, das ihn festgebannt hielt. Milon stellte die Frage:

«Wie war das mit den Katakomben? Sind das nicht Gräber?»

«Ja, die Katakomben sind eigentlich Friedhöfe unter der Erde, aus dem weichen Felsen herausgehauene, lange Gänge, links und rechts mit Grabnischen versehen, wo man die Toten hineinlegte. Da sich die Römer vor den Verstorbenen scheuen, gehen sie außer zu den Bestattungen nicht in die Katakomben hinein, schon gar nicht des Nachts. Wir Christen aber kennen keine Furcht vor den Toten. Ihre Leiber gehören der Erde. Ihre Seelen gehen einen andern Weg. Ihnen hat der Auferstandene von seinem Licht ins Totenreich gebracht! – Wir hatten uns eine verlassene Katakombe auserwählt, wo alle Grabnischen belegt und zugemauert waren. In den hintersten Gängen weiteten wir einen Raum zur Kapelle aus, uns darin zu versammeln. Mein Vater malte den Jesus Christus mit seinen zwölf Jüngern beim letzten Mahle an eine Wand. Ungestört konnten wir durch lange Zeit unsere Gottesdienste in der Stille des Kerzenschimmers tief unter der lärmigen Stadt abhalten, bis eines Tages das Unheil geschah. Daß mein Vater zu den Christen hielt, war einem Senator aus dem Rat der Stadt bekanntgeworden. Schon lange hatte dieser ein begehrliches Auge auf unser Haus und den großen schönen Park geworfen. Durch einen Aufpasser gelang es ihm, eines Abends Meldung zu bekommen, daß die christliche Gemeinde sich in unserem Haus versammelt habe, was nur zu besonderen Festzeiten geschah. Bis er eine Schar Soldaten aufgetrieben hatte, uns zu überfallen, war unsere Feier zu Ende und die Besucher fortgegangen. Die Häscher drangen alsbald in unser Haus ein, fanden noch die Zeichen der Feier und des heiligen Mahles und warfen uns alle als verhaßte Christen in den Kerker, wie ihnen befohlen worden war. Was nun mit uns geschieht, wissen wir nicht. Verwandte bemühen sich, uns frei zu bekommen, aber bis heute ist keine Nachricht mehr zu uns gedrungen.»

Marius schwieg. Milon war seltsam zumute, daß ein dereinst freier, vornehmer Römer ihm als Sklaven seine Lebensgeschichte anvertraute. Marius wandte sich jetzt einem der Söhne zu und sprach:

«Geh, Philippus, hole den alten Vater, daß er sich mit uns freue über Milon!»

Bald danach begrüßte der greise Vero brüderlich den Milon, der von nun an unzertrennlich bei seinen neuen Freunden saß, denen er sich ganz anvertrauen durfte. Es kam ihm in diesen Tagen der Haft vor, als ob er erst jetzt langsam Mensch werden könnte. Auf viele Fragen erhielt er Belehrung und Antwort. Vor allem wollte er von Vero wissen, wie es sich mit den alten Göttern und ihren Tempeln verhalte, ob sie je gelebt hätten und wenn ja, wo sie jetzt zu finden wären. Vero antwortete:

«Du fragst klug, Milon. Ich werde versuchen, dir in einfachen Worten darüber einiges zu berichten.»

Alle setzten sich zueinander auf die Steinblöcke und Vero begann:

«Alle alten Völker hatten ihre Tempel und ihre besonderen Offenbarungen. Jedem Volke hat Gott ein Stück seiner Weisheit, seiner Unendlichkeit offenbart: den Persern, den Ägyptern, Griechen und Juden. Doch ist es ein Gesetz, daß im Wandel der Zeiten und der Völker die Wahrheit immer wieder ein anderes Kleid annimmt. Diese verschiedenen Kleider sind die Religionen der großen Völker. Die Perser verehrten den Weltenschöpfer als ‹Licht der Welt› auf der Sonne, opferten ihm auf Feueraltären. Die Ägypter hießen ihn Osiris und hofften, nach dem Tode in sein Reich einzugehen. Die Griechen wußten von ihm durch den Sonnenboten Apollo; was sie ihre Götter nannten, heißen wir Christen Engel. Alle diese alten Religionen waren Vorboten für den sich der Menschheit nahenden Christus. Er ist in der Taufe am Jordan in den Menschen Jesus herniedergestiegen und hat auf Erden unter Menschen gelebt. Das ist ein so einmaliges und großes Wunder, daß der Weltenschöpfer als Gottessohn herabgekommen ist, daß die Menschheit das heute und wohl noch lange Zeit kaum begreifen kann. Auch der Apostel Paulus wollte das, als er noch der heidnische Saulus war, nicht für wahr halten. Er hat die Christen zuerst verfolgt, wie er nur konnte. Da er aber in sich den Wahrheitssinn trug, hat sich ihm Christus lange nach seinem irdischen Sterben als Auferstandener offenbart. Er ist ihm vor der Stadt Damaskus erschienen wie ein Blitz vom Himmel, von Angesicht zu Angesicht. Und er hat zu ihm gesprochen: Saulus, warum verfolgst du mich? – Dies Zeugnis habe ich von dem verwandelten Saulus, der als Apostel Paulus nach Rom kam, immer wieder vernommen, und kein Mensch war ihm zu gering, daß er es ihm nicht erzählte und bekräftigte.»

Vero schwieg, und das Schweigen überkam alle, da sie seinen Worten nachsannen im Gefängnis der Arena.

Milon begann durch das Wort des Alten zu ahnen, was sich um den Namen Christi Gewaltiges in Palästina zugetragen hatte, daß auf Erden ein neues Reich der Liebe sich auferbauen möchte. Und er spürte täglich, wie diese Menschenliebe in seinen christlichen Freunden Wurzel gefaßt hatte. Wenn am Abend alle Gefangenen auf Stroh und Pritschen lagen, tasteten sich die christlichen Freunde auf ein Zeichen noch einmal leise hinaus in den Hof. Da faßten sie sich, im Kreise stehend, bei den Händen, beteten leise vereint, was der alte Vater vorsprach. Milon dachte: «Könnte doch Baarla auch bei uns sein, ihre Seele verlangte, Christen zu begegnen, wie ihre verstorbene Mutter es war. Aber Ägypten ist fern und der Tod in der Arena nahe.» – Der alte Vater schloß das nächtliche Gebet in der Runde jeweils mit den Worten:

«Sterben wir in Christo, so werden wir leben im Lichte. Christus in uns!»

Und dann kehrten sie zurück in das nächtliche Dunkel des Gelasses. Hie und da stöhnte ein Schlafender in Träumen der Angst. Lange fand Milon keinen Schlaf. Er lauschte in die Dunkelheit hinaus. Von Zeit zu Zeit hörte er das ferne Rollen von Wagenrädern, das wieder verging. Doch was war das? Ihm schien plötzlich, als ob mitunter dumpfes Brüllen von Tieren schwach vernehmbar wäre. Als er schärfer hinhörte, bemerkte er, daß die unheimlichen Töne aus dem Verbindungsgang kamen, der zur Arena hinführte; doch waren die Stimmen sehr gedämpft durch Mauern. Es war nicht zu erkennen, was für Tiere dort Laut gaben. Er hatte von einem Mitgefangenen vernommen, daß einige Tage vor den großen Spielen Tiere der Wildnis, Panther und Leoparden, knapp an Futter gehalten würden, damit sie sich um so blutgieriger in die Arenakämpfe hineinstürzten. In drei Tagen sollten die großen Spiele stattfinden. Milon lauschte in die

Finsternis. Einen Augenblick durchzitterte ihn Furcht; aber dann strömte es wieder warm von seinen Händen zum Herzen, wie vorhin bei seinen Freunden draußen im Hof, und das Wort des Alten klang durch ihn:

«Sterben wir in Christo, so leben wir im Lichte . . .» Die dumpfen Laute versanken mit dem Rädergerassel im Schlafgestöhn der Gefangenen.

Die großen Spiele

Die folgenden Tage erschienen den Gefangenen immer länger, da die Ungewißheit nahender Geschehnisse die Zeit zerdehnte. Geschäftiger und lauter drang Lärm von Wagen und Menschen über die Hofmauer. Als früh am Tag der großen Spiele der Gefangenenwärter Speise brachte, blieb sie von einigen unberührt, die dumpf auf den Pritschen kauerten. Plötzlich öffnete sich das Tor. Der Gefangenenwärter trat mit dem Leiter der Zirkusspiele und einigen Bewaffneten in den Raum. Er musterte die Gefangenen, um Auslese zu halten. Er nahm eine Wachstafel, deutete auf Pinaro, Rano, Milon und Philippus und bemerkte:

«Diese vier sind jung und kräftig, führt sie zu den hinteren Käfigen!»

«Verzeiht, Zirkusmeister», sprach der Wärter, «dieser hier, Philippus Vero mit Namen, stammt aus einem angesehenen Römergeschlecht. Über ihn und seine Familie ist noch kein endgültiges Urteil gefällt. Ihn kann ich noch nicht herausgeben.»

«Nun gut», erwiderte der Spielleiter, «zu den Käfigen genügen auch drei.»

Da Milon sah, daß er sich von seinen Freunden trennen mußte, nahm er Abschied. Sie flüsterten ihm Worte des Mutes zu. Der alte Vater aber sprach:

«O Milon, könnt' ich für dich sterben gehn! Ich würde es mit Freuden tun!»

Bald darauf führten die Bewaffneten Milon mit seinen beiden Schiffsgefährten durch einen langen, dunklen Gang, in den bloß schwacher Lichtschein durch enge Mauerluken drang. Sie wurden in eine Badestube gebracht. Hier sollten sie für das römische Publikum zurechtgemacht werden. Nach einem reinigenden Bade wurde ihnen das Barthaar rasiert und der Leib mit Öl eingerieben. Ein frisches, weißes Linnentuch band man anstelle der zerlumpten Fetzen um ihre Hüften. Seltsam, fast feierlich kam es Milon vor, sich für einen nahen, grausamen Tod zurichten zu lassen. Schon hörte man von draußen den Lärm des drängenden Volkes, das bereits am Vormittag begonnen hatte, die Arena zu füllen. Im Vorraum der Badestube erhielten die drei eine steinerne Bank angewiesen. Mit einer eisernen Kette befestigte man sie an Ringen, die um die Fußgelenke gelegt wurden. Ein Aufseher setzte ihnen einen Krug Wein und geschnittenes Brot vor. Er sprach:

«Trinkt euch Mut und Kraft zu, dann werden eure Beine flink, wenn ihr um euer Leben laufen müßt!»

Indes der Krug von Hand zu Hand wanderte, meinte Pinaro:

«Wir werden wohl als Wettläufer eingesetzt. Vielleicht ist es gar nicht so schlimm, was uns erwartet.»

«Vielleicht braucht man uns als Pferdeburschen für die Rennwagen, da man uns so sauber herrichtet», ergänzte Rano. Bereits war in den Räumen bei der Badestube ein Kommen und Gehen. Schlanke Schwertkämpfer und dickbeinige Ringer tauchten auf; Springer vollführten tolle Luftsprünge. Faustkämpfer bewegten sich übend im Kreise herum, ohne ihre Schläge richtig auszuführen. Als über eine Weile der Wärter einen zweiten Krug Wein hinstellte, fragte ihn Pinaro:

«Was wird unsere Aufgabe sein, oben im Zirkus?»

Der Gefragte grinste und meinte:

«Laufen müßt ihr, rennen, sehr schnell laufen!»

Da waren die drei Wartenden klug wie zuvor. Milon fiel auf, daß sie, alle drei, die einzigen Gefesselten waren. Fechter, Ringer und Faustkämpfer galten meist als berühmte Größen, wenn sie vor dem Kaiser in der Arena auftreten durften. Er selbst war auf das Schlimmste gefaßt:

«Komme was da wolle, ich bin bereit, kämpfend zu leben oder zu sterben.»

Das immer lauter anschwellende Getöse aus der Arena wurde plötzlich von Hornrufen gedämpft; gleich darauf setzte tosende Begrüßung ein:

«Des Kaisers Einzug!» ließ der Wächter sich vernehmen, der die drei Gefangenen aufmerksam im Auge behielt. Von nun an brandete es aus der Arena, wie wenn Feuer einen Kessel Wasser im Sieden hält und er zeitweise zischend überläuft. Der Wächter war auf die Steinbank gesprungen. Oben, durch eine Mauerluke, konnte er einen kleinen Ausschnitt des Geschehens verfolgen.

Es mochte über eine Stunde vergangen sein, als plötzlich ein Bote des Zirkusmeisters auftauchte, der die sofortige Vorführung der drei Gefangenen gebot. Eilig wurden sie aus den Fußeisen befreit. Der Bote voran, die drei folgend, der Wächter hinterher ging's zu einem der eben sich öffnenden Tore, das den Ausgang in die Arena freigab. Der Zirkusmeister, in der Hand die Peitsche, kommandierte und schrie in großer Aufregung, damit eine Darbietung ohne Pause auf die andere folge. Als er der drei Sklaven ansichtig wurde, versetzte er:

«Ihr kommt zum Kampf mit wilden Tieren. Wenn ihr ihnen mit List und Schnelligkeit begegnet und vielleicht gar eines zu erwürgen vermögt, könnt ihr damit eure Freiheit erkaufen.»

Die Peitsche schlug auf das Tor. Die Türangeln knirschten. Der Zirkusmeister schrie in aller Aufregung:

«Rasch hinein, begrüßt den Kaiser und das römische Volk mit erhobenen Armen, daß man euch gewogen ist.»

Also eilten sie in die riesige Arena hinaus, erhoben winkend ihre Arme wie befohlen und verneigten sich in die Richtung der Kaiserloge. Milon ließ seine Blicke über die gewaltige Menschenmenge hinwegschweifen, die den Gruß der Sklaven unbeantwortet ließ. Er kam sich so verloren und klein vor wie ein Sandkorn in der Steppe. Er schloß die Augen und wiederholte die Worte, die ihm der alte Vero mitgegeben. Seine beiden Kameraden hatten sich ein jeder an einem andern Platze aufgestellt, scharf herumspähend, welches Tor von den Tierzwingern hochgezogen würde. Plötzlich hörte Milon ein aufbrausendes Rufen. Er öffnete die Augen und gewahrte, wie eben aus einer Falltür zwei Löwen heraustraten, die einen Augenblick geblendet vom Lichte stillstanden und herumspähten. Er sah, wie Pinaro und Rano jetzt in rasendem Lauf auf die andere Seite der Arena rannten und wie die Löwen, aufgehetzt, den Flüchtlingen nachstürzten. Wild erregt schrie die Menge, als die Raubtiere den Verfolgten immer näher kamen. Mit Entsetzen gewahrte Milon, wie Pinaro von der Wucht der Krallenpranke eines Löwen niedergeschlagen wurde, sich im Sande überschlug, sich blutend erhob und neuerdings davonrannte in die entgegengesetzte Richtung. Er selber war unbeweglich stehengeblieben und verlor Pinaro aus den Augen, da jetzt Rano in Todeshast auf ihn zugeflohen kam, immer klug in Zickzacklauf die Richtung ändernd. Wollte er bei ihm Hilfe suchen? Milon beschloß, den Löwen anzufallen und zu versuchen, ihm auf den Rücken zu springen, um ihn von oben zu würgen. Der Todesmut durchfeuerte ihn so, daß er Rano entgegeneilte. Eben setzte der Löwe zu einem wilden Sprung an, denn bald berührte seine Schnauze den Fliehenden, als er den anstürmenden Milon ins Blickfeld bekam. Er stoppte seinen Lauf und spähte aufmerksam dem Herannahenden entgegen. Milon mäßigte seine Schritte. Auge in Auge näherte er sich dem Raubtier. Auf der Gegenseite der Arena ging eben lautes Gebrüll der Menge los. Dort zerriß der andere Löwe den überwältigten Pinaro.

Als nun Milon mit kaltem Todesmut, Schritt für Schritt dem sich duckenden Löwen entgegentrat, verstummte die Menge, und atemlose Spannung legte sich über die Arena. Plötzlich rief Milon den

Löwen an, wie er es einst bei den fünf Olivenbäumen getan hatte. Im selben Augenblick hob das schon zum Sprung geduckte Tier sein Haupt, schnupperte mit der Nase in die Luft, richtete sich auf und brach in ein seltsames Jaulen aus. Nun wedelte der Löwe gar mit dem Schwanze und hüpfte mit einigen kleinen Begrüßungssprüngen auf Milon zu. Milon durchfuhr es:

«Das ist ja *mein* Löwe, den ich einst von dem Dorn befreit habe!»

Er öffnete die Arme und schlang sie um Mähne und Hals seines alten Freundes, streichelte und liebkoste ihn, indes aus der gelösten Spannung heraus Tränen der Freude das Löwenfell feuchteten.

Ob diesem ungewohnten Schauspiel waren die Römer einen Augenblick wie erstarrt. So etwas hatte man noch nie gesehen, solange es in Rom eine Arena gab. Donnernder Beifall brach jetzt los, Rufe, freudiges Entzücken. Und als sich nun gar der Löwe auf den Boden legte, Milon sich über ihn beugte und seinen Kopf an des Löwen Haupt drückte, ging der Beifallssturm über in den tausendstimmigen Ruf:

«Vivat! Vivat! Er soll leben! Er soll leben!»

Aller Augen wandten sich gegen den Kaiser. Da hob dieser die Rechte, den Daumen aufwärts gestellt. Das hieß: Begnadigung! Befreiung! – Schon warf man von einer nahen Mauer ein Seil hernieder und rief Milon zu, er möge in die Freiheit heraufklettern. Da geschah etwas völlig Unerwartetes. Von der gegenüberliegenden Seite der Arena kam blutgierig der andere Löwe herangesprungen mit rotbefleckter Brust. Er setzte gegen Milon an, der, wieder aufgerichtet, einen Augenblick überlegte, ob er seinen Löwen verlassen solle und das dargebotene Seil erklettern. Milons Löwe aber hatte den Angreifer wahrgenommen. Er ließ ein dumpfes Brüllen hören und stellte sich ihm wütend zur Verteidigung seines Freundes entgegen. Von neuem tobte die Arena vor Begeisterung. Das war unerhört: ein Löwe verteidigt einen Menschen! Viele riefen laut:

«Dieser Sklave muß ein großer Zauberer sein, daß er solche Macht über wilde Tiere hat!»

Der Kaiser gab Befehl, den seltsamen Löwenbändiger sofort vor ihn zu bringen. – Milons Löwe hatte den Angreifer abgewehrt, der sich knurrend zurückzog. Vom Haupteingang her winkte und rief der Zirkusdirektor Milon zu:

«Komm, verlaß die Arena!»

Er war bereit dazu; aber seinen Löwen wollte er mitnehmen. Da erblickte er Rano, in Todesangst an die Mauer gepreßt. Milon winkte ihn zu sich.

«Komm mit!»

Mit der einen Faust griff er, den Löwen führend, in dessen Mähne, mit der anderen grüßte er das römische Volk. Unter donnerndem Beifall durchschritt er den geöffneten Torbogen, und Rano begleitete ihn unbehelligt. Noch entstand beim Tor eine kurze Diskussion, ob der Löwe nicht draußen in der Arena zu bleiben habe. Milon, ermutigt durch den Beifall der Menge, verlangte entschieden nach einer Kette in einem Befehlston, den er sich selbst nie zugetraut hätte. Sogleich brachte man eine Kette herbei samt dem Maulkorb, den der Löwe schon vor dem Eintritt in die Arena getragen hatte. Nun stürmte der Zirkusmeister heran und brachte die Botschaft, er habe unverzüglich vor dem Kaiser zu erscheinen, droben auf der Galerie der Arena. Milon forderte:

«Laß mich den Löwen mitnehmen!»

Der Zirkusmeister, in allerbester Laune über den großen Erfolg, schlug dem Helden des Tages diese Bitte nicht ab. Rasch warf man Milon ein sauberes Gewand über, daß er gebührend gekleidet vor den Kaiser treten könne, und wies auch Rano an, zu folgen, indes der Zirkusmeister stolz voranschritt, den Weg zu bahnen. Die Vorstellung war mit Ansage einer längeren Pause unterbrochen worden. Milon wurde mit dem Löwen auf einem gesonderten Zuweg zur Kaiserloge gebracht, begleitet von Wächtern, die ihre scharfen Augen auf den Löwen richteten und ihn mit gezogenen Schwertern flankierten. Mit Erstaunen nahmen sie wahr, daß das Tier neben dem Sklaven wie ein treuer Hund einherging. Da die seltsame Gruppe in die Nähe des Kaisers kam, meldete der Zirkusmeister den Löwenbändiger an. Sogleich winkte der Kaiser:

«Er trete vor mich!»

Neugierig – einige Damen auch ängstlich – blickte der Hofstaat dem Ankömmling entgegen. Milon warf sich vor dem Cäsar auf die Stufen der Marmortreppe nieder, den Löwen fest an seiner Kette haltend. Der Kaiser redete ihn an:

«Wo hast du gelernt, wilde Tiere zu bändigen? Tust du es mit deinem Blick oder mit Zauberworten?»

Milon, der sich wieder erhoben hatte, berichtete freimütig:

«Hoher Kaiser, nicht habe ich gelernt, wilde Tiere zu bändigen. Dieser Löwe ist mein Freund. Da ich in Ägypten als Schafhirte diente, habe ich ihn kennengelernt.»

Und nun erzählte er in gedrängten Worten, was sich bei den Olivenbäumen zugetragen, als er dem Löwen den Dorn auszog. Gespannt hörten der Kaiser und sein Gefolge zu. Als er geendet hatte, fragte der Cäsar:

«Wieso bist du denn hier in die Arena gekommen? Was hast du verbrochen?»

Milon berichtete, was ihm im Hause des Feldherrn Andarius widerfahren war. Als er seinen Bericht beendet hatte, versetzte der Kaiser:

«Bei Andarius warst du, meinem Kampfgenossen aus jüngeren Tagen? – Die Wege der Götter sind oft merkwürdig und wunderbar. Es scheint vorzukommen, daß sie auch unter Sklaven ihre Lieblinge erwählen.»

Eine kurze Weile ruhte des Kaisers Blick auf Milon mit dem an ihn geschmiegten Löwen. Eine sanfte Rührung fuhr durch seine harte Seele. Er fragte:

«Hast du Wünsche, so sage sie mir. Die Götter gewähren dir die Gunst des Augenblicks.»

Milon durchzitterte die Freude:

«Hoher Kaiser, darf ich als freier Mensch zurück nach Ägypten, den Löwen mitnehmen und ihm dort die Freiheit wiedergeben?»

Der Kaiser lächelte:

«Bescheiden ist dein Wunsch. Er sei dir gewährt! Ist das alles?»

Ein Gedanke durchfuhr Milon: «Ich habe die Freiheit des Löwen erbeten, und meine liebsten Freunde schmachten unten im Kerker!»

Und so stammelte er die Worte:

«O Herr, die Sonne deiner Gnade verwirrt mich! Darf ich meine römischen Freunde, die Familie des Baumeisters Vero, die mit mir unten im Kerker weilte, und hier meinen Freund Rano auch mit nach Ägypten nehmen?»

Der Kaiser wechselte einige Worte mit seinem Ratgeber und antwortete dann:

«Es sei! Sie mögen mit dir nach Ägypten gehen! Hier diesen Ring

bringe meinem alten Freund, dem Feldherrn Andarius, als Zeichen meiner Gunst und deines Glückes!» Bei diesen Worten zog der Kaiser einen der Goldringe ab, die seine Hände schmückten, und überreichte ihn Milon. Der ganze Hofstaat bekundete Beifall, als Milon sich verabschiedete. Der Zug mit dem Löwen verließ die Tribüne des Kaisers. Nachdem der Zirkusmeister dem Gefangenenwächter einige Anweisungen gegeben hatte, die Familie Vero betreffend, bliesen die Hörner zur Fortsetzung der Spiele.

In die Freiheit

Im Laufe des Nachmittags, vor Beendigung der Spiele, sah man eine seltsame Gruppe die Arena verlassen: Milon und seine Freunde. Rano führte den Löwen an der Kette; der Zirkusmeister hatte ihn in bester Laune dem Milon übergeben. Hinter Milon, dessen Hand in der Mähne des Löwen steckte, folgten seine Römerfreunde, die erst jetzt ihre Befreiung für wirklich halten konnten, wo sie unbehelligt durch die Straßen der Stadt schritten. Der alte Vater Vero hatte geraten:

«Laßt uns etwas außerhalb der Tore der Stadt auf den Hof eines meiner Freunde gehen, von wo aus wir in den nächsten Tagen die Weiterreise unternehmen können.»

Ein Schriftstück mit Unterschrift und Siegel eines kaiserlichen Beamten für freie Fahrt nach Ägypten auf einem kaiserlichen Schiff steckte in Milons Tasche, sowie ein Beutel mit reichlichem Reisegeld. Es fehlte wenig zum Glück der Auswanderer, zumal es dem Vater Vero bekannt war, daß es in Ägypten viele Christen gebe und diese sich dort größerer Freiheit erfreuten als die römischen. Den Ring des Cäsaren trug Milon im Gürtel des Kleides. Merkwürdig war, wie selbstverständlich der Löwe als braver Begleiter mitwanderte. Milon hatte darauf bestanden, daß er noch in der Arena zu fressen erhielt. Überall, wo dieser Zug durchging, erregte der Löwe großes Aufsehen. In respektvoller Entfernung folgten Kinder und eine Menge Volk hinterher. Als Milon zum Triumphbogen des Augustus kam, der sich in drei Bogen über die Straße wölbte, hätte man meinen können, ein siegreicher Feldherr mit Gefolge ziehe hindurch. Erst vor den Toren Roms blieb die Menge zurück. Mit sinkender Abendsonne langte der Zug auf dem Gut von Veros Freund an, der auch zur geheimen christlichen Gemeinde Roms gehörte. Das gab ein freudiges Wiedersehen, da man Vero und die Seinen schon tot geglaubt hatte. Bis tief in die Nacht saß man im Gespräch beisammen, dankbar der göttlichen Führung, die all die verschlungenen Lebenswege gelenkt hatte.

Es waren gute Tage der Erholung und Kräftigung, die die ehemals Gefangenen der Arena vor den Toren Roms verbrachten.

Eines Abends begaben sich die Brüder Bartholomäus und Philippus in die Stadt zurück. Im Auftrag des greisen Vaters sollten sie den Garten ihrer früheren Villa aufsuchen, um einen Schatz auszuheben. Bei einem steinernen Brunnen hatte jener einst für Kriegs- oder Notzeiten eine Urne mit Geld verborgen. Der alte Vater Vero schilderte ihnen genau, welche Steinplatte sie aufheben müßten, um darunter das versteckte Geldgefäß zu finden, das eine große Summe in Gold- und Silberstücken enthielt. Da die Stadttore Roms über Nacht geschlossen wurden, sollten die beiden den Rest der Nacht in der Stadt zubringen und hofften, bei Freunden Unterschlupf zu finden. Ein schwachheller Mond begünstigte ihr Vorhaben.

Den beiden Jünglingen stieg der Groll auf, daß sie wie Diebe bei Nacht die Gartenmauer ihres väterlichen Hauses übersteigen mußten. Von der Villa her ließ sich ein Zechen und Singen vernehmen. Der Senator, der das Haus an sich genommen hatte, feierte eben ein Fest mit seinen Freunden. Geräuschlos machten die Brüder sich an die Arbeit. Mit einem Kurzschwert lockerten sie sachte die bestimmte Platte, hoben sie: Der gesuchte Topf war da.

Sie steckten das schwere Gefäß in einen mitgebrachten Sack und begaben sich auf den Rückweg. Bevor sie die Mauer überstiegen, meinte Philippus zu Bartholomäus:

«Wären wir *nur* Römer, so würden wir jetzt ins Haus eindringen und mit unseren Dolchen den Senator umbringen! Als Christen ist uns die Rache verwehrt!»

Mit Freuden empfing Vater Vero am nächsten Tage die beiden mutigen Enkel, die ihm einen willkommenen Teil seines Vermögens als Wegzehrung ins Land Ägypten überbrachten. Keinen Augenblick dachte Vero daran, wieder in sein früheres Leben in die Stadt Rom zurückzukehren. Das Schicksal hatte gesprochen und den Weg nach Ägypten vorgezeichnet. So nahmen eine Woche später die Reisenden Abschied, versehen mit allem Notwendigen für die weite Fahrt nach Alexandria.

Als die Küste Ägyptens aus dem blauen Meer auftauchte, standen Milon und seine Freunde auf Deck des Schiffes. Aller Augen spähten zu dem fernen Landstreifen, der wie ein zartes Band ein neues, unbekanntes Schicksal ins dunstige Blau zeichnete. Was mochte es bringen? Fragen stiegen in Milon auf:

«Wird der Ring des Kaisers mir bei Andarius die Wege ebnen? Kann die Wahrheit offenbar werden? Wie soll ich Lesco begegnen? Wird Baarla sich über meine Rückkehr ebenso freuen wie ich darüber, sie wiederzusehen? Soll ich bei Andarius als freier Diener weiterhin arbeiten? Ob wohl der Löwe, nach so langer Gefangenschaft, sich wieder an die Wildnis gewöhnen kann? Oder soll ich ihn behalten und zähmen?»

Angesichts des näher rückenden Streifens kam ihm plötzlich der Gedanke, ob Vero nicht in Alexandria einen Tempel für Christus bauen könnte, wie er in Rom für Jupiter gebaut hatte? Es war, als ob in Vero ähnliche Gedanken aufstiegen. Als sich das Schiff der Küste näherte, sprach er zu Milon:

«Ich möchte gerne im neuen Lande noch einmal bauen. Meine Söhne wollen mithelfen. Bist du auch dabei?»

Etwas zögernd antwortete Milon:

«Was ich in Ägypten tun werde, hat sich in meinen Gedanken noch nicht geklärt; aber daß du mit deinen Söhnen bauen willst, Vero, macht mich glücklich. Vielleicht kann ich den Feldherrn Andarius um Rat für euch fragen; denn dem römischen Statthalter und vielen vornehmen Römern von Alexandria ist er wohlbekannt. An *einem* Bauwerk möchte ich gerne mithelfen, an einem Tempel für Menschen, die im Namen Christi zusammenkommen in Alexandria.»

Erstaunt wich Vero einen Schritt zurück:

«Du hast ja meine Gedanken und tiefsten Wünsche gelesen! Seit man uns in den Kerker gesteckt hat, war mein Geist oft mit der Frage beschäftigt: Wie müßte ein christlicher Tempel aussehen? Wenn ich in den Nächten schlaflos auf der Pritsche lag, baute ich in Gedanken und in Träumen. Der neue Tempel kann nicht mit stolzen Säulen in der Landschaft prangen. Er muß die Menschen in die Stille führen, zu sich selbst, wo ihnen in der heiligen Handlung und im Gebet der Christus nahekommen kann. Was uns in den Katakomben der kleine Weiheraum war, das muß über die Erde emporgehoben und gebaut werden. Der alte, blutige Opferaltar wird zum Tisch des Herrn.»

Vero schwieg. Sein leuchtendes Auge sah voll Hoffnung und Vertrauen hinüber zu dem auftauchenden Strand von Ägypten.

Jedesmal, wenn ein größeres Schiff in Alexandria ankam, fand sich eine gaffende Menge ein, um das Schauspiel der Ausschiffung zu betrachten. Unter den bestaunten Passagieren, die das eben angekommene Schiff verließen, befand sich Milon mit dem Löwen. Daß Löwen in Käfigen auf See gingen, um nach Rom gebracht zu werden, das kam gelegentlich vor; daß aber aus Rom ein Löwe an einer Kette zurückkam, das war neu. Erstaunte Rufe wurden laut, als der Löwe friedlich mit den Passagieren über die Landebrücke ausstieg. Kaum waren die Reisenden auf festem Land, wurden sie von allen Seiten von Händlern und Fuhrleuten bestürmt. Milon und die Seinen blieben unbehelligt. Er hatte Rano, der sich als guter Pfleger bewährt hatte, den Löwen zum Führen übergeben. Niemand wagte sich in die Nähe des Tieres, obwohl es den Maulkorb trug. Milon begleitete seine Freunde in ein Gasthaus beim Tempel des Neptun, unweit des Hafens. Er bat sie, sich hier zwei oder drei Tage zu gedulden und die Stadt zu besichtigen, bis er Andarius den Ring überbracht hätte und das Weitere überblicken könne. Dann aber bestellte er einen Wagenlenker mit einem schnellen Wagen, den er mit Rano und dem Löwen bestieg. Bald fuhren sie unter Peitschenknallen wie vornehme Römer durch die Straßen der Stadt, hier wo sie beide vor wenigen Monaten als Sklaven ihre Ketten geschleppt hatten.

Wiedersehen im Haus des Andarius

Als Milon mit dem Wagen im Hof vor Andarius' Haus anhielt, stieg er nicht aus, sondern sandte zuerst seinen Diener Rano zum Portal des Herrschaftshauses. Ein Hund an der Kette bellte wild. Der Hausmeister öffnete das Tor, zu vernehmen, wer angekommen sei. Rano verneigte sich grüßend und richtete aus:

«Im Vorhofe befindet sich ein Besuch aus Rom, der dem Feldherrn Andarius eine Botschaft des Kaisers zu überbringen hat.»

Da kam Leben in den Hausmeister. Weit riß er die Augen auf, warf einen prüfenden Blick zum Wagen; doch erkannte er den römischen Gast nicht. So rasch er konnte, verschwand er ins Haus, dem Herrn die große Neuigkeit zu überbringen. Dieser weilte eben mit seiner Gattin auf der Terrasse im Schatten der Palmen. Als er die Kunde vernommen, meinte er ungläubig:

«Eine Botschaft des Kaisers aus Rom? Das muß ein Irrtum sein!»

Jedoch erhob er sich eilends und begab sich selber in den Hof, um den Boten zu befragen. Pyrra, ganz wider die Sitte des Landes, hastete aufgeregt hinterher, um sich nichts von dem wichtigen Ereignis entgehen zu lassen. Mittlerweile war der Wagen etwas näher an das Tor herangefahren. Als Andarius auf der Vortreppe erschien, stutzte er einen Augenblick. Was war das? Stand da nicht auf dem Wagen in eine weiße Tunika gekleidet, mit farbigen Bändern verziert, sein früherer Sklave Milon, und neben ihm ein Löwe, dem er eben mit einer Hand durch die Mähne fuhr? Wie angewurzelt blieb Andarius auf der Marmortreppe stehen. Mit weit aufgerissenen Augen und offenem Munde starrte er auf den Wagen. Trieb man hier einen schlechten Scherz oder . . . ? Ein Aufschrei der eben herausgetretenen Pyrra gab ihm die Geistesgegenwart zurück, um zu erkennen, daß hier tatsächlich Milon vor ihm stand und der Löwe, den er selbst mit den römischen Soldaten hatte einfangen lassen. Aber wie sollte er all dies zusammenbringen? Und dann hieß es gar . . . «eine Botschaft des Kaisers!»

Jetzt neigte Milon das Haupt und lächelte:

«Edler Feldherr, ich überbringe dir einen Gruß des Kaisers aus Rom.»

Mit diesen Worten löste sich die Verzauberung des Andarius. Er stieg die Marmortreppe hinunter, ging mutig einige Schritte auf den Wagen zu und fragte:

«Verzeih, du unerwarteter Bote, wenn du mich überrascht siehst! Kehre gastlich ein in mein Haus, doch sage mir bei allen guten Göttern: Ist dein Name nicht Milon?»

Mittlerweile hatten sich Baarla und einige Diener neugierig im Vorhofe eingefunden. Der Fremde auf dem Wagen gab seinem Begleiter die Kette des Löwen, schwang sich vom Wagen herab und antwortete:

«Gewiß, edler Herr, ich war einst dein Sklave Milon. Der Kaiser in Rom hat mir die Freiheit geschenkt. Dies verdanke ich hier meinem Löwen.»

Nach diesen Worten winkte er Rano herbei, der ihm den Löwen wieder übergab. Andarius' Herz weitete sich. Ihm ahnte, daß hier etwas ganz Außerordentliches, nie Gehörtes vor sich gegangen sein mußte, wie es die Götter nur selten so sichtbar fügen. Er hob seine Hand zum römischen Willkommensgruß, wies auf die Terrasse und sprach:

«Lieber Milon, sei mein Gast! Komm und erzähle!»

Damit schritt er voran, die helle Treppe aufwärts, und Milon folgte mit dem Löwen, dessen Kette er im Terrassengarten um den Stamm einer schlanken Palme schlug. Nun kam auch Pyrra wieder herbei, die vor dem Löwen zuerst erschrocken zurückgewichen war. Den frohen, prächtigen Milon begrüßte sie herzlich, als ob sie alte Bekannte wären. Große Neugierde erfüllte sie. Sie bot ihm einen Herrschaftssessel zum Sitzen an. Baarla hatte sie anbefohlen, einen Krug ägyptischen Weines herbeizuschaffen. Als diese mit niedergeschlagenen Augen im Torbogen erschien, der vom Haus zur Terrasse führte, stand Milon auf, um sie zu begrüßen. Doch sie hatte den Krug rasch hingestellt, und bevor er zu ihr sprechen konnte, wich sie scheu ins Haus zurück. Andarius versetzte lachend:

«Es hat sich alles sehr geändert; sieh, Milon, Herrschaft und Sklaven sind gleichermaßen verwirrt von deiner seltsamen, plötzlichen Rückkehr. Säume nicht, uns jetzt ausführlich zu berichten, was du seit deinem letzten Hiersein erlebt hast.»

Also begann Milon zu erzählen. Zuerst schilderte er seine Begegnung mit dem Löwen bei den fünf Olivenbäumen; aber diesmal verschwieg er die Sache mit dem Dornausziehen nicht, wodurch der Löwe sein Freund wurde. Er erklärte auch, warum er nichts darüber verlauten ließ: Er habe befürchtet, man würde ihn einen Aufschneider oder gar Lügner schimpfen.

Andarius erstaunte sehr über dieses Begebnis und fand es so außerordentlich, daß er meinte:

«Milon, wenn du es mir nicht *heute* erzählen würdest, ich hätte solches tatsächlich für unmöglich gehalten. Ja, ich hätte wohl deine Löwengeschichte als Erfindung und Phantasterei betrachtet. Aber fahre fort!»

Da wendete Milon sich zu Pyrra:

«Verehrte Frau, nun da ich ein freier Mensch bin, kann ich auch dir eine erstaunliche Mitteilung machen und endlich offen erklären, daß nicht ich der Dieb deines Ringes war, den eine übelwollende Hand unter meinem Strohsack versteckt hat. Lesco hat es nicht ertragen, daß ich als Schafhirt an seinen Platz in den Hausdienst kam. Aus Neid und um mich daraus zu vertreiben und nicht wieder aufs Feld geschickt zu werden, hat er diesen Ring an sich genommen und auf mich den Verdacht gelenkt. So hoffte er, den verhaßten Schafhirtendienst loszuwerden und wieder an meinen Platz zu kommen.»

Mit wachsender Erregung hatte Pyrra zugehört:

«So hat mich mein Gefühl nicht getäuscht! Ich konnte es nie fassen, daß Milon mich bestohlen hat. Mein Herz ahnte, er sei unschuldig. Aber die Geschehnisse gingen so rasch vorüber, so Schlag auf Schlag, daß ich im Augenblick nichts anderes tun konnte, als ihnen den Lauf zu lassen.»

Einen Moment senkte Andarius sein Haupt, da er sich erinnerte, wie hart er den vermeintlichen Dieb strafte – daß er ihn peitschen ließ und auf den Sklavenmarkt unter die Verbrecher verstieß. Dann aber forderte er ihn auf:

«Weiter, Milon, wie bist du nach Rom gekommen? Was hat sich dort zugetragen?»

Bevor dieser in seinem Bericht fortfuhr, schickte er die Worte voraus:

«In Rom ist mir Gewißheit geworden, daß in das Menschenleben zuzeiten eine führende Hand ergreift, die unsere Lebenswege lenkt, wenn sie uns zu einem bestimmten Ziel hinführen will, das wir nicht einmal ahnen können. Solch eine verborgene Hand hat meine Geschicke geleitet von den fünf Olivenbäumen an, da ich den Mut faßte, dem Löwen den Dorn aus der Pfote zu ziehen. Dieselbe Schicksalshand führte mich nach Alexandria, verkaufte mich einem römischen Händler, bestimmte mich zum Kampf mit den wilden Tieren in der Arena. Auf derselben Spur kam mein Löwe nach Rom, der mich in der Arena erkannte und beschützte.»

Nun berichtete Milon ausführlich über die Begegnung im Gefängnis mit den Christen, mit denen er Bruderschaft schloß. Während er das Hineingehen in die Arena schilderte, wie er auf Befehl mit hochgehaltenen Armen das römische Volk zu grüßen hatte vor einem wahrscheinlichen grausamen Zerfleischtwerden durch die Bestien, da stand alles wieder so lebendig vor ihm, daß seine Stimme zeitweise zitterte und er verstummte.

«Als brüllend die beiden Löwen hereinstürzten, nach einem Opfer Umschau hielten, da gab mir *ein* Gedanke Mut und Kraft, daß, wenn ich sterben müßte, meine Seele nicht verloren sei. Dann kam mir dieser Löwe entgegen, den ich zunächst nicht erkannte. Sterbend wollte ich mutvoll kämpfen. Ich trat ihm Auge in Auge entgegen. Dabei kam mir ein Schnalzen in die Zunge und Worte auf die Lippen, wie ich sie einst bei den fünf Olivenbäumen dem verwundeten Löwen zugerufen hatte. Er stutzte, jaulte freudig auf, erkannte mich, und ich ihn. Er beleckte mir Hände und Füße, statt mich anzufallen. Vor dem Angriff eines anderen Löwen hat er mich beschützt.»

Pyrras Augen wurden feucht. Andarius schaute unverwandt zu dem Löwen hinüber, der im Palmenschatten schlief. Milon hielt eine Weile mit Erzählen inne. Seine Gedanken kreisten wieder um die Frage:

Soll ich dem Löwen die Freiheit geben und ihn in die Wildnis geleiten oder versuchen, ihn für immer bei mir zu behalten und völlig zu zähmen?

Aus seinem Sinnen riß ihn Andarius mit der Frage:

«Was sagten die Römer in der Arena zu eurem freundschaftlichen Wiedersehn?»

Milon berichtete, wie die Volksmenge in jubelndes Tosen ausbrach und den Cäsar um Gnade für ihn anrief; wie er den Befehl bekam, vor den Kaiser zu treten, und wie es ihm glückte, Rano mit zu befreien, während der andere Gefährte bereits zerrissen in seinem Blute lag. Andarius warf ein:

«Aber mit dem Löwen durftest du doch nicht vor den Kaiser treten?»

«Doch, ich setzte meinen Willen durch, bat um eine Kette und einen Maulkorb. Alles war so durcheinander von dem Ereignis, daß ich nur wünschen und befehlen konnte. So führte ich ihn mit. Vor dem Kaiser benahm er sich sehr brav in meiner Gegenwart, so daß dieser glaubte, ich wäre ein Tierbändiger und hätte einen Zauberblick. Ich wurde aufgefordert, in knappen Worten zu erzählen, wie sich das mit dem Löwen gefügt hätte und woher ich käme. Da erwähnte ich Ägypten und deinen Namen, verehrter Feldherr. Der Kaiser antwortete, daß er dich von früher her gut kenne, war lauter Gnade, sprach von Führung der Götter, die hier einen niedrigen Sklaven auserwählt hätten. Er erfüllte alle meine Wünsche, schenkte mir die Freiheit, den Löwen und hier, edler Andarius, den Goldring für dich, den ich dir jetzt im Namen des Kaisers mit seinem Gruß überreiche.»

Bei diesen Worten zog Milon aus seiner Gürteltasche den mitgebrachten Ring hervor und legte ihn in die Hand des sprachlosen Feldherrn. Erst nach und nach fand dieser Worte, während er das Kleinod betrachtete und wendete und schließlich an den Finger steckte. Milon glaubte, in den harten Augen des Andarius einen warmen Glanz zu gewahren, als er zu ihm sprach:

«Milon, ich danke dir für Gruß und Gabe. Treue ist auch unter Menschen das schönste Zeichen der Freundschaft. Vor Jahren war es, als ich mit dem heute regierenden Cäsar in einem Kriegszug gegen die Feinde Roms Waffenbrüderschaft pflegte und einer des andern Leben beschützte. Als er Kaiser geworden, hat er mir seine Gunst erwiesen. Einige Jahre habe ich in der Ferne des Ostreiches gedient. Nun ist es still um meinen Namen geworden; aber echte Freundschaft ist unvergeßlich und unauslöschbar. Dieser Ring des Kaisers wird meiner alten Tage Freude sein!»

Nach diesen Worten erhob sich Andarius, trat auf Milon zu, der sich ebenfalls erhoben hatte, und der Herr umarmte seinen ehemaligen Sklaven. Fast feierlich sprach er zu ihm:

«Milon, ich habe keine eigenen Kinder. So es dir recht ist, sollst du in meinem Hause wie mein eigener Sohn aufgenommen sein. Was der Götter Hand begonnen und in unser gemeinsames Schicksal gezeichnet hat, wollen wir als Menschen vollenden. Sei von nun an mein Sohn!»

Milon wußte nicht, wie ihm geschah. Er faßte des Andarius' Hände, suchte Worte des Dankes, des Einverständnisses und fand sie nicht. Da trat Pyrra an seine Seite, ergriff seine Rechte und sprach:

«Lieber Milon! Der Ring an meiner Hand ist dir zum Unglück, zum großen Schmerze geworden. Auf wunderbaren Wegen hat er dich zum Ring des Kaisers geführt, der dein Glück dem unsrigen verbunden hat. Bleibe fortan bei uns, hilf meinem Gatten in der Betreuung seiner Güter. Er bedarf deiner Hilfe. In aller Freiheit bieten wir dir unsere Freundschaft an. Wie ein eigener Sohn sollst du bei uns gehalten sein!»

Nach diesen Worten Pyrras war in Milon kein Zweifel mehr, hier hatte sich ein Schicksalsring geschlossen. Er antwortete:

«Edle Pyrra, edler Andarius! Verzeiht, daß ich angesichts der vielen Gunst nur unbeholfene Worte finde, euch zu danken. Von Herzen gern nehme ich euer Anerbieten an, wiederum hierzubleiben. Ich möchte mich eures Vertrauens und eurer Güte würdig erweisen!»

Nach kurzem Besinnen fuhr er fort:

«Vorerst habe ich eine Sorge, bei der du, edler Andarius, mir guten Rat geben könntest. Was soll mit dem Löwen geschehen, der hier in tiefem Schlafe liegt? Er ist ein Tier zur Freiheit geboren, und trotz seiner Anhänglichkeit zu mir spüre ich, wie er unruhiger geworden ist, seit wir Ägyptens Erde wieder betreten haben. Soll ich trotzdem versuchen, ihn zahm zu halten und seinen Naturtrieb zu unterdrükken? Oder – geb' ich ihn frei?»

Andarius wendete seinen Blick dem schlafenden Tier zu und antwortete:

«Milon, für ein Tier der Wildnis, wie es der Löwe ist, gibt es nur *ein* dauerndes Glück, die unabhängige Freiheit der Steppen. Seine Zuneigung zu dir ist erstaunlich und einmalig; doch wird sich seine ursprüngliche Natur deutlicher melden, wenn der Südwind den Geruch der fernen Steppen stärker heranweht. Ich bin bereit, morgen in aller Frühe mit dir eine Wagenfahrt in südwestlicher Richtung zu unternehmen, bis wir an den Rand des Steppengebietes kommen. Dort magst du dem Löwen die Freiheit geben, die der Kaiser dir verliehen hat!»

Nun war Milon gewiß, daß er seinem Löwen kein größeres Geschenk machen könnte, als ihm den Weg in die Freiheit zu weisen, obschon er wußte, daß dies für ihn selbst einen großen Verzicht bedeuten werde. Er schlug in Andarius' dargebotene Hand ein und sprach:

«Abgemacht, es sei so!»

Lachend erwiderte Andarius:

«Das Leben ist ein seltsames Spiel! Nie hätte ich gedacht, daß ich vom Löwenfänger zum Löwenbefreier würde. Frühmorgens fahren wir ab.»

Niemand war glücklicher über den Ausgang dieses Löwengespräches als Pyrra. Ihr bangte vor dem Raubtier, selbst wenn es friedlich schlief; doch hätte sie versucht, ihre Furcht zu überwinden, wenn sich Milon von ihm nicht hätte trennen können. Wie ihr Blick zufrieden von ihrem Gatten zu dem jugendlichen Milon wanderte, hörte man draußen im Hof das Geratter eines heranfahrenden Wagens.

«Das ist der Verwalter mit Lesco!» bemerkte Pyrra. «Sie haben gemeinsam in Alexandria Einkäufe besorgt.»

Das Antlitz des Feldherrn verfinsterte sich. Der gemeine Übeltäter Lesco war ihm völlig aus dem Sinn gekommen über der Fülle erfreulicher Dinge:

«Dieser Schandkerl! Mit seinen Verleumdungen hat er einen trüben Fleck über meine Feldherrengerechtigkeit gebracht. Hart soll seine Strafe sein!»

Milon preßte die Lippen aufeinander und lauschte in den Hof. Da wendete sich Andarius zu ihm:

«Ich überlasse es dir, den Schurken zu bestrafen, wie du willst; an seinem Leben liegt mir nichts. Ich selber würde ihn zu Tode peitschen lassen. Er gehört jetzt dir; sei sein strenger Rächer und Richter!»

Nach diesen Worten stieg Andarius die Terrassentreppe hinunter in den Hof, sich mit dem Verwalter zu besprechen. Pyrra begab sich ins Innere des Hauses, um mit Baarla für die Gasttafel des Abends zu sorgen. Rano hatte als treuer Wächter des Löwen all die Zeit über unauffällig in dessen Nähe verweilt. Jetzt ergriff er die Kette des Löwen, der vom Wagengerassel erwacht war, und erbat von Milon die Erlaubnis, mit dem Tier einen Gang ins Freie zu tun und ihm

Speise und Trank geben zu lassen. Die Hunde des Hofes waren gleich nach der Ankunft des Löwen in einen Stall gebracht worden, damit es keine unangenehmen Begegnungen gebe.

Milon blieb allein auf der Terrasse. In seiner Seele wogte ein innerer Kampf. Er sah wieder Lescos höhnisches Grinsen vor sich, als er damals mit zerschlagenem Leib den Wagen besteigen mußte, um auf den Sklavenmarkt nach Alexandrien geführt zu werden. Er durchlebte wieder Elend und Furcht im Gefängnis. Das Blut wogte auf in ihm. Dann aber war ihm, er höre wieder die milde Stimme des Vaters Vero, da er Verzeihen und Liebe predigte. – Nein, jetzt konnte er nicht in den Hof gehen zu einer Wiederbegegnung mit Lesco. Zu aufgewühlt war sein Inneres. Er wußte nicht, ob er seiner selbst mächtig bliebe. Wie er so verharrte, erschallte plötzlich von drüben das Schreien eines Menschen ... oder war es ein Tier? Milon sprang auf. Deutlich vernahm er zwischen den Schreien das klatschende Aufschlagen einer Lederpeitsche. Strafte man Lesco ohne seinen Befehl?

Er eilte raschen Laufes die Treppe hinunter, hinüber in den Hof. Man hatte die Arme Lescos um eine steinerne Säule gebunden. Auf seinen nackten Rücken sauste die Peitsche des Sklavenaufsehers nieder. In der Nähe standen Andarius und der Verwalter in erregtem Gespräch. Milon trat zu ihnen und, nachdem er den erstaunten Verwalter flüchtig gegrüßt hatte, fragte er:

«Sollte die Strafe nicht mein sein?» –

«Gewiß», entgegnete Andarius; «aber der Schurke hat mir nochmals frech ins Gesicht gelogen, als ich nach dem gestohlenen Ring fragte. Zwanzig Hiebe von mir! Den Rest magst du ihm geben lassen!»

Als kurz darauf, nach den letzten Schlägen, die Peitsche verstummte, hing Lesco blutend und stöhnend an der Säule. Der Verwalter trat auf Milon zu, reichte ihm die Hand:

«Milon, ich beglückwünsche dich zu der Gnade, die der Götter Gunst dir gewährt hat. Ich bin durch die Lügen dieses Schurken verleitet und verblendet worden, in dir den Übeltäter und Dieb zu erblicken. Verzeih mir und laß auch mich dein getreuer Diener sein!»

Nochmals reichte er Milon die Hand und neigte sich voller Ergebung vor dem neuen, jungen Herrn, den ihm Andarius empfohlen hatte. Danach verließ der Verwalter mit dem Feldherrn den Hof.

Der Sklavenaufseher harrte mit der Peitsche in der Hand auf die weiteren Befehle Milons.

«Bind ihn los!» forderte dieser ihn auf.

Der Aufseher hatte erwartet, sein Opfer zu Tode peitschen zu müssen. Ungläubig blickte er auf seinen neuen Herrn. Doch mit einer

Gebärde der Hand verdeutlichte dieser seinen Befehl, und so löste er die Fessel des Geschlagenen. Noch hatte Lesco nicht erfahren, daß Milon zurückgekehrt war und nicht begreifen können, warum auf einmal der Gutsherr ihm diese Frage über längst Vergangenes stellte und ihn im Zorn der Peitsche auslieferte. Jetzt aber, da er losgebunden die Säule umklammert hielt, um nicht auf den Boden zu stürzen, wendete er seinen Blick hinter sich. Er sah den Sklavenaufseher mit der Peitsche quer über den Hof weggehen. Wer aber stand unbeweglich dicht hinter ihm? Er drehte seinen Kopf noch etwas mehr zur Seite. Seine Augen weiteten sich. Ein Zittern fuhr durch seinen Leib, und stoßweise rangen sich aus seiner Kehle die Laute:

«Milon?»

Seine Arme lösten sich von der Säule, und stumm fiel er, in sich zusammenbrechend, zur Erde nieder vor Milons Füße. Dieser schaute auf ihn nieder, erinnerte sich an damals und an seine Schmerzen. Sein Auge heftete sich auf einen Striemen, aus dem Blut in den Staub hinunterrann und zwischen der Pflasterung versickerte. Halb Frage, halb Mahnung entrang sich seinen Lippen der Name:

«Lesco?!»

Mit einem Ruck warf sich dieser jetzt herum, umklammerte Milons Beine und preßte die Stirn auf seine Füße. Da beugte sich Milon nieder, faßte ihn unter einer Schulter und sprach:

«Lesco, steh auf!»

Mühsam richtete der Verwundete sich mit Milons Hilfe hoch, und dieser geleitete ihn langsam hinüber zur Schlafkammer der Sklaven. Dort ließ sich Lesco so auf seinen Strohsack niedersinken, daß er auf die Brust zu liegen kam, den wunden Rücken nach oben. So lag er regungslos in dumpfen Schmerzen. Milon redete ihn an:

«Es war nicht mein Wille, daß du geschlagen wurdest. Ich sende dir Baarla, sie wird deine Wunden pflegen.»

Eine Weile später trat Milon im Herrenhaus zu Baarla, die durch Pyrra ausführlich von dessen Erlebnissen in Rom und von seiner neuen Stellung im Haus erfahren hatte. Eben war sie daran, an Lescos Stelle die Abendtafel aufzudecken. Sie neigte vor dem ankommenden Milon ihr Haupt, wie es einer Sklavin gebührte. Er aber sprach:

«Baarla, reich mir deine Hände zum Gruß; ich möchte weiterhin mit dir Bruderschaft halten, wie wir es dort drüben beschlossen haben, als du in meinem Elend mir die Wunden pflegtest.»

Da schaute sie ihn aus dunklen Augen dankbar an, reichte ihm die Hände und fragte:

«Hast du in Rom auch Christen gefunden?»

«Ja, Baarla, davon werde ich dir viel erzählen. Bald sollst du Vater Vero kennenlernen. Er wurde in Rom als Christ verfolgt, er und seine Familie sind zusammen mit mir nach Alexandria gekommen. Er hat den Apostel Paulus noch selber predigen hören und ist von ihm getauft worden. In ihm lebt Weisheit und Güte. – Doch höre, worum ich dich jetzt bitten wollte: Drüben im Sklaven-Schlafraum liegt Lesco voll blutiger Striemen. Man hat ihn meinetwegen geschlagen. Geh, pflege seine Wunden, lindere seine Schmerzen, wie du mir getan! Ihm soll verziehen sein. Hat er nicht als notwendiges Werkzeug gehandelt, um mich auf meinen Weg nach Rom zu führen? Seine Schuld ist mir und anderen zum Segen geworden.»

«Ich geh gleich zu ihm. Die Tafel ist gerichtet. Mucius, der neue Diener, kann hier weitermachen.»

Damit eilte Baarla leichtfüßig in die Küche des Herrenhauses zurück.

Ins selbe Becken, das sie einst für Milon verwendet hatte, goß sie heißes Wasser über zerriebene Wundkräuter, nahm einen Krug Trinkwasser und eine Schale Trauben. Als sie über den Hof dem Sklavenhaus zuschritt, begegnete ihr der Sklavenaufseher. Er hielt sie auf:

«Was willst du da drüben?»

«Einen Auftrag Milons ausführen», war ihre Antwort.

Gleich wurde der Aufseher freundlich und meinte:

«Schon gut! Sehr gut!» und ließ sie vorübergehen.

Baarla trat oben in den düsteren, leeren Raum. Sie gewahrte Lesco auf einem der Strohsäcke liegen. Er hatte ihr Eintreten nicht bemerkt, stöhnte und atmete schwer. Als Baarla dicht neben ihm den Krug abstellte, schrak er zusammen und schaute furchtsam umher. Baarla redete ihn an:

«Milon sendet mich zu dir, deine Wunden zu pflegen. Hier hab' ich zu trinken für dich.»

Halb irr fragte Lesco:

«Was ist geschehen? Warum ist er da? Warum ist er wiedergekommen? Wer hat es entdeckt?»

Baarla antwortete:

«Lesco, für dich ist der heutige Tag ein guter Tag, auch wenn es ein Tag der Schmerzen ist. Ohne die Wahrheit wäre dein weiteres Leben von Schuld und Sünde überdeckt geblieben. Um der Wahrheit willen ist Milon zurückgekehrt. Er ist in Rom ein freier Herr geworden und wird im Hause des Andarius wohnen.»

«So haben ihm die Götter wiederum geholfen und mich in noch schlimmeres Verderben gestürzt. Er wird sich immer wieder an mir rächen, wie er mich heute schon hat auspeitschen lassen.»

«Nein, du irrst! Rächen wird er sich nicht. Du bist ohne sein Wissen gepeitscht worden, weil du Andarius wiederum belogen hast. Hat dich nicht Milon hierhergeleitet und mich zu deiner Pflege hierhergesandt? Er verzeiht und möchte, daß du wieder ganz Mensch werden kannst.»

Während sie so sprach, wusch sie ihm behutsam die Wunden und legte heilendes Kraut darauf.

Als Baarla ihn verlassen hatte, sank Lesco zurück in Fieberträume. Wenn er für Augenblicke daraus erwachte, meinte er immer wieder, die Worte Baarlas zu vernehmen, die sie zu ihm gesprochen hatte: « . . . wieder ganz Mensch werden . . . »

Letzte Löwenfahrt

In der Frühe des folgenden Tages herrschte im Hof des Andarius einige Aufregung. Alle Diener und Sklaven des Gutes hatten bis tief in die Nacht hinein das Ereignis des zurückgekehrten Milon besprochen. Die bevorstehende Ausfahrt mit dem Löwen wollte niemand verpassen, und so scharten sich im Hof die Bewohner des Gutes zusammen. Der Hausverwalter hatte auf Milons Wunsch hin ausdrücklich allen die Erlaubnis erteilt, der Abfahrt des Löwen beizuwohnen. Schon waren die Pferde vor den Wagen gespannt. Sie schlugen ungeduldig mit den Hufen auf das Steinpflaster des Hofes. Als nun vom Herrenhaus her Andarius und Pyrra erschienen, begleitet von Milon mit dem Löwen, geschah, was hier auf dem Hof noch nie geschehen war: Alle brachen in Jubelrufe und Beifall aus, klatschten in die Hände, als ob man sich im Zirkus zu Rom befände. Die Herrschaften strahlten vor Freude. Milon winkte seinen ehemaligen Mitsklaven grüßend mit einer Hand zu, indes die andere mit gestrafften Muskeln die Kette hielt, daran der Löwe merklich zerrte. Es war, als ob er ahnte, daß heute auch für ihn ein wichtiger Tag angebrochen sei. Der Pferdelenker saß schon oben auf dem Wagen. Andarius stieg ein, und als Milon folgte, war auch der Löwe mit einem Sprung oben. Rano durfte mitfahren, um während der Fahrt den Löwen zu halten, wenn er ungebärdig werden sollte. Die Pferde stampften unruhig. Als die Zügel locker ließen, fuhr das Gefährt ratternd über die Pflasterung dem Ausgang zu. Lauter Jubel brach noch einmal aus, Winken und Abschiedsrufe begleiteten den verschwindenden Wagen.

Oben im Schlafraum der Sklaven bohrten sich zwei dunkle Augen durch eine Mauerluke, das Schauspiel aus der Verborgenheit zu betrachten. Lesco hatte vom Sklavenaufseher Erlaubnis erhalten, heute mit seiner Arbeit auszusetzen und seine Wunden zu pflegen. Als er den Lärm im Hof hörte, hatte er sich, trotz der brennenden Schmerzen, vom Strohsack erhoben, um des Löwen Abfahrt mitanzusehen.

Eine seltsame Veränderung war seit gestern mit ihm vorgegangen. Als er unter den Hieben an der Säule in wahnsinnigen Schmerzen niedergesunken war, und ihm Milon plötzlich entgegentrat, ihn sachte aufrichtete ... hatte Milon da nicht mit leiser Stimme zu ihm gesagt:

«Armer Lesco?»

Oder hatte er im Fieberwahn geträumt, daß Milon ihn stützte und hierherbrachte? Dann war Baarla zu ihm gekommen, seine Wunden zu pflegen. Er erinnerte sich genau, wie sie zu ihm gesprochen:

«Milon hat mich zu dir gesandt. Er verzeiht dir und möchte, daß du wieder ganz Mensch werden kannst.»

Ja, genauso hatte Baarla gesagt. Immer wieder mußte er in sich diese Worte wiederholen. Er wußte, er würde sie niemals vergessen. Es war ein Trost in ihnen, der die Wunden seiner Seele ebenso sänftigte, wie die Pflege Baarlas den Schmerz seiner Striemen linderte. Lesco verließ die Fensterluke und wankte wieder seinem Strohsack zu. Im Halbdunkel starrte er die kahlen Wände an: Hatte Milon in Rom solche Worte gefunden, die Böses mit Gutem vergelten wollen? Wer hatte sie ihn gelehrt? Nie hatte er selbst anderes vernommen als: Blut um Blut, Auge um Auge, Zahn um Zahn, Rache um Rache! Er mußte Baarla fragen. Ihr durfte er sich anvertrauen.

Durch die sandstaubigen Straßen trabten die Wagenpferde des Andarius immer weiter südwärts, von ihrem Lenker kundig geleitet. Heiß brannte die Mittagssonne, als sie nach Stunden gegen den Rand einer hügeligen Steppe kamen. Andarius gebot Halt. Die Kette des Löwen rasselte, als er mit Milon vom Wagen sprang. Aus einem mitgebrachten großen Krug schüttete er Wasser in eine kleine Erdmulde, das der Löwe begierig lappte. Gefährt und Pferde blieben mit Rano im Schatten einiger Bäume, während Andarius und Milon mit dem Löwen einer kleinen Anhöhe zuschritten. Er war vom Maulkorb befreit und zeigte eine gewisse Unruhe. Hin und wieder blieb er stehen, hob das Haupt und zog witternd die Luft des Südwindes durch die Nüstern ein. Plötzlich durchfuhr ein Zittern seinen Körper. Er zerrte an der Kette. Andarius nickte Milon zu. Dieser biß die Zähne fest aufeinander, griff ins Halsband und löste das Leder aus seinen Schlaufen. Halsband und Kette fielen ins Steppengras. Wie einst in der Arena umschlang Milon noch einmal Mähne und Brust seines geliebten Löwen. Zum letztenmal strich eine feuchte Zunge über seine Hand. Ein leiser Ruf entrang sich des Löwen Brust. War es ein Abschiedslaut? War es sein Gruß an die weite, freie Steppe? Langsam löste Milon seine Arme vom Leib des Löwen. Dieser schloß die Augen, hob den Kopf, sog einen tiefen Atemzug des Steppenwindes ein. Langsam schritt er vorwärts durch angedorrte, hohe Grasbüschel. Jetzt hatte er die kleine Anhöhe erreicht. Noch einmal wendete er sein prächtiges Haupt, ein letzter Blick zu Milon, und nun spannten sich seine Sehnen. In weiten Sprüngen setzte er über Büsche, der Steppe entgegen. Mit wenigen Schritten eilte Milon auf die Anhöhe und blickte ihm nach. Sein Herz pochte in Freude und Schmerz zugleich. Tränen traten ihm in die Augen, wie er sie nimmer geweint, seit der Wiederbegegnung in der Arena. Kleiner und kleiner wurde der sich entfernende Löwe. Jetzt verschwand er hinter fernem Gebüsch. Festgebannt blieb Milon stehen. Er schloß die Augen. Eine tiefe Dankbarkeit überkam ihn, Dank an die Lenkung seines Schicksals, das hier auf diesem Hügel jetzt so übermächtig zu ihm sprach, da der Löwe von ihm gegangen.

Als er nach einer Weile seine Augen wieder öffnete ins blendende Mittagslicht, fand er sich allein. Andarius war unbemerkt zum Wagen zurückgekehrt. Er wollte Milons Abschied nicht stören, war ihm doch selbst als hartgekämpftem Feldherrn weh ums Herz, da er mit angesehn, wie der Löwe von Milon wegstrebte, seinem Urtrieb zur Steppe hin folgend. Er fühlte sich auch deutlich in dem Gedanken bestärkt, daß er den Vielgeprüften an Sohnes Statt genommen. Hatte nicht auch sein eigenes Leben dadurch einen neuen, jugendfrischen Inhalt bekommen? Solche Gedanken hegte er, bis Milon zum Wagen zurückkehrte. Von seinem überstandenen inneren Kampf ließ dieser sich nichts anmerken. Mit frischer Stimme bat er Andarius:

«Gestatte mir, edler Vater, daß ich auf dem Rückweg die Wagenpferde selber lenke; ich verspüre große Lust dazu!»

«Wenn du mir versprichst, nicht im Nilstrom bei den Krokodilen zu landen, so sei es!» entgegnete Andarius in gleich heiterem Ton. Also bestiegen sie den Wagen. Der Wagenlenker übergab Milon die Leitriemen, und dieser lenkte nun zum erstenmal ein richtiges Pferdegespann. Nach einer Weile bemerkte Andarius zu Rano:

«Ich sehe, wer Löwen bändigen kann, hat es nicht schwer, Pferde zu lenken!»

Begegnung in Alexandria

Nach langer Fahrt, als es schon später Nachmittag war, kam das Gefährt an eine Wegscheide, die links zum Gutshof und rechts nach Alexandria führte. Milon zügelte die Pferde, hielt an und fragte Andarius:

«Ist es dir nicht zu beschwerlich, Vater, noch einen Abstecher nach Alexandria zu unternehmen? Gern würde ich dort im Gasthaus des Neptun nach meinen römischen Freunden sehen, sie grüßen und mit dir bekannt machen.»

Andarius, der es schätzte, von Milon ‹Vater› genannt zu werden, willigte ein, und so trieb Milon die Pferde Richtung Alexandria. Bald erreichte man die Stadt. Das Gedränge von Menschen und Wagen wurde dichter. Milon übergab die Lenkung des Gefährtes an Rano, der als früherer Wagenlenker bei einem römischen Herrn alle Tücken kannte, sich in einer wagenreichen Stadt durchzuwinden. In der Nähe des Meerhafens fand sich der ‹Neptunus›. Andarius wollte draußen im Wagen warten:

«Es schickt sich für mich nicht, als vornehmer Römer ein öffentliches Gasthaus zu betreten.»

Milon fand seine Freunde im hinteren Hof beisammen, wo sie ihn erwarteten. Welch freudiges Wiedersehen! Veros Blick entging es nicht, daß Milon etwas verändert war. Hatte er eine Enttäuschung erlebt? War er nicht gut aufgenommen worden bei seinem Feldherrn? Unvermittelt fragte Vero:

«Wie geht's dem Löwen?»

Milon blieb zunächst stumm. Alle schauten ihn erwartungsvoll an.

«Es geht ihm sehr gut! Er ist frei! Er eilt südwärts seinen Steppen zu.»

Keiner sagte ein Wort hierauf; denn sie alle wußten wohl, wie sehr Milon an seinem Löwen gehangen. Plötzlich fuhr dieser auf:

«Vero, bald hätte ich vergessen, daß draußen vor dem Gasthaus der Feldherr Andarius, mein früherer Herr, in seinem Wagen auf mich wartet. Kommt bitte alle mit mir hinaus, ihn zu begrüßen. Er hat mich aufgenommen wie ein Vater, und er freut sich, auch euch kennenzulernen.»

Da nun Milon seine römischen Freunde dem Andarius zuführte, begrüßte dieser sie gnädig; dann aber heftete er seinen Blick auf Vero und fragte:

«Baumeister in Rom bist du gewesen? Hast du nicht vor etwa dreißig Jahren die nördlichen Tore der Stadt und die Befestigungsmauern erweitert?»

«Gewiß, die sind nach meinen Plänen ausgebaut worden.»

«Dann ist es dort, wo wir uns schon einmal begegnet sind. Ich war damals im Verteidigungsrat der Stadt und hatte mit der Sache zu tun. Ich kann mich deiner gut entsinnen, nur der Name war mir entfallen.»

Nach diesen Worten faßte Andarius noch einmal grüßend die Hände Veros. Er war glücklich, jemand gefunden zu haben, mit dem er von alten Zeiten und vom alten Rom reden konnte. Er sagte plötzlich zu Milon:

«Wie wäre es, wenn deine Freunde zu uns aufs Gut hinauskämen, bis sie in Alexandria eine dauernde Unterkunft gefunden haben? Unser Gästehaus steht allzeit leer, und zum Leben gibt es auf unserem Hof alles in Fülle.»

Dieses überraschende Anerbieten löste allseits Freude aus. Andarius, des Befehlens gewohnt, ordnete an:

«Werte römische Freunde, da unser Wagen jetzt nicht alle aufnehmen kann, lasse ich euch morgen als meine Gäste abholen. Haltet alles bereit zur Fahrt auf mein Gut. Bis dahin ist unser Gästehaus gerichtet, euch aufzunehmen.»

Da bedankten sich die Veros herzlich, und der alte Vater meinte:

«So geht es oft im Leben, wo ein Tor zuschlägt, öffnet sich ein anderes!»

Auf der Rückfahrt, nach dem Verlassen der Stadt, bemerkte Milon, wie Andarius in Gedanken versunken war. So vermied auch er, ein Gespräch zu beginnen und überließ sich seinen eigenen Gedanken. Wieviel hatte sich geändert in wenigen Tagen! Wie schön ebneten sich die Wege jetzt auch für seine Freunde, für die er Andarius nicht zu bitten gewagt hätte, sie bei sich aufzunehmen. Welch gute Hand spann hier die Schicksalsfäden! War auch sein Schmerz um den verlorenen Löwen groß, so spürte er doch, daß das Leben ihm jetzt andere Aufgaben stellte, die alle seine Kräfte erforderten. Aus seinem Sinnen schreckte er auf, als Andarius die Frage an ihn richtete:

«Sage mir, Milon, was ist eigentlich mit diesen Christen, zu denen auch Vero gehört, wie du mir sagtest? Wie kam Vero, der ein solch angesehener Römer war, dazu, diesem unbekannten, neuen Glauben anzuhängen?»

Milon antwortete:

«Im Gefängnis der Arena und auf der langen Schiffahrt hat mir Vero manches erzählt, so auch davon, wie er in Rom einen Tempel des Jupiter erbauen half, obschon er wußte, daß die alten Götter entschwunden seien, ihre Marmor-Standbilder leer, das Volk abergläubisch und die Priesteropfer bloßer Schein geworden. Zeitweise hat er auf ein Wunder gewartet, es könnte vielleicht geschehen, daß in den neuerbauten Tempel ein Gott einziehen würde. Der Tempel ward fertig gebaut in glänzendem Marmor, aber kein Gott zog ein, der die Menschen ergriff und in ihnen wirkte. Um ein schönes Prunkstück bloß war die Stadt Rom reicher geworden. In dieser Zeit ist

Vero Menschen begegnet, die keinen Tempel besaßen, in denen aber auch ohne äußeren Tempel ein Gott sichtbar wirkte und in ihrem Inneren sprach. Das ist der neue, verborgene Gott, der sich vor nicht langer Zeit der Menschheit verbunden hat. Über ihn wird dir Vero gerne erzählen, wenn er erst einmal bei uns draußen ist. Es ist ein seltsam Wunder geschehen in Palästina, das ich selber kaum begreife und nicht in Worte zu fassen vermag.»

Zwischen Rädergerassel und Peitschenknallen gab Milon dem Andarius all diese Erklärungen und fand in ihm einen aufmerksamen Zuhörer.

«Dieser Vero interessiert mich sehr. Er hat die Würde eines Römers und die Feinheit eines Atheners. Sein Vater, sagte er mir, sei als ein berühmter Bildhauer aus Griechenland nach Rom gekommen und habe römischen Namen und römische Sitten angenommen. Nur eine Sache ist mir fraglich: Wie kann man von einem neuen Gott sprechen? Gewiß, die alten Götter sind uns verblaßt und zu bloßen Marmorfiguren verkümmert. Ich selber habe aufgegeben, ihnen zu opfern; nur meine Frau kümmert sich um den kleinen Hausaltar, wo sie abergläubisch die guten Geister herbeibeschwören will.»

Andarius' Gedanken arbeiteten weiter:

Anscheinend neigt auch Milon diesem neuen Christenglauben zu; denn seine Stimme klang ganz erfüllt, als er davon berichtete. Aber warum sah sich der Kaiser veranlaßt, diese Christen zu verfolgen? Er mußte seine Gründe haben. Wie konnte man aber einen so tüchtigen und verdienten Baumeister wie Vero aus Rom verbannen? – Das alles waren Fragen, die Andarius bewegten. Er nahm sich vor, diese Christen und ihr Treiben genauer kennenzulernen, zu prüfen und, wenn nötig, ihnen ihre Irrtümer aufklären zu helfen.

Nächtliches Alexandria

Als beim Gasthaus des Neptunus der Wagen des Andarius weggefahren war, sprachen die beiden Söhne Pilippus und Bartholomäus zu ihrem Vater Marius:

«Bis jetzt sind wir brav zu Hause geblieben, um Milon nicht zu verpassen. Nun, da er sich mit uns verabredet hat, möchten wir beide gern einen Streifzug durch die Stadt unternehmen und das Heptastadion, den langen Staudamm, überschreiten, der zur Insel des Pharos führt, wo der riesige Leuchtturm steht, den wir von weitem gesehen haben. Du hast uns doch erklärt, Vater, daß er eines der sieben Weltwunder sei, das der Grieche Sostratos errichtet hat.»

Dina, ihre Mutter, hatte das Begehren der Jünglinge mit angehört und warf ängstlich ein:

«Die Stadt ist wild und aufgeregt und besonders zur Nachtzeit gefährlich, da man bei ihrer Größe jeden Weg verlieren kann. Wenn ihr euch verirrt, wird Angst und neues Unheil über uns kommen!»

Vater Marius begriff, daß die beiden Jünglinge gern auf Entdekkungen ausgehen wollten, und meinte:

«Am liebsten möcht ich selber mitgehen, die Stadt zu besehen; aber ich spare es für morgen auf. Zusammen mit dir, Dina, und dem alten Vater werden wir gemächlicheren Schrittes wandeln, als unsere beiden Schnelläufer es tun. Morgen geht vielleicht auch Milon mit uns. Die beiden Burschen laß nur gehen. Sie sind klug und gewandt und werden sich auf kein Abenteuer einlassen, das ihnen schaden könnte.»

Großvater Vero, der dem Gespräch zuhörte, bestärkte ihn mit den Worten:

«Allzulange sind sie gefangen gewesen. Sie sollen sich umsehen in der Welt. Hier habt ihr für alle Fälle etwas Geld.»

Damit überreichte er jedem ein paar Silberstücke; bald verließen sie in froher Hast das Gasthaus.

Als sie auf die große Hauptstraße der Stadt kamen, die man *Dro-*

mos nannte, staunten sie über deren Breite. Eine solche gab es selbst in Rom nicht. Zwanzig Wagen hätte man quer über diese Straße nebeneinanderstellen können. Die Alexandriner hießen sie auch *Plateia,* die ‹Breite›. Nach langer Gefangenschaft und beengtem Aufenthalt auf dem Schiff genossen es die Brüder, im wogenden Hin und Her von Tausenden dahinzuschreiten. Sie bestaunten die Kaufläden mit Waren aus Afrika, Arabien und Asien. Auf einem großen Platz kauerte ein Schlangenbändiger und zeigte auf einem Teppich am Boden seine Künste. Er lockte mit den Tönen der Flöte aus einer Tonvase seine Schlange, die sich zur Musik wiegend bewegte. In der Nähe ließ sich ein Zauberkünstler begaffen, der seinem Publikum Münzen hervorzauberte und wieder verschwinden ließ. Viel Kundschaft fand auch eine Wahrsagerin, die aus den Linien der rechten Hand jedwedem seine Zukunft voraussagte. Eine bunte Menge von Negern, Arabern, Juden und Römern bewegte sich auf Straßen und Plätzen, dazu donnerten Wagen in allen Richtungen über das Pflaster. Mitunter hörte man Fluchen von Wagenlenkern und heftiges Peitschenknallen, wenn sich zwei Gefährte gerammt hatten. Viel Volk lief dann zusammen, und die Straße hatte ihr Schauspiel.

Da die Sonne sich bereits der Tiefe zuneigte und auf Straßen und Marktplätzen die Händler ihre Waren wegzuschaffen begannen, ertönte plötzlich ein Aufschrei. Ein Teppichhändler, der auf der Achsel eine Anzahl eingerollter Teppiche trug, war fast neben Philippus zu Boden gestürzt, und mit ihm kollerte seine Last auf das Steinpflaster. Die beiden Brüder und andere Straßengänger halfen dem Alten wieder auf die Beine und bemühten sich, seine Ware wieder zusammenzubringen. Da beobachtete Philippus, wie plötzlich ein Unbekannter einen schon gerollten Teppich ergriff und, statt ihn dem Händler aufzuladen, damit in der Menge entschlüpfte. Philippus auf und ihm nach! Im Nu war er seinem Bruder Bartholomäus entschwunden. Da dieser ihn aber nicht verlieren wollte, eilte er in gleicher Richtung nach und drängte sich heftig durchs Volk. Der bestohlene Händler schrie überlaut:

«Haltet den Dieb! Haltet den Dieb!»

Da glaubten viele, die in der Nähe waren, der eilig vorandrängende Bartholomäus sei der Dieb, den man aufhalten sollte. Ein hochgewachsener Soldat, an dem er eben vorüberdrängte, packte ihn bei den Kleidern und schrie ihn an:

«Anhalten, elender Schelm!»

Indes er sich rasch wieder losreißen wollte, griffen mehrere nach Bartholomäus und zerrten ihn zu Boden. Da er sich endlich erklären konnte und man einsah, daß er keinen Teppich bei sich hatte, war der richtige Schelm, aber auch Bruder Philippus längst entschwunden. Der flüchtende Dieb war sehr rasch und wand sich wie eine Schlange zwischen Menschen und Gefährten hindurch. Quer über die breite Straße hinweg verschwand er in eine kleine Gasse. Er mußte hier mit den Örtlichkeiten und Gebäuden gut vertraut sein; denn plötzlich bog er seitwärts ab in einen Hof zum Eingangsgewölbe eines Kellers, zu dem eine finstere Steintreppe hinunterführte. Hier duckte er sich in eine Nische. Seinem Verfolger, der ihm hart auf die Fersen gekommen, war das nicht entgangen. Als er dieselbe Treppe hinuntersteigen wollte, stürzte ihn der Dieb aus seinem Versteck mit einem Fußtritt in die Tiefe und entfloh. Philippus fiel die dunkle Kellertreppe abwärts und schlug zuunterst seinen Kopf gegen die Kellertür, daß er die Besinnung verlor und im Finstern liegenblieb.

Bartholomäus, der einige Zeit herumgeirrt und den entschwundenen Bruder gesucht hatte, war zum bestohlenen Händler zurückgekehrt, der vergebens hoffte, es würde ihm jemand das verlorene Stück zurückbringen. Bartholomäus überlegte: Er muß hierher zurückkommen, mit oder ohne Teppich. – Eine Stunde verging. Es dunkelte stark. Die Straßen und Plätze wurden leerer. Kein Philippus tauchte auf. Der Händler ließ sich den Namen des Gasthauses geben, wo die Brüder wohnten, und dann verabschiedete er sich. Nachdem Bartholomäus noch eine Weile gewartet hatte, dingte er sich auf dem Platz einen Fackelträger, der ihn durch das nächtliche Alexandria zurück zum Gasthaus brachte, wo er hoffte, seinen Bruder anzutreffen. Wie er dort ankam, war kein Philippus da. Schreck und Sorge überschatteten die Eltern. Vater Marius machte sich Vorwürfe, daß er nicht mit den Söhnen in die Stadt gegangen war. Indes tröstete der alte Vero:

«Verzaget nicht, Philippus war immer von einem guten, tapferen Geist beseelt. Er wird schon wiederkommen!»

So harrten sie weiter auf seine Rückkehr.

Wie aber erging es Philippus vor der Kellertür? Nicht lange lag er besinnungslos, als schlurfende Tritte die Kellertreppe hinunterstiegen. Ein Greis beleuchtete vor sich mit einer Lampe die steinernen Stufen, daß er keine verfehle. Plötzlich, was war das? Sein Fuß stieß auf etwas Weiches. Ein verhaltener Aufschrei entrang sich der Kehle des Alten. Er leuchtete tiefer und gewahrte den Jüngling, der völlig regungslos dalag. Wie er sein seitwärts gedrehtes Antlitz beleuchtete, bemerkte er, daß Blut vom Kopf auf die Steinstufe geflossen war. Dem Alten schien, der Verletzte atmete mühsam. Was war hier geschehen?

«Was hat dieser Römer hier zu suchen? War er betrunken und ist deshalb hinuntergefallen?» murmelte er. Etwas aufgeregt stieg er die Treppe wieder aufwärts, Hilfe zu holen. Er überquerte den weiten Hof und verschwand in einem hohen Portal. Kurze Zeit später kam er zurück, begleitet von zwei Sklaven, die eine zweite Lampe und eine Schale mit Wasser trugen. Der Alte öffnete den Riegel der Kellertür und sprach zu seinen Helfern:

«Wir legen ihn drinnen auf eine Bank, da geht's besser, ihn zu betreuen.»

Also stellten sie ihre Leuchter hin, den einen auf die Treppe, den anderen in den Kellerraum. Die kräftigen Sklaven hoben den Ohnmächtigen auf und trugen ihn in das Gewölbe des Kellerraumes. Kaum hatte der Alte einige Male Wasser über die schwach blutende Stirne gegossen und das Antlitz gewaschen, schlug Philippus die Augen auf. In starrer Verwunderung blickte er um sich, sah den Lichtschimmer, das Kellergewölbe über sich und die dunklen unbekannten Gestalten. Langsam ließ er ein Bein von der Bank herabgleiten und wollte versuchen, sich ein wenig aufzurichten. Doch der Alte hinderte ihn:

«Bleibe ruhig liegen! Du bist gefallen. Was ist mit dir geschehen? Wer bist du?»

Noch nicht völlig seiner Gedanken mächtig, fragte Philippus:

«Wo ist der Dieb? – Wo bin ich?»

«Wir haben dich hier vor unserer Kellertür gefunden. Wie heißt du?» fragte der Alte wiederum.

«Philippus bin ich. Ist mein Bruder Bartholomäus nicht hier?»

Über das Antlitz des Alten ging eine frohe Regung, und er wiederholte:

«Philippus, Bartholomäus! Das sind ja Namen der Jünger unseres Herrn! Bist du Römer ein Christ?»

«Salve in nomine Christi – Gegrüßt seist du im Namen Christi!» antwortete jetzt Philippus mit gedehnter Stimme. Dies war der Brudergruß, mit dem sich in Rom die Christen begrüßten. Das Licht der Lampe zitterte und flackerte in des Alten Hand, als er nun dem Knecht zurief:

«Geh schnell, rufe meine Frau!»

Dann aber faßte er eine Hand des Jünglings, drückte sie freudig und sprach:

«Philippus heißt du! Kannst du mir erzählen, was mit dir geschehen ist?»

Etwas stockend, in knappen Worten berichtete dieser von seiner Verfolgung des Teppichdiebes, wie er dadurch seinen Bruder aus den Augen verloren hatte. Er selbst weile erst seit kurzem mit seinen Eltern in Alexandria im Gasthaus des Neptunus.

«Sonderbar, wunderbar!» rief jetzt der Alte aus.

«Weißt du auch, Jüngling, *wo* du dich befindest? Du bist vor eine besondere Tür gestürzt. Drei kleine christliche Gemeinden gibt es in Alexandria. In diesem Gewölberaum finden Zusammenkünfte der Christen statt, daher die Bänke und steinernen Sitze. Weil wir uns heute abend hier zusammenfinden, wollte ich die Tür öffnen gehen und ein Licht aufstecken, da bin ich auf dich gestoßen. Bald werden die ersten Brüder und Schwestern da sein.»

Philippus ließ seine Augen im schwacherhellten Gewölberaum herumschweifen, in dessen Mitte eine Art Steintisch aufgerichtet war. Dann aber fragte er:

«Wie lange liege ich wohl hier? Ist es schon spät in der Nacht? Bei Sonnenuntergang habe ich den Teppichdieb verfolgt.»

«Es wird kaum mehr als eine Stunde vergangen sein. Droben ist es schon eine Weile finster.»

Bekümmert fragte Philippus:

«Wie finde ich von hier wieder zum Gasthaus Neptunus? Meine Eltern und mein Bruder sind gewiß in großer Sorge um mich. Ich muß zu ihnen!»

Mit diesen Worten versuchte sich der Verletzte aufzurichten; aber der Alte schüttelte den Kopf und drückte ihn sachte zurück:

«Nach diesem schweren Sturz laß ich dich nicht gleich wieder davonspringen. Ein großes Glück, daß deine Glieder heil sind. Das könnte schlimme Folgen haben, wenn man nach solch einem Sturz gleich wieder herumspringt.»

Philippus sah ein, daß dies vernünftig war, und so nahm er dankbar den Vorschlag seines Betreuers an, als dieser versprach:

«Ich werde gleich einen meiner Knechte zum Neptunus schicken, deinen Eltern Meldung zu bringen.»

Eben kam ein weiterer Knecht in Begleitung der Frau des Alten herbei. Sie sprach, nachdem sie den Jüngling begrüßt hatte:

«Bringt ihn dort hinüber auf die Holzbank an der Wand. Darauf kann er besser liegen und sich anlehnen. Hier habe ich Kissen mitgebracht, ihn weicher zu betten. Noch soll er möglichst wenig seine Stellung verändern und ganz ruhig liegen.»

Philippus ließ sich stützen und zur Wandbank hinübergeleiten. Ein stechender Schmerz durchhämmerte sein Haupt. Er legte sich nieder auf die sorgsam ausgebreiteten Kissen. Nun trug der Alte dem jüngeren Knecht auf, das Gasthaus des Neptunus aufzusuchen. Er hieß ihn, mit einer Fackel dem Bruder des Verletzten hierher Geleit zu geben. Philippus würde er für diese Nacht oben im Haus eine Lagerstatt geben, und wenn sein Bruder es wünsche, könne dieser bei ihm bleiben.

Mittlerweile hatte ein Knecht draußen auf der Treppe und im Innern des Kellergewölbes einige Lichter entzündet. Die ersten Christen kamen. Mit Erstaunen gewahrte Philippus, wie auf dem steinernen Altartisch ein Mann in weißem Kleid drei Kerzen entzündete, einen Krug und eine Schale mit Brot dazustellte. Feierliche Stille erfüllte den Raum, nur von Tritten auf der Treppe unterbrochen. Nach und nach fanden sich die Glieder der christlichen Gemeinde unter den Steinwölbungen des Kellers ein und nahmen auf einfachen Steinbänken Platz. In stiller Erwartung saßen sie da. Aus einer Schale stieg der Rauch eines glimmenden Harzes auf, das einen blütenähnlichen Duft verbreitete.

Mittlerweile war der Bote beim Neptunus angekommen. An der Pforte des Gasthauses fragte er:

«Ist hier der Name Bartholomäus bekannt?»

Man führte ihn in den Hof, wo die Familie Vero sich in der Nähe eines Feuers aufhielt, in bedrückter Erwartung des noch immer vermißten Philippus.

«Ein Bote für Bartholomäus!» rief der Gastwirt in den Hof und schob den Boten mitsamt der brennenden Fackel durchs Tor hinein.

Im Nu kam Leben in die geängstigte Familie. Alle erhoben sich und näherten sich dem Fackelträger.

«Ich bringe Kunde von einem Philippus. Er liegt verwundet im Haus meines Herrn, des Händlers Jonea. Er sendet Botschaft, ihr sollt euch nicht ängstigen. Der Jüngling ist für diese Nacht gut bei ihm aufgehoben.»

Jetzt drangen viele Fragen auf den Boten ein. Er setzte sich und gab einen ausführlichen Bericht, soweit er Kenntnis hatte. Als er nun davon sprach, daß Philippus zu einer christlichen Gemeinde gestoßen sei, da hieß es wie aus einem Munde:

«Guter Bote, führ uns da hin! Wir kommen alle mit zu Philippus!»

Da der Weg nicht allzuweit war, kam man überein, zu Fuß dem Fackelträger zu folgen, und bald bewegte sich die kleine Schar durch Straßen und Gassen der nächtlichen Stadt. In einem Innenhof angekommen, wies der Bote auf die beleuchtete Kellertreppe und sprach:

«Der Gottesdienst hat begonnen; wir können ruhig hinuntergehen. Es kommen öfters Verspätete, die unterwegs aufgehalten wurden.»

Bartholomäus stieg mit dem Fackelträger voran, die andern folgten. Als sie zu der schweren Kellertür kamen, schoben sie sie sachte auf, daß kaum ein Knarren hörbar war. Eine feierliche Andacht wehte den Eintretenden entgegen, belebt von der Stimme eines Priesters. Er sprach eben vom Logos, dem Christus, als dem Lichte der Welt, der im Lauf der Zeiten immer näher an die Menschen herangekommen sei, bis er in die Finsternis der Erde eintauchte und in einem Menschen wohnte. Dann sprach er von dem ‹Öllicht›, das verborgen im Herzen eines jeden Menschen brenne, der es am Lichte des Christus entzünde. Daß es aber immer wieder neu entzündet werden müsse, da rauhe Winde es in seinem schwachen Glimmen immer wieder auslöschten ...

Mittlerweile hatte der Bote die Veros zur Steinbank an der hinteren Wand geführt, wo Philippus lag. Stumm begrüßten sie diesen. Mutter Dina setzte sich ihm zu Häupten und legte die Hand auf seine Schulter. Die anderen standen an der rückwärtigen Mauer und lauschten dem Gottesdienst. Nach einem Gebet umschritt der Priester im Kreise den Altar, und einige Männer und Frauen schlossen sich an. Vero zählte zwölf. Mit bittend erhobenen Armen umschritten sie den Altar und flehten den Segen auf Brot und Wein herab, die auf dem Altar standen, mit einem weißen Linnen zugedeckt. Nach einigen Rundgängen blieb der Kreis stehen. Der Priester hob das Tuch und reichte nun mit einem Helfer den zum Altar Tretenden Brot und Wein vom Tisch des Herrn. Als letzte traten Vater Vero und die Seinen zum Altar. Bartholomäus und Marius stützten Philippus, der nicht abzuhalten war, mit an den Altar zu treten. Halb gesprochen, halb gesungen hob ein Danklied an. Die Veros begaben sich wieder in den Hintergrund. Um den Altar schritten im Reigen einige Jungfrauen, die brennende Öllichter trugen. Als der Gesang ausklang, verabschiedeten sich die Gemeindeglieder als Brüder und Schwestern voneinander. Den Veros widerfuhr besondere Ehre, da sich rasch herumgesprochen hatte, daß sie römische Christen wären.

Als bekannt wurde, daß Vero ein vom Apostel Paulus Getaufter sei, baten sie ihn, er möchte ihnen am nächsten Gemeindeabend, in drei Tagen, von seinem Begegnen mit dem Apostel berichten, wie dieser in Rom wirkte und predigt und wie er dann den Märtyrertod erlitt.

Der Haus- und Hofbesitzer, der Philippus auf der Treppe gefunden hatte, trat zu den Veros und sprach:

«Mein Name ist Jonea. Mit Philippus habe ich heute abend bereits Freundschaft geschlossen, da er so heftig vor meine Tür fiel. Gerne nehme ich ihn für diese Nacht in mein Haus auf, damit sein erschütterter Leib sich der notwendigen Ruhe ergeben kann.»

Die Veros bedankten sich bei Jonea für seine Güte; da meinte dieser:

«So es euch recht ist, kommt alle noch für eine kleine Weile in mein Haus hinauf, damit ihr seht, daß Philippus nicht in einer Räuberhöhle verbleiben muß.»

Etwas später saßen alle oben im gastlichen Haus des Kaufmannes Jonea. Philippus ruhte weich gebettet auf einem Diwan. Da sich Vero nach Joneas Geschäften erkundigte, begann dieser zu berichten:

«Ein halbes Leben lang habe ich mit Tuchballen und Teppichen übers Meer nach Rom und nach anderen Häfen des Reiches Handel getrieben. Je reicher ich wurde, um so unzufriedener und leerer ward meine Seele. Die alten Götter und Tempel gaben mir nichts mehr. Eines Tages kam ein Tuchhändler aus Jerusalem nach Alexandria. Er war mein Gast. An ihm bemerkte ich etwas, was mich erstaunte und mir noch kaum vorgekommen war. Im Verkauf seiner Waren war er durch und durch ehrlich. Als wir eines Abends hier oben in diesem Raum beieinander waren, ergab es sich, daß wir statt von Qualitäten und Preisen der Stoffe von den Menschen und Rätseln der Welt zu reden begannen. Er sprach von vergangenen und künftigen Zeiten wie ein Weiser. Er erzählte von einem Menschen, in dem Gottes Sohn Wohnstätte nahm. Der Tuchhändler berichtete, wie sein Vater diesem wunderbaren Menschen noch begegnet sei und wie er ihm oft tagelang folgte, ihm zuzuhören, wenn er vom Reich Gottes sprach, von vergangenen und zukünftigen Erdenzeiten. So kam auch er durch seinen Vater zur christlichen Gemeinde von Jerusalem. Er machte mich am folgenden Tag mit Christen in der Stadt Alexandria bekannt. Mir waren plötzlich diese Menschen wichtiger als meine Tuchgeschäfte. Erst nach Wochen begab sich der Händler wieder zurück nach Jerusalem. Mittlerweile war ich selber Christ geworden. Die Gemeinde in Alexandria, bei der ich Anschluß gefunden hatte, wuchs rasch heran. Ich stellte meinen großen Keller für den Gottesdienst zur Verfügung. Nun ist auch dieser bald zu klein, wie ihr heute abend gesehen habt. – Du bist Baumeister, Vero, könntest du nicht einen Raum für die christliche Gemeinde in Alexandria bauen?»

Auf diese unvermittelte Frage hin lächelte Vero seinem Sohn Marius zu und meinte zu seinem Gastgeber:

«Jonea, kannst du Gedanken lesen? Mein Sohn kann es dir bezeugen: Als wir, von Rom herfahrend, des Hafens von Alexandria ansichtig wurden, sprach ich zu ihm: ‹Hier in Ägypten möchte ich noch einmal bauen, einen Tempel für den neuen Gott Jesus Christus!› Und als ich auf der Hafeninsel das eine Weltwunder, den riesigen Leuchtturm erblickte, sprach ich zu Dina, meiner Frau: ‹Es gibt ein Weltwunder des verborgenen Lichtes, das leuchtet weiter als dieser höchste Leuchtturm der Welt: von Land zu Land, von Kontinent zu Kontinent. Sein Feuer wurde den Jüngern zu Pfingsten entzündet. Ich hab' es in Paulus lodern sehen. Dieses Feuer ist Leuchtturm für Seelen, die auf den Wellen des Lebens Richtung suchen. Diesem verborgenen Feuer möchte ich den Altar und das Haus bauen!›»

Vero schwieg, beinahe erschrocken, wie die Begeisterung ihn ergriffen hatte. Doch Jonea rief aus:

«Vero, du bist der Mann, den ich schon seit Jahren suche. Hier, mitten in Alexandria, liegen mein großer Handelshof und meine Häuser. Die Geschäfte, die mich zum reichen Mann werden ließen, habe ich beschlossen aufzugeben. Bevor ich als alter Mann sterbe, möchte ich für die Christengemeinde von Alexandria ein würdiges Gotteshaus bauen; du, Vero, bist der Meister, der dies mit seinen Söhnen vollbringen kann!»

Nach diesen Worten trat Jonea zu dem römischen Baumeister und reichte ihm beide Hände. Vero faßte sie kräftig und antwortete:

«Edler Jonea, ich nehme den Auftrag entgegen. Nun weiß ich, wozu ich in Ägypten bin. Als ich drunten im Kellerraum heute abend den heiligen Reigen um den Altar schreiten sah, leuchtete in mir der Gedanke auf: Das Gotteshaus muß eine runde Form erhalten, im Zentrum der Altar. Wo die Menschen im Kreise schreiten, sollen steinerne Säulen stehen. Ihre Zahl sei zwölf, wie die Jünger des Herrn. Über dem Heiligtum wird sich wölben ein rundes Dach als Bild des Himmelsgewölbes . . .»

Vero sprach mit solchem Eifer, als ob er den Bau schon klar vor seinen Augen hätte. Zu später Stunde mahnte Marius:

«Vater, es ist tiefe Nacht. Baue weiter, wenn es Tag ist! Philippus kann schon diese Nacht träumen, was er mit seiner Kunst der bunten Mosaiksteine, die er in Rom gelernt hat, für Sterne in dein gewölbtes Kuppeldach setzt. Bartholomäus, der den Meißel zu führen weiß, kann dir den Altar aus dem Stein hauen. Ich selber bin gewohnt, mich mit den Bausklaven herumzubalgen, damit die Steinquader an ihre rechten Plätze kommen. – Nun aber soll der Gastwirt des Neptunus nicht länger auf uns warten müssen!»

In froher Herzlichkeit verabschiedeten sich die Veros von Jonea. Der alte Vater sprach zu ihm:

«Am liebsten würde ich schon morgen mit den Vorbereitungen für den Bau beginnen; aber wir sind für einige Zeit auf ein Landgut eingeladen. Inzwischen werde ich den Bauplan gründlich überdenken.»

Jonea erwiderte:

«Sobald du mit deinen Leuten zum Bauen bereit bist, gebe ich euch allen Wohnung in einem meiner Häuser. Bei der schweren Arbeit können meine Sklaven helfen, anstatt Tuchballen herumzuschleppen. Sicher möchten auch viele Brüder und Schwestern unserer Gemeinde beim Bau mithelfen. Ich freue mich, wenn mein Hof zum Bauplatz wird!»

Jonea beauftragte einen Fackelträger und zwei bewaffnete Begleiter, seinen neuen Freunden auf den nächtlichen Straßen Alexandrias sicheres Geleit zu geben. Auf dem Heimweg tauchte vor ihnen plötzlich das blinkende Licht des Leuchtturms von Pharos auf. Vero dachte: «Bald darf ich dem inneren Licht der Erde eine Stätte in Alexandria bauen.»

Milon holt seine Gäste

Am folgenden Morgen ließ Milon beizeiten von Rano zwei Pferde an einen größeren Wagen anspannen, der seine Freunde in Alexandria auf das Gut des Andarius holen sollte. Noch hatte er keine Ahnung, was diese am vergangenen Abend Aufregendes erlebt hatten. Pyrra freute sich, ins Gästehaus römische Bürger aufnehmen zu können. Sie versprach sich kurzweilige Tage und Gespräche der Freundschaft. Unter ihrer und Baarlas Aufsicht richteten die Mägde das Gästehaus sauber und behaglich her und schmückten die Räume mit Blumen. Dieses Gebäude lag, vom Herrschaftshaus her gesehen, an der gegenüberliegenden Seite des Gartens. Ein langer Säulengang mit schützendem Dach verband die beiden Gebäude, die Andarius vor Jahren mit Hilfe eines Baumeisters aus Alexandria neu hatte erstellen lassen. Steinerne Wege und ein Teich mit Lotusblumen gliederten die schönen Anlagen, die ein älterer Gärtner sorgfältig pflegte. Indes die Dienerschaft im Gästehaus arbeitete, rollte der Wagen Milons gegen Alexandria zur Herberge des Neptunus. Es gab ein frohes Wiedersehen. Sogleich erfuhr Milon von den Geschehnissen des vorigen Abends mit Philippus und von der Versammlung der Christen im Hause Joneas. Als Vero erzählte, daß er gebeten worden sei, ein Haus für die christliche Gemeinde zu bauen, sprach Milon:

«Gute Freunde, Ägypten hätte euch nicht schöner empfangen können! Bald werdet ihr um den Verlust Roms nicht mehr trauern, sondern eine neue Heimat in Alexandria bauen!»

Nur eines bedauerte Milon: Daß seine Freunde nur auf wenige Tage als Gäste hinaus zu Andarius kämen, da sie bald bei Jonea in der Stadt Wohnung nehmen mußten, um den Bau zu verwirklichen.

Bald war der Wagen mit Gepäck der Reisenden beladen und der Gastwirt bezahlt. Das Gefährt rollte quer durch die Stadt, um bei Jonea den Philippus abzuholen. Im weiten Hof des reichen Kaufmanns hielt man an. Auf die Meldung eines Dieners trat Jonea mit Philippus aus dem Haus. Er begrüßte die Veros, als ob sie schon alte Freunde wären. Milon wurde vorgestellt. Jonea redete ihn an:

«Sei herzlich willkommen, Milon. Von deiner Tapferkeit und Bruderschaft hat mir Philippus bereits erzählt. Wir wären glücklich, auch dich zu unserer christlichen Gemeinde von Alexandria zählen zu können. Es braucht viel Mut und Kraft, um das Lamm Christi vor der römischen Wölfin zu retten. Vater Vero wird dir erzählt haben, daß hier in diesem Hof dem ‹Guten Hirten› eine Wohnstätte gebaut werden soll.»

Hierauf sprach Vero der Ältere:

«Bevor wir wegfahren, möchte ich nochmals den Hof der Länge und Breite nach abschreiten, damit ich draußen auf dem Gut bei Milon an den Bauplänen arbeiten kann. Jeder Tag ist mir kostbar, die schönste Arbeit meines Lebens zu fördern.»

Nach diesen Worten ging er daran, mit besonnenen Schritten den Hof auszumessen. Jonea brachte eine kleine Wachstafel, auf die mit einem Griffel die Maße eingeritzt wurden.

Mittlerweile stiegen Philippus und Bartholomäus mit Milon in den Kellerraum hinunter, diesem den Ort der Gottesdienste zu zeigen. Bei der Eichentür deutete Philippus auf seine Stirnwunde und meinte:

«Eichenholz ist fast so hart wie mein Schädel!»

Als Milon im dämmrig dunklen Gewölberaum stand, freute er sich, an einer der nächsten Zusammenkünfte mit dabeizusein. Er nahm sich vor, auch Baarla hierherzubringen.

Als sie wieder in den Hof hinaufstiegen, hatte Vero das Ausmessen beendet. Wie ein kostbares Kleinod drückte er das Täfelchen mit den Maßen an seine Brust. Als sie bald darauf den Wagen bestiegen, neckte sein Sohn Marius:

«Paß auf, Vater, das Wachs mit allen eingetragenen Maßen schmilzt dir auf deinem warmen Herzen, und du mußt alles neu messen gehn!»

Fast erschrocken riß Vero das Täfelchen von seiner Brust weg, überprüfte seine Fläche und ließ die anderen fröhlich lachen, als er versicherte, die Zahlen seien noch alle unversehrt.

Vollbeladen war der große Wagen, mit dem Rano die fünf Veros und Milon aus der Stadt Alexandria hinausfuhr. Für Frau Dina hatte Jonea weiche Polster auf den Wagen hinaufgeworfen, während die anderen auf Säcken und Lederschemeln saßen. Trotz des Ratterns auf den gepflasterten Ausfahrtstraßen Alexandrias war das Gespräch lebhaft und froh. Erst als die Mittagssonne stärker herunterbrannte, trabten die Pferde langsamer, und die Mitfahrer verstummten. Vater Vero war eingeschlummert. Die Wachstafel war seiner Hand entglitten. Marius, sein Sohn, wickelte sie sorgsam in ein weißes Tuch und legte sie zwischen Gepäckstücke in bergenden Schatten.

Als man gegen Abend auf dem Hof des Andarius ankam, bellten laut die Hunde. In der Dämmerung hatten Diener beim Eingangsportal festliche Fackeln aufgesteckt. Jetzt trat Andarius mit Pyrra den Gästen entgegen. Während der Begrüßung schaffte die Dienerschaft die wenigen Habseligkeiten der Angekommenen hinüber zum Gästehaus, und bald begab sich die Herrschaft mit den Besuchern zur festlich gedeckten Tafel.

Das belauschte Gespräch

Nach einem reichen römischen Mahl trat man hinaus auf die beleuchtete Gartenterrasse. Milon bat Baarla:

«Komm, setze dich auch zu uns mit den Gästen!»

Sie gab ausweichende Antwort:

«Es schickt sich nicht, daß eine Sklavin sich zu der Herrschaft setzt als ihresgleichen. Ich habe drüben im Gästehaus noch einiges zu besorgen.»

Nach diesen Worten entschlüpfte sie in den Garten. Da trat Milon zu Andarius, nahm ihn einige Schritte beiseite und fragte:

«Guter Vater, erlaubst du mir, daß Baarla sich mit uns zusammensetzt zum Gespräch mit den Gästen? Du weißt, mein Herz ist ihr zugeneigt. Darf sie als freier Mensch unter uns weilen?»

Andarius lächelte gütig und antwortete:

«Es ist mir nicht verborgen geblieben, Milon, daß du Baarla liebst. Du bist ihr Herr und darfst, wann du willst, ihr die Freiheit geben.»

Milon ergriff dankbar seine Rechte. Alsbald eilte er die Terrassentreppe hinunter durch den Garten, dem Gästehaus zu. Er mäßigte seine eiligen Schritte und fand drinnen Baarla damit beschäftigt, von einem Brett kleine Ölampeln in alle Räume des Gästehauses zu verteilen, damit die Gäste einen Schimmer von Helligkeit hätten, wenn sie sich zur Ruhe begeben möchten. Eben stand sie auf einem Sessel und befestigte ein brennendes Licht in den Ring einer hängenden Kette. Aus dem Dunkeln schaute ihr Milon zu, wie sie behutsam mit dem Öllämpchen umging. Ja, seit sie ihn im Elend der Schmerzen drüben im Stall so gütig gepflegt hatte, liebte er sie, und er wollte es ihr jetzt auch sagen; denn noch hatte er ihr sein Herz nicht geöffnet. Eben stieg sie vom Sessel herunter und griff nach einer neuen brennenden Ampel, als aus dem Dunkel ihr Name ertönte. Der Erschrockenen entfiel die Ampel aus den Händen und zerschlug auf dem steinernen Boden.

«Verzeih, Baarla!» entschuldigte sich Milon. «Ich komme, dich herüberzuholen zu unseren Gästen. Andarius hat mir erlaubt, dich als Freie in den Kreis der Gäste zu bringen.»

Über eine Weile schritten Milon und Baarla Hand in Hand durch den nächtlichen Garten. Ein sanfter Mond dämpfte das Licht der Sterne. In der einen Hand trug Milon die Scherben der Ampel, die er verschuldet hatte. Da sie nun zum Teich mit den Lotusblüten traten, warf er sie ins schimmernde Wasser und flüsterte:

«Baarla, die Scherben ruhen nun, zu unserem Gedenken an den heutigen Abend, auf dem Grunde des Teiches, unsere Liebe aber soll nie zerbrechen!»

Zum Erstaunen der römischen Gäste stellte Milon Baarla als seine Braut vor. Pyrra legte ihr sanft den Arm um die Schulter und küßte sie mütterlich. Sie zeigte keine Überraschung; hatte sie doch deutlich bemerkt, daß sich die beiden gut waren. Baarla war ihr schon längst keine gewöhnliche Sklavin mehr, und sie hatte sie auch wie eine liebevoll dienende Tochter behandelt. Andarius wollte diese Neuigkeit nicht ungefeiert vorübergehen lassen und verkündete den Gästen, daß sie sich heute abend zu einem Verlobungsfest eingefunden hätten. Nun gab es Glückwünsche und Fröhlichsein, und bald klangen von der Terrasse römische Lieder, die die Brüder Bartholomäus und Philippus anstimmten.

Drüben im Sklavenhaus schob sich ein dunkler Kopf in die Fensterluke des Schlafsaales. Lesco war von seinem Strohsack aufgestanden, da das Singen herüberklang, und nun horchte er in die Nacht hinaus. War es Milon, der so schön sang? – Nein, es waren zwei andere Stimmen, die Lieder der Freude sangen. Wie er so hinüberlauschte, kam sich Lesco unendlich verlassen und nichtig vor. Er würgte die Tränen, die in ihm aufstiegen. Mit blanken Zähnen biß er auf einen in die Luke hereinragenden Ziegel und atmete schwer. Seine Gedanken arbeiteten: Ja, er hatte sein Glück mit Betrug und Schurkerei zwingen wollen und war nun häßlich gezeichnet von Schmach und Schande. Die Herrschaft wie auch seine Mitsklaven verachteten ihn. Aber Milon war gut zu ihm, er, den er ins Unglück gestoßen. Für ihn würde er gern alles tun, selbst wenn er geböte, in den Rachen eines wilden Tieres springen.

Drüben waren die Lieder eben wieder verstummt. Nur hie und da tönte ein froher Ausruf herüber. «Ach, könnt ich nur einen Augenblick die glücklichen Menschen dort sehn! Ich würde mein erbärmliches Dasein wieder besser ertragen!» dachte Lesco. Plötzlich kam ihm der Gedanke, er könnte versuchen, durch die Dachluke hinauszusteigen. Da sich ein Dach an das andere fügte, käme er schleichend hinüber bis in die Nähe des Herrschaftsgartens. Die Hunde würden ihn da oben nicht bemerken. Er zog seinen Kopf zurück und lauschte in den Schlafraum, der in völliger Dunkelheit lag. Nichts regte sich. Geschmeidig preßte er jetzt seine Gestalt durch die Öffnung und stieg aufs Dach hinaus, das nach römischer Bauart wenig Neigung aufwies. Was würde geschehen, wenn man ihn entdeckte? Halb kriechend bewegte er sich jetzt achtsam über die Ziegel in Richtung des Terrassengartens. Das Singen und heiter-frohe Lachen war mittlerweile ganz verstummt. Nähergekommen hörte Lesco, daß ein Gespräch im Gange war. Plötzlich ließ sich das heulende Bellen eines Hundes vernehmen. Vor Schreck fuhr Lesco zusammen und legte sich flach auf das Dach. Das Gebell verstummte wieder. Es hatte wohl dem halben Mond am Himmel gegolten, der, wie man so sagt, Hunde in ihren Träumen beunruhigt. Einen Augenblick dachte Lesco daran, sein Abenteuer abzubrechen und den verlassenen Strohsack wieder aufzusuchen. Da drang von der Gartenterrasse her deutlich die Frage des Andarius an sein Ohr:

«Sagt mir, Vero, was ist mit diesen Christen in Rom? Warum werden sie verfolgt? Sind es Schwärmer oder Feinde des Kaisers? Könnte es sein, daß man sie aus Irrtum für gefährlich erachtet?»

Lesco kroch noch ein kleines Stück weiter nach vorn, damit er die Antwort Veros gut vernehmen könne. Nun schauten seine Augen unbemerkt im Dunkeln über den Dachrand auf die versammelte Gesellschaft hinunter. Der Frage des Andarius folgte ein kurzes Schweigen. Aller Augen richteten sich auf Baumeister Vero. Dieser begann bedächtig:

«Verehrte Pyrra und Andarius! Ihr wißt, wie Rom im Laufe von Jahrhunderten immer größer und mächtiger geworden ist; aber seine Seele ist härter und düsterer geworden. Ich will versuchen, es zu erklären. – Frühmorgens erhebt sich die Sonne fern im Osten über römische Länder und taucht am Abend weit im Westen hinter den fernsten Provinzen nieder ins Meer. Allen Menschen reift die Sonne ihr täglich Brot; sie ist gotterschaffen und spendet das irdische Leben. Seit die Menschen in Urzeiten begonnen haben, den Göttern zu opfern und zu danken, wußten sie, daß im äußeren Licht die Götter der Höhe leben und wirken. Solange die Menschen sich im Lichte von Glanz und Liebe der Götter umhüllt wußten, war auf Erden das ‹goldene Zeitalter›, wie die Griechen es hießen. Doch jetzt sind die echten Feuer auf den Opferaltären erloschen. Die Tempel der goldenen Zeit sind verfallen. Seither haben Städte, Könige und Cäsaren Tempel bauen lassen gleich leeren Marmorsärgen, sich selber zu Ruhm und Ehre. Die Gebete des wahren Lichtes, des himmlischen Feuers sind mehr und mehr verstummt. In der sich ausbreitenden Finsternis der Seelen haben vielerlei Übel, Lüge, Haß und Selbstsucht Wohnstatt gefunden. Die Menschen haben vergessen, daß im täglichen Brot einst die Götter walteten. Die Gier nach irdischen Schätzen hat sie ergriffen wie eine Krankheit. Sie haben sich geschieden von den Reichen der Himmel, sind ganz und nur Erdenbürger geworden.»

Während Vero sprach, klang seine Stimme immer dumpfer. Andarius warf ein:

«Guter Vero, mit allem, was du bis jetzt geschildert hast, gehe ich völlig einig. Es sind auch meine Gedanken, die ich in stillen Stunden bewege; aber um das einzusehen, brauche ich kein Christentum, keine neue Religion. Mir scheinen Erde und Menschheit vergleichbar einem brennenden Feuer, das sein Holz immer mehr aufzehrt. Es wird kleiner, glüht und glimmt zuletzt in der Asche und vergeht völlig. So werden eben auch die Völker, wird die Erde nach und nach ausbrennen, absterben und zugrunde gehen. Rom ist noch einmal aufgeflackert; aber schließlich wird auch Rom und alle Welt in Trümmer, Staub und Asche untergehen ins Nichts!»

Oben auf dem Dach stützte Lesco seinen Kopf in die Fäuste der aufgestellten Ellbogen. Er bohrte seine Blicke hinunter zu Vero, erwartend, was dieser jetzt entgegnen würde. Alle anderen der Terrassengesellschaft hörten gespannt zu, was die zwei Ältesten bewegte. Vero ergriff wiederum das Wort:

«Verehrter Andarius, dein Weltende von Trümmern, Staub und Asche wäre eine Wirklichkeit, wenn der Weltenschöpfer alles tatenlos hätte weitertreiben lassen in den Niedergang. Doch es soll anders kommen; das wissen bis jetzt wohl nur die Christen. Drüben in Palästina ist ein so einmaliges, großes Wunder geschehen, daß man kaum wagt, es mit einfachen Worten auszusprechen: Es sind jetzt etwas mehr als fünfzig Jahre vergangen, als in einem geheiligten Menschen, den man Jesus nannte, der Sohn des höchsten Gottes, der Christus, Wohnstätte nahm. Das Licht der Welt war mit ihm, und durch ihn wirkte dieses innere lebendige Licht der Welt in der Erde. Mit ihm ist das Reich Gottes näher an die Menschen herangekommen. Wo er umherging, geschahen Wunder: Er heilte Kranke, trieb böse Geister aus und bahnte der All-Liebe unter den Menschen neue Wege von Herz zu Herz.»

Pyrra, die fast atemlos zuhörte, was Vero berichtete, warf die Frage ein:

«Was ist das, All-Liebe?»

Vero antwortete:

«Wahre Liebe vermag das Böse umzuschmelzen in Gutes. Die Liebe ist gütig, die Liebe kennt keinen Neid, kennt nicht den Hochmut, sucht nicht ihren Vorteil, freut sich nicht über Unrecht, freut sich *nur* an der Wahrheit. Wenn sie immer mehr Menschen ergreift, kann dereinst ein besseres Zeitalter beginnen, das Zeitalter der All-Liebe. So hat uns der Apostel Paulus in Rom verkündigt.»

Andarius fragte:

«Wer war Paulus? Ich habe nie von ihm gehört. Ist er ein Römer?»

«Nein, er war Hebräer. Sein früherer Name war Saulus. Er verfolgte in Palästina die ersten Christen, bis sich ihm vor der Stadt Damaskus der verstorbene und wieder auferstandene Christus geistig offenbarte. Von da an war er von ihm ergriffen, und aus dem Verfolger Saulus ist Paulus, der Verkünder des Christus geworden. Ich selbst durfte in Rom mit ihm Bruderschaft schließen, und ich weiß, daß sein Zeugnis wahr ist. – Als nach dem Brand der großen Stadt Kaiser Nero die Christen falsch beschuldigte und grausam verfolgte, ist Paulus dem Schwert verfallen. Sein Blut hat den Boden Roms getränkt.»

Als Vero den Namen des Kaisers Nero nannte, verdüsterte sich das Antlitz des Andarius. Er hatte ihm in jungen Jahren kurze Zeit gedient, war in Ungnade gefallen und erst nach dessen Tode wieder zum römischen Heere berufen worden. So sprach er jetzt:

«Nero bekämpfte immer, was ihm, dem dunklen Cäsaren, widerstrebte. Ein gutes Zeichen für die Christen, wenn Nero sie verfolgte. – Wie aber kommt der gegenwärtige Kaiser Domitian dazu, dich, Vero, als Christ zu verfolgen?»

Nun berichtete Vero, wie ein Senator und Günstling des Kaisers ihn um sein väterliches Haus gebracht und die ganze Familie dem Gefängnis überliefert habe. Da rief Andarius:

«So ist auch Kaiser Domitian der Willkür seiner Macht verfallen?! O Roma, Roma, wohin steuerst du?!»

In diesem Augenblick geschah etwas, was die Anwesenden tief erschreckte. Da, wo die Terrasse an das lange Gebäude angrenzte, zerbarst mit lautem Knall ein Ziegelstein, der vom Rande des Daches hinuntergefallen war. Er hatte zwar niemand getroffen, aber die Splitter spritzten über die ganze Terrasse hin. Alle, bis auf die beiden Alten, waren aufgesprungen, starrten entsetzt in die Nacht hinaus, den Ruf des Andarius noch im Ohr: «O Roma, wohin steuerst du?!»

Nicht weniger erschrocken war Lesco, der sich beim Aufstützen über einen losen Randziegel vorgeschoben und ihn so zum Fallen gebracht hatte. Katzenhaft warf er sich rasch auf die Außenseite des langen Daches, wo man ihn nicht bemerken konnte. Lautlos kroch er zurück zu seiner Dachluke und schlüpfte wieder hinein in den Schlafraum auf seinen Strohsack. Der überstandene Schreck und das für ihn so geheimnisvolle Gespräch, das er belauscht hatte, vermischten sich zu einem Erlebnis, das ihn weit über Mitternacht nicht schlafen ließ. Bis jetzt hatte er nur von Tag zu Tag gelebt und sich keine Gedanken über Welt und Mensch gemacht. Nun hatte er vernommen, wie Menschen nachdenken und einen Sinn suchen in den Rätseln des Lebens, und so beseelte ihn nur ein Wunsch:

«O könnte ich noch oftmals zuhören, was die Römer sich erzählen!»

Auf der Terrasse hatte indes Milon einige Ziegelscherben gesammelt und streckte sie Andarius hin, der in aller Aufregung mit Vero am ruhigsten geblieben war. Der Feldherr lachte:

«Ein Ziegel, vom Dach gefallen, sonst nichts. Morgen kann man nachsehen und ihn ersetzen. Der heftige Gewitterwind, der vor Tagen wütete, hat wohl mehrere Ziegel gelockert.»

Pyrra, die von je eine etwas abergläubische Seele hatte, flüsterte Dina zu:

«Rom wird in Trümmern untergehn! Das große Reich wird zerbersten wie ein Ziegelstein!»

Sie wagte nicht, es laut zu sagen. Andarius hätte sie ausgelacht. Eben meinte dieser munter:

«Scherben sind ein gutes Zeichen! Sie verheißen Milon und Baarla ein glückliches Beginnen zu ihrer Verlobung und erinnern uns zugleich, daß die späte Stunde zur Nachtruhe auffordert. Ich danke meinen lieben Gästen für die reiche Belehrung dieses Abends. Mein altes Haupt ist voll neuer Gedanken. Ich hoffe, daß mir nicht der Schädel platzt wie jener Ziegel!»

Alle lachten erheitert und verabschiedeten sich zur guten Nacht.

Bald erlosch friedlich ein Ampellicht um das andere auf Andarius' Hof. Im Gästezimmer jedoch glomm noch lange schwacher Lichtschein. Auf seinem Lager, halb aufgerichtet, arbeitete Vero an einer größeren Wachstafel, die er sich von Andarius erbeten hatte. Er ritzte hin und wieder Striche und Figuren ins Wachs, rechnete wiederum und schrieb Maße hinein. Es war der Grundriß des kleinen Christentempels von Alexandria, der ihn beschäftigte. In die Mitte hatte er den Altar gezeichnet, der mit seiner Kreuzform die vier Richtungen des Himmels aufwies. Um den Altar standen in etwas entfernterem Kreise zwölf Säulen. Das Ganze sollte von einem rundgewölbten Dach überspannt werden, das den Sternenhimmel abbildete; denn Christus sollte nicht als Gott eines Volkes oder eines Erdteiles aufgefaßt werden, sondern als der Mensch gewordene, göttliche Sohn des Universums. Aber wie dieses rundgewölbte Kuppeldach konstruieren? Dies Problem bereitete Vater Vero schlaflose Stunden. Er hatte bisher nie so etwas gebaut. Als er endlich einschlief, brannte still das Licht seiner Ampel weiter. Erst bei aufgehender Sonne bemerkte Vero, wie das freundlich brennende Öllicht neben seinem Lager die Nacht durchwacht hatte und sich nun mit dem Morgenlicht einte, das durch eine Wandluke hereindrang. Da kam ihm der Gedanke:

«Feuer ist Zeichen des ewigen Lichtes und der ewigen Liebe, die wärmend alle Welt durchdringen soll. Im neuen Tempel soll Feuer in einer Ampel als ewiges Licht Tag und Nacht brennen als Zeichen christlicher Liebe.»

Nun aber hielt es Vero nicht länger auf seinem Lager. Es drängte ihn, die Zeichnung dieser Nachtstunden seinem Sohn Marius zu zeigen, der ihm weiter beim Problem des Kuppeldaches behilflich sein konnte.

Es wird gebaut

«Kannst du mir raten, Baarla?» fragte wenige Tage später Milon. «Andarius hat mir gestattet, zwei, drei verläßliche Sklaven nach Alexandria zu geben, die beim Bauen mithelfen sollen, da ich selber ja nicht die ganze Zeit dort mittun kann. Andarius hat sich schon sehr daran gewöhnt, mehr und mehr die Leitung des Hofes mir zu überlassen. Ich darf ihn nicht enttäuschen. Wen soll ich senden?»

«Lesco!» schlug Baarla unvermittelt vor. «Er ist so sehr darauf bedacht, dir jederzeit alle Wünsche von den Augen abzulesen, daß er sicher mit großem Eifer in Alexandria arbeiten würde. Ich hätte nie gedacht, daß aus einem Menschen so rasch seine guten Seiten hervorkommen könnten, wie ich es jetzt bei Lesco beobachtet habe. Er springt und arbeitet für zwei, und all sein Neid und seine Selbstsucht sind wie weggewischt. Ich glaube, Milon, es ist ein Samen deiner Güte und deines Verzeihens in ihm aufgegangen. – Sieh, dort eilt er eben über den Hof!»

Milon rief Lesco an und winkte ihn herbei.

«Du hast es eilig, was willst du unternehmen?»

«Der Aufseher hat mir aufgetragen, den Zweiradwagen zu waschen und die Achsen zu schmieren, daß er noch leichter laufe. Er meinte, damit könntest du gut einmal an einem Wagenrennen teilnehmen in Alexandria, da Andarius dir so prächtig schnelle Pferde gekauft hat.»

«Mit dem Wagenrennen hat es alle Zeit; doch bin ich froh, ein rasches Gefährt zu besitzen, da ich jetzt öfters nach Alexandria fahre.»

Baarla fügte bei:

«Das Schmieren der Achsen könntest du lassen! Milon fährt so schon viel zu schnell. Mir ist immer bange, wenn ich ihn so davonsausen sehe.»

Milon blinzelte Lesco zu, dann fuhr er fort:

«Lesco, was ich dich fragen wollte: Du hast davon gehört, daß die Veros in Alexandria einen Christentempel bauen. Hättest du Lust mit zwei, drei anderen vom Hof dort mitzutun?»

«Mit den Veros bauen? Ich könnte mir nichts Schöneres denken! Aber – ich bin nicht würdig, an einem Tempel mitzubauen; zu viel Schuld und Häßlichkeit lasten auf mir! Milon, du sollst mich nicht fragen, gebiete über mich! Wenn du mir befiehlst, eine Steinpyramide der alten Pharaonen abzutragen, werde ich es tun, Stein für Stein!»

Milon und Baarla lachten über diesen Vorschlag.

«Im Ernst, ich gebiete dir, dich für morgen reisefertig zu machen. Wähle von den kräftigen Pflügern zwei andere Knechte aus, die Balken und schwere Steine gut zu schleppen vermögen. Sie sollen mit dir kommen. Ich fahre euch auf vier Rädern nach Alexandria.»

Über das Antlitz von Lesco ging ein Freudenschimmer. Er spürte, Milon war ihm gut. Das machte ihn glücklich. In der Nähe der Veros würde er wiederum Gespräche hören wie in jener Nacht auf dem Dach.

Beim Weggehen fragte er:

«Soll ich den Vierrädrigen auch ölen?»

«Tu es! Je schneller in Alexandria, um so schneller bin ich zurück!»

Am folgenden Tag fuhren Milon, Lesco und zwei Helfer nach Alexandria. Schon gewahrte er im Hof Joneas die ersten Fundamentmauern in den Boden gebaut, die da und dort mannshoch herausragten. In der nächsten Zeit blieb er öfters einige Tage bei Jonea, um tätig mitzuarbeiten. Zumeist führte er mit einem Wagen Bausteine herbei, die er bei einem Ziegelofen am Rande der Stadt holen konnte. Dann aber mußte er wieder seinen Pflichten auf dem Hof des Andarius nachkommen. Bis jetzt hatte er diesen noch nicht gedrängt, die Baustelle zu besuchen. Er wollte warten, bis man etwas mehr vom künftigen Bauwerk wahrnehmen könnte.

Wochen waren vergangen. Der Bau hatte rasche Fortschritte gemacht. Die Mauern erhoben sich bereits zu dreifacher Manneshöhe. Im Innern ragten Säulen in die Höhe. Die ersten Ansätze zum Dach wölbten sich aufwärts über ein Balkengerüst, das eine vorläufige Stütze gab.

Eines Tages kam Milon mit Andarius angefahren. Als sie im Hof ausstiegen, eilte der alte Vero auf sie zu. Er freute sich am Erstaunen des Andarius, der sich wunderte, das Bauwerk so weit fortgeschritten zu sehen. Milon, der einige Zeit nicht mehr dagewesen war, meinte lachend zu Vero:

«Jedesmal wenn ich wiederkomme, ist die Zahl der Bauleute gewachsen. Freie, Sklaven, Braune und Schwarze helfen mit. Das geht zu wie in einem Ameisenhaufen. Wenn ich mich nicht täusche, hämmert dort am Portal sogar der alte Jonea!»

«Ja, er ist es», antwortete Vero. «Er war nicht abzuhalten, Hammer und Meißel zu ergreifen, um am Eingang zum Bau unter Bartholomäus' Leitung zu arbeiten. Bartholomäus selbst meißelt drinnen an seinem Altarstein. Seht, die Säulen sind alle aufgerichtet und können bald das Dach aufnehmen.»

Plötzlich rief jemand von der hohen Mauer herab Milon einen Gruß zu. Es war Lesco. Milon winkte ihm zurück und glückstrahlend wandte sich der Unermüdliche wieder seinen Steinplatten zu, die er und ein anderer Arbeiter mit Mörtel aufeinanderfügten, als erste Ansätze zu einer Bedachung. Milon fragte Vero:

«Wie macht sich Lesco?»

«Ich kann ihm das allerbeste Zeugnis ausstellen. Er ist unermüdlich am Werk, und selbst in den heißen Mittagsstunden, wenn alle sich im Schatten ausruhen, ist er kaum vom Bau herunterzubringen. Er ist wie besessen von Baufreude und schleppt oft Steine allein, an denen ihrer zwei schwer genug zu tragen hätten. Von ähnlicher Begeisterung sind nur unsere christlichen Brüder und Schwestern ergriffen, die ihr hier überall emsig am Werk seht; aber zu solcher Ausdauer wie Lesco ist wohl keiner fähig. Der Kerl ist mir ein Rätsel.»

Milon freute sich über dieses Lob und antwortete:

«Mir ist er kein Rätsel. Seit Lesco beim Bauen helfen darf, ist er ein völlig anderer, ein glücklicher Mensch geworden. Ich selber hörte ihn oft bei aller Arbeit singen und lachen. Einmal, als er sich unbeachtet glaubte, tanzte er oben auf dem Gerüst umher, daß mir bange war, er stürze herunter. – Sicher will er wieder gutmachen, was er verfehlt hat. Er fühlt, daß wir ihn achten und daß er mehr und mehr zu unserer Bruderschaft gehört. Er findet im Bauen seine Menschenwürde wieder.»

Als die drei zum fast fertigen Portal kamen, wo Jonea hämmerte, begrüßte dieser die Gäste, legte Hammer und Meißel beiseite und trat mit ihnen ins Innere des Mauerrunds. Milon bewunderte die aufgerichteten Säulen. Beim Altar-Steinblock gewahrte er Bartholomäus so in seine Meißelführung vertieft, daß er die Eintretenden nicht bemerkte. Nach vorn, dem Eingang zu, zeichnete sich unter seinem Meißel schon deutlich so etwas wie ein Menschengesicht ab. Nach kurzer Begrüßung fragte Milon:

«Was bildet du in die Seiten des Altares?»

Bartholomäus wies auf den alten Vero und sprach:

«Sag du es, Großvater, es ist deine Idee!»

Vero erklärte:

«Wir stehen hier auf ägyptischem Boden, wo man Jahrtausende lang das Geheimnis der Sphinx gehütet hat: ein Wesen teils Stier, teils Löwe, und Adler, und Mensch. Diese drei Tiere und der nach dem Bild Gottes geschaffene Mensch, das sollen die vier Seiten des Altares sein. Der Stier: Ein Bild irdischer Kraft und Stärke. Der Löwe: Bild des feurig mutigen Herzens. Im Adler der Höhenflug, die nach dem Geist strebende geflügelte Kraft des Gedankens. Sie alle dienen dem Menschen. Sie sind in ihm selbst und dürfen als Altarbilder Brot und Wein des heiligen Mahles tragen.»

Milon trat zu Bartholomäus:

«Lieber Freund, um eines bitte ich dich: Wenn du beginnst, das Haupt des Löwen herauszumeißeln, so laß mich dein Helfer sein! Du weißt, an wen ich dabei denke. Darf ich schon heute an einem gewöhnlichen Stein einen Versuch machen? Deutlich seh ich jederzeit das Löwenantlitz vor mir; ich meine, es sollte mir gelingen, es in Stein zu prägen.»

Sogleich führte ihn Bartholomäus zu einem zerbrochenen Quader, der etwas abseits stand, und gab ihm Hammer und Meißel. Nachdem er andeutend einige Linien geritzt hatte, forderte er Milon auf:

«So, nun schlag zu und sieh, ob es ein Löwe werden will!»

Da dieser eifrig zu hämmern begann, bemerkte Andarius zu Vero:

«Jetzt bleibt auch der an einem Meißel kleben; fehlt nur, daß ich auch noch Steine klopfe!»

«Komm, Andarius, ich will dir Philippus an seiner schönen Mosaikarbeit zeigen!»

Sie verließen den Bau. In dem großen Untergeschoß eines Nebengebäudes, das zeitweise als Lagerraum für Tuchballen gedient hatte, war Philippus beschäftigt, farbige Steine und Glaswürfel vorzubereiten, die später in der Kuppel zu einem großen Mosaik zusammengefügt werden sollten. Zumeist bläuliche Steine fanden Verwendung, durchsetzt mit vergoldeten Sternfiguren.

«Woher diese Goldsteine?» fragte Andarius.

Philippus führte ihn etwas abseits, wo auf einem kleinen Ambos seidenfein gehämmerte Goldplättchen lagen. Er nahm einen gewöhnlichen kleinen, flachen Stein, strich einen harzähnlichen Leim darüber und drückte die klebende Seite auf das hauchfeine Gold, das im Nu den Stein übergoldete. Das machte Andarius Spaß, und er fragte:

«Darf ich das auch einmal versuchen?»

Philippus ermunterte ihn, und bald klebte Andarius Goldsteinchen. Da das Blattgold ausging, wollte er versuchen, eine Goldmünze mit dem Cäsarenkopf, die er bei sich trug, selbst so fein zu hämmern, was ihm nach etlicher Mühe auch gelang.

Vero hatte sich inzwischen unbemerkt entfernt. Der Gedanke, daß nun gar ein römischer Feldherr am Gotteshaus mitwirke, beglückte ihn.

Drüben im Bau fand er Milon, das Gesicht mit Schweißtropfen bedeckt, an seinem Löwenkopf meißeln. Eben führte Marius vier Werkleute mit einer Leiter in den Bau, die sie ins hohe Gerüst hinein aufrichteten. Sie trugen gebogene Holzstäbe herein, die sie als Richthölzer für das gewölbte Dach oben anbrachten. Milon rastete einen Augenblick. Marius erklärte ihm, das Dach sei so berechnet, daß es, nach dem Prinzip des römischen Brückenbogens, selbsttragend aus Steinplatten gefügt werden könne.

Als Milon wieder an sein Werk gehen wollte, fiel ihm auf, daß Andarius verschwunden war. Er eilte hinaus, stieß auf Vero:

«Wo ist Andarius? Ist er ungehalten über mich und etwa gar allein nach Hause zurückgefahren?»

Vero schmunzelte, wies zur Mosaikwerkstatt:

«Geh dort durchs offene Tor, da wirst du den Feldherrn finden. Er kommandiert Steinchen!»

Als Milon in Philippus' Werkstatt eintrat, hatte er großen Spaß, Andarius in die Steinchenvergoldung vertieft anzutreffen. Dieser, aufs beste gelaunt, rief, auf ein großes Stück feines Blattgold weisend:

«Siehst du, so fein wird sogar ein römischer Kaiser, wenn er genügend gehämmert und geklopft wird.»

Milon erriet den Zusammenhang und sprach:

«Vater, wenn du hier beschäftigt bist, so arbeite ich gern noch eine Weile bei meinem Löwen», und weg war er.

Nachdem Andarius so viele Steine übergoldet hatte, daß sie Philippus zu einem Goldstern zusammensetzen konnte, wischte er sich den Schweiß von der Stirn und meinte:

«So, nun wende ich mich wieder der Erde zu.»

Wohlgefällig betrachtete er noch einmal den Goldstern, ließ sich von Philippus bereitwillig für seine exakte Arbeit loben und machte sich auf zu Milon. Er fand ihn wieder im Inneren des Baues vor seinem Block mit dem steinernen Löwen. Bartholomäus, der bei ihm stand, wies auf einige Stellen, wo er bei den Löwenaugen etwas tiefer hineingraben müsse. Andarius war erstaunt, wie deutlich der Löwenkopf schon herausragte. Er setzte sich in die Nähe einer Säule auf einen steinernen Block. Es war ihm seltsam zumute, wie sich Hämmern, Meißeln, die Rufe und der Baulärm zu einem Rhythmus, zu einer Art von Musik gestalteten, die ihn ergriff und begeisterte. Ähnliche Gefühle hatte er als Feldherr empfunden, wenn er sah, daß eine Schlacht sich zu seinen Gunsten entschied. Wurde hier nicht auch für einen Sieg gekämpft? Für den Sieg einer göttlichen Botschaft, die ihn durch Veros Mund selber ergriffen hatte, hinter der das alte Rom verdämmerte? Er murmelte vor sich hin:

«Es will mir scheinen, ich sei selber auf dem Weg, Christ zu werden. Pyrra ist schon mehrmals mitgefahren zu dem Gottesdienst dieser Christen. Ich habe mich bis jetzt standhaft dagegen gewehrt, da mir schien, es schicke sich nicht für einen römischen Feldherrn, in einen Keller zu kriechen, um einem neuen Glauben zu huldigen. Dieser Bau aber spricht eine Sprache, die ich besser verstehe. Die Mauern, das Dach wölben und schließen sich. Es ist der Weg nach innen gewiesen. Was werden sie wohl um diesen Altar im Zentrum des Baues für Bräuche pflegen? Vermögen die Christen dieser schönen Raumeshülle echtes, bewegtes Leben einzuverleiben . . .?»

Das Selbstgespräch des Andarius war in ein Sinnen übergegangen, aus dem ihn ein entzückter Ausruf des Bartholomäus riß, der erneut Milons Löwenkopf besichtigte:

«Du schaffst es, Milon! Du bist der geborene Bildhauer! *Du* mußt den Löwen im Altar ausarbeiten und kein anderer!»

Andarius erhob sich und trat hinüber zu den beiden. Tatsächlich, der steinere Löwe schaute ihn mit königlichem Blick an, obwohl von Mähne und Ohren noch kaum etwas zu sehen war. Andarius stimmte ins Lob des Bartholomäus ein. Es stand fest: Milon mußte wieder herkommen, um am Altar mitzuarbeiten.

Im dämmernden Abend fuhren Milon und Andarius auf ihren Hof zurück. Sie sprachen wenig; das Erlebte beschäftigte ihre Gedanken. Bevor sie zu Hause ankamen, bemerkte Andarius:

«Das war ein guter Tag in Alexandria! Auch ich gehe wieder hin, beim Bauen zu helfen!»

Auch ein Sklave ist ein Mensch

Monate vergingen. Um den Bau der Christen in Alexandria wurden die letzten Hölzer, Schutt und Steine weggeräumt. Man hoffte, in wenigen Tagen den Raum zu weihen und den ersten Gottesdienst darin zu begehen. Von außen gesehen, war alles beendet. Im Innern arbeitete Philippus am letzten Mosaikfeld in der Kuppel. In den vergangenen Wochen hatte sich Lesco ihm und seinen Helfern gern beigesellt, die hoch auf dem Gerüst in der Kuppel die vorbereiteten Mosaikplättchen in den feuchten Mörtel klebten. Das erforderte viel Geduld und Ausdauer. Zum Teil liegend, zum Teil stehend, immer mit aufwärts gewendetem Gesicht mußte gearbeitet werden. Wenn Mörtel und Staub herunterrieselten, schmerzten die Augen. Bei dieser schwierigen Arbeit waren Öllampen notwendig, da es im Bau auch am Tage sehr dunkel war. Durch dünngeschliffene Alabasterplatten drang nur ein schwacher Lichtschimmer herein.

Eines Nachts, als Vero sich vergebens mühte einzuschlafen, begab er sich hinunter in den Hof zu einem Spaziergang in der Nachtluft. Er hoffte, danach den ersehnten Schlaf zu finden. Als er in die Dunkelheit hinaustrat und vor ihm der schwarze Kuppelbau unter dem Nachthimmel mächtiger aufragte, als er am Tag erschien, bemerkte er, daß ein Alabasterfenster schwach erhellt war, als ob im Innern ein Licht brenne. Hatte Philippus, der als letzter den Bau verlassen und ihm den Schlüssel des Tores gebracht hatte, vergessen, ein Licht zu löschen? – In letzter Zeit waren öfters am Tag Unbekannte, die hier nichts zu suchen hatten, neugierig in den Hof getreten. Wenn nun ein Unbefugter eingebrochen wäre, den Bau auszukundschaften, oder gar das Innere freventlich zu verderben?! Wenn ein Christenfeind gar Feuer legen würde? Vero näherte sich zögernd dem Tor. Sollte er einen seiner Söhne aufwecken? Er horchte an der hölzernen Pforte. Ein Geräusch aus dem Innern gab ihm die Gewißheit: Es ist jemand drin! – Er versuchte das Tor zu öffnen. Es war verschlossen.

Das kam ihm seltsam vor. Einen Schlüssel trug er bei sich. Sachte steckte er ihn ins Schloß, das sich ziemlich geräuschlos öffnen ließ, und trat unter den Torbogen. Oben auf dem Gerüst brannte ein Licht. Ein leises Singen ertönte durch den Raum. Ein Lied ohne Worte, mit langsamen, fast feierlichen Tonfolgen. Das mußte Lesco sein, der oben in der Kuppel arbeitete, mitten in der Nacht, da alle anderen schliefen. Gewiß hatte er sich von Philippus unbemerkt einschließen lassen, damit er auch in den Nachtstunden weiterarbeiten könne. Einen Augenblick überlegte Vero, ob er ihn hinunterrufen und wegschicken sollte; aber dann dachte er:

«Wenn er soviel Liebe zu dieser Arbeit hat, alle Mühen auf sich nimmt und dazu noch singen mag, will ich ihn in seinem Mosaikhimmel nicht stören.»

Leise zog er das Tor wieder hinter sich zu und behielt das nächtliche Geheimnis für sich.

Nach einigen Tagen war alles soweit, daß oben im Zentrum der Kuppel ein letzter sonnenähnlicher Mosaikstern eingesetzt werden konnte. Nun sollte mit dem Abtragen des Gerüstes unter dem Kuppeldach begonnen werden. In froher Hast beeilte sich Philippus, dies Vero und Marius zu melden. Er verließ den Bau, sie herbeizurufen. Eben kam Vero über den Hof geschritten; Milon und Baarla waren bei ihm.

«Ihr kommt im richtigen Augenblick!» rief Philippus; «der Bau ist fertig! Ich hole einige Bauleute und Marius, das Gerüst entfernen zu helfen.»

Als die drei eingetreten waren und sich einen Augenblick an die Dunkelheit gewöhnen mußten, ertönte ganz oben aus der Kuppel der freudige Gruß Lescos:

«Milon, Baarla!»

Im selben Augenblick erfolgte ein Getöse. Ein Balken, den Lesco oben schon von seinen Stricken gelöst hatte, entglitt ihm. Lesco verlor dabei das Gleichgewicht und stürzte mit dem Balken zur Tiefe. Neben dem Steinaltar schlug das Holz und dann ein Menschenleib dumpf auf die steinernen Platten.

«Lesco!» rief Milon und eilte zu dem Gefallenen hin. Er lag bewegungslos. Von seinem Kopf sickerte Blut auf die Steinplatten, und die starr geöffneten Augen blickten aufwärts. Milon kniete zu ihm nieder und flüsterte:

«Lesco, du lebst!»

Der Angeredete wendete langsam seine Augen zu ihm. Seine Lippen bewegten sich. Kaum drang etwas Atem durch, Milon glaubte aus dem Hauch die Worte zu vernehmen:

«Ich ... bin ... Mensch!»

«Ja, Lesco, ein guter Mensch!»

Da leuchtete es für einen kurzen Augenblick in den sterbenden Augen auf, die zum Goldstern der Kuppelmitte gerichtet waren. Langsam entschwand mit dem Atem sein Leben.

Milon schien es, Lescos Seele breite sich aus im ganzen Bau, durchdringe die Säulen, glänze hinein ins Gold der Mosaiksterne, die schwach herunterfunkelten im Licht der Ampel, die dem Toten die letzte Arbeit seiner Hände beleuchtet hatte. Baarla kniete neben Milon nieder. Mit einer Hand stützte sie sich auf den steinernen Löwen des Altares, vor dem Lesco lag, mit der anderen ergriff sie eine Hand des Toten. Sie spürte, wie langsam die Wärme daraus entwich. Vero sprach Worte vom Sterben in Christo, vom Auferstehen zu einem geistigen Leben. Und so begann die Weihe des Baues ungewollt mit einer Totenfeier.

Als Philippus und Marius mit den herbeigeholten Sklaven den Bau betraten, um das Gerüst wegzunehmen, blieben sie wie angewurzelt stehen vor dem Bilde, das sich ihnen bot: Der Balken, der Tote, die Knienden ... Es bedurfte keiner Erklärung, was sich hier zugetragen, und doch konnten sie es nicht fassen. Alle fühlten, wie sie durch die gemeinsame Arbeit des Toten Freund geworden waren. Stumm lehnte sich Philippus an eine Säule. Da trat von hinten einer der Sklaven an ihn heran und fragte:

«Sollen wir ihn hinaustragen und vor der Stadt verscharren, wie es mit Sklaven geschieht?»

«Auch ein Sklave ist ein Mensch!» sprach Philippus, «er bleibt hier! Bringt einige Lichter her!»

Da holte der eine, die Leiter hinaufsteigend, auf dem Gerüst die brennende Ampel Lescos, ein anderer brachte zwei weitere herbei, die man an Lescos Ampel entzündete. So kam es, daß der Tote, neben dem Altar liegend, mit brennenden Ampeln umstellt wurde. Im Schein dieser Lichter wurden die Gerüstbalken hinausgetragen, worauf zum erstenmal der Bau in seiner unverhüllten inneren Schönheit erschien.

Bald verbreitete sich die Kunde des Unglücks. Alle, die am Bau gearbeitet hatten, kamen herbei, brachten Blumen und grüne Zweige, um den Verstorbenen zu ehren. Am Abend ließ Vero im Boden zwei Steinplatten wegnehmen und darunter ein Grab ausheben. Da hinein wurde Lescos Leib gelegt. Als Vero am anderen Tag vor den versammelten Christen und Bauleuten den Segen über den Toten sprach, endete er mit den Worten:

«Unser Bruder Lesco aber möge mit uns bleiben als ein guter Geist des Eifers und des Tätigseins im Dienste Christi!»

Alsdann entzündete Vero über dem Altar eine silberne Ampel und sprach:

«Das Licht dieser Ampel soll fortan brennen Tag und Nacht als Zeichen des ewigen Lebens.»

Heimfahrt mit Hindernissen

Auf der Terrasse im Garten des Andarius' saßen Pyrra und Baarla und nähten beide an einem weißen Tuchüberwurf, der nach Römerart ein Brautkleid geben sollte. Sie waren so in ihre Arbeit vertieft, daß ihr Gespräch verstummte, und übersahen, daß Andarius aus dem Haus trat. Er hatte Spaß am stillen Eifer der Frauen und bemerkte neckend:

«Wenn das Brautkleid bis übermorgen nicht fertig ist, muß die Hochzeit um eine Woche hinausgeschoben werden!»

Baarla entgegnete:

«Es ist so gut wie fertig. Bevor die Sonne untergeht, ist der letzte Stich getan!»

Sie stand auf, hielt das Tuch an sich und lachte Andarius an. Dieser lobte:

«Prächtig sieht es aus, der Tochter eines Feldherrn würdig! – Doch, wo bleibt der Bräutigam?»

Baarla antwortete:

«Eben wollte ich fragen, ob er noch nicht aus Alexandria zurückgekehrt sei.»

«Nein! Er wäre doch sogleich hierher zu euch gekommen. Ich verstehe sein langes Ausbleiben nicht. Er fuhr sehr früh weg, wollte einige wichtige Besorgungen auf dem Markt erledigen und schon zeitig am Nachmittag wieder zurück sein. Jetzt geht's bald gegen Abend. Milon ist sonst immer sehr zuverlässig.»

In den Worten des Andarius klang ein leiser Tadel mit. Baarla wagte nicht zu zeigen, wie sehr ihr bangte. Sie befürchtete, es müsse ihm etwas zugestoßen sein. Andarius verließ die Terrasse wieder, und Pyrra beschwichtigte Baarla:

«Ach, in einer großen Stadt gibt es immer viel zu sehen. Vielleicht hat er sich verspätet bei seinen Freunden.»

Baarla entgegnete:

«Bald geht die Sonne unter. Er versprach bestimmt, zeitig am Nachmittag zurückzukehren. Es ist nicht Milons Art, seinem Wort nicht zu folgen. Wenn ihm nur nichts Schlimmes widerfahren ist!»

Baarla hatte ein feines Gefühl. Milon war wirklich etwas zugestoßen. Aber gehen wir zu ihm und seinen Erlebnissen in Alexandria.

Als er in Begleitung von Philippus auf dem Markt beim ‹Tor des Mondes› Besorgungen machte, übergab er seinen Wagen mit den zwei Pferden einem der Hüter, die hier Tag für Tag die Wagen der vornehmen Käufer beaufsichtigten. Als er sich etwas später wiederum seinem Wagen zuwenden wollte, meinte Philippus, der ihn zum Markt begleitet hatte:

«Milon, hier in der Nähe befindet sich das Grab des großen Alexander, der diese Stadt gegründet hat. Kommst du mit, die Grabstätte zu besuchen? Schon lange hätte ich sie mir gern angesehen.»

Milon antwortete:

«Das war doch der große Feldherr der Griechen, von dem mir Andarius vieles erzählte, wie er das Perserreich besiegte und Griechenlands Stern zum Leuchten brachte.»

«Ja, er war es, und sein Grabmal mit dem Sarkophag ist nicht weit von hier zu finden.»

Milon mahnte:

«Wir dürfen uns aber nicht lange aufhalten! Meine Zeit drängt wegen der Vorbereitungen zur Hochzeitsfeier. Gehen wir!»

Das Alexandergrab, eine bekannte, vielbesuchte Stätte, war bald gefunden. Man trat in eine Tempelgruft, darin der Steinsarkophag aufgestellt war. An den vier Seiten zeigte dieser aus Marmor gehauene Reliefs, die den siegreichen Alexander im Tumult der Schlachten abbildeten. Philippus bewunderte die Feinheit der griechischen Bildhauerarbeit. Dann aber sprach Milon zu ihm:

«Vierhundert Jahre sind seit dem großen Alexander vergangen. Seinem Grab wird wenig Ehre mehr erwiesen, und er lebte doch ein gewaltiges Heldenleben. Nur Neugierige strecken ihre Nasen herein und weichen aus dem muffigen Halbdunkel bald zurück. Merkwürdig, aber ich muß dieses Grab mit demjenigen unseres Lesco vergleichen, über dem sich ein Gewölbe rundet, in dem das lebendige Wort erklingt. Vero sprach einmal: ‹Vor Christus sind alle Menschen Brüder!› – Sind es nicht auch Alexander und Lesco?»

Nachdenklich verließen die beiden den öden Raum. Als sie ins Freie hinaustraten, wollte sich Philippus verabschieden. Er gedachte zu Fuß heimzugehen. Doch Milon bestand darauf, daß er ihn im Wagen zurückfahre, da es nur ein kleiner Umweg wäre. Als sie gegen Mittag durch die Straßen Alexandrias fuhren, herrschte dichtes Gedränge, so daß man zeitweise nur im Schritt vorankam. Zufällig hielt sich Jonea im Hof auf, als Milon mit Philippus vorfuhr. Er rief ihm zu:

«Es gibt gleich Mittagsmahl, kommt her, und seid meine Gäste!»

Diese freundliche Einladung konnten sie nicht abschlagen. Die Pferde betreute ein herbeieilender Sklave. So kam es, daß Milon sich neuerdings verspätete; denn ein Mahl bei Jonea dehnte sich durch reiche Gespräche immer in die Länge. Als er endlich mit ziemlicher Verspätung zur Stadt hinausfuhr, trieb er auf freiem Weg die Pferde zu großer Eile an. Bald lag die Stadt weit hinter ihm. Da auf dieser Nebenstraße in den heißen Mittagsstunden kein Verkehr war, kam es Milon gelegen, sie als Rennbahn zu benutzen, um so mehr, als er dadurch etwas von seiner Verspätung aufholen konnte. Wie herrlich galoppierten die Pferde im selben Rhythmus; wie erfrischend wehte der Wind ihm um die nackten Arme und Beine. Ihm war plötzlich, er liege mit dem Römer Florus im Rennen; er schnalzte und pfiff seinen Pferden zu, ihre letzten Kräfte befeuernd. Wie er so über die Pflasterung dahindonnerte, schlug ein Rad hoch, das über einen auf der Fahrbahn liegenden Stein setzte. Ein etwas abgeschliffener Radnagel der Zweiradachse sprang heraus. Im nächsten Augenblick rollte ein Rad von der Achse ab. Das Gefährt kippte. Mit dem Aufschlag der Achse schleuderte es Milon im Bogen seitwärts hinaus über die Randsteine hinweg auf sandigen Boden. Die Pferde schleiften das Gefährt eine kurze Strecke weiter, bis es sich an einem Randstein verklemmte. Der Wagenlenker Milon blieb neben der Straße bewußtlos liegen.

Nachdem der Verunglückte eine Zeitlang schutzlos in der heißen Sonne gelegen hatte, während die Pferde sich ungeduldig mühten, sich aus ihrer Beengtheit zu befreien, nahte endlich von der Stadt her ein Wagen mit römischen Soldaten. Sie stiegen aus und trugen den Bewußtlosen auf ihr Gefährt. Einer nahm sich der Pferde an. Es gelang ihnen, das verlorene Rad wieder an der Wagenachse zu befestigen, indem sie für die Rückfahrt einen hölzernen Nagel aus einem Olivenast schnitten und einsetzten. Der Verletzte zeigte außer einigen Schürfungen keinen ernstlichen Schaden.

«Ein Glück, daß er nicht auf das Steinpflaster gefallen ist», meinte einer der Soldaten.

Beim Weiterfahren erwachte Milon bald auf dem holprigen Lager. Ihm war nicht klar, was sich ereignet hatte. Einer der Soldaten fragte:

«Zu schnell gefahren?»

«Der Sperrnagel ist aus der Achse gefallen! Rad ab!» ergänzte ein anderer.

Milon vergewisserte sich, daß den Pferden nichts geschehen und am Wagen nur wenig Schaden entstanden war. Er dankte seinen Helfern und fragte:

«Kann einer von euch als Wagenlenker mit mir zum Hof des Feldherrn Andarius fahren?»

Als die Befragten den in Alexandria wohlbekannten, hohen Namen vernahmen, erklärte sich ein jeder bereit, ihn heimzufahren, da sie auf ein gutes Trinkgeld bei Andarius spekulierten. Milon wählte selbst einen Fahrer und beschenkte die anderen aus seinem Beutel. In gemächlichem Tempo ging's auf die verspätete Heimfahrt. Vor Einbruch der Dunkelheit heimzukommen, war nicht mehr möglich.

Indes hatte die Unruhe bei Andarius merklich zugenommen. Der Hausherr gab Befehl:

«Rano, nimm ein schnelles Pferd, reite Richtung Alexandria. Vielleicht ist ihm unterwegs etwas zugestoßen.»

Bald stob es unter den Hufen des Eilboten. – Baarla bemühte sich, Ruhe und Vertrauen zu zeigen; aber Pyrra jammerte, als ob *ihr* Bräutigam ausgeblieben wäre.

Eine halbe Stunde mochte Rano scharf geritten sein, als es zu dunkeln begann. Er mußte sein Reittempo mäßigen. Plötzlich vernahm er das Rattern eines Wagens. Er hielt sein Pferd an und gab Zeichen:

«Milon!»

«Rano!» antwortete die bekannte Stimme. Das Ausbleiben war bald geklärt. Milon fühlte sich in der kühlen Nachtluft erfrischt und munter. Er bat Rano um sein Pferd, damit er etwas früher auf dem Hof ankäme, und verschwand in der dunkelnden Nacht. Er kannte sich aus im Nachtritt, doch trieb er das Pferd nicht zur Eile an. Wie er das Geschehene überdachte, war er dankbar, vor Schlimmerem behütet worden zu sein. Hätte er sich nicht seine Glieder, seinen Hals brechen können? – In der Ferne erschienen glimmende Punkte, die nach und nach größer wurden. Es waren die Fackeln am Eingang des Hofes. Er wußte: Hinter den Fackeln harrt Baarla! Unwillkürlich trieb er das Pferd zu größerer Eile an. Der Fackelschein wuchs zu hellen Flammen. Hunde bellten. Menschen stürzten der Pforte zu. Milon schloß Baarla an seine Brust.

Drinnen beim Ampelschein bestrich sie des Verletzten Schürfungen mit feinem Öl. Lächelnd versetzte sie:

«Milon, damals, als ich im Stall deine Wunden pflegte, ahnte ich nicht, daß ich es später noch einmal tun würde als deine Braut.»

«Ja, Baarla, auch kleine Wunden werden mich immer erinnern, daß unser Bund im Elend begonnen hat.»

Draußen hörte man den Wagen anrollen, den Andarius ungeduldig erwartete. Gleich wollte er die Räder kontrollieren. Er verstand nicht, wie *sein* Wagen einen Nagel verlieren konnte. Er prüfte das Gefährt, das wenig Schaden hatte, und befahl, für sämtliche Wagen des Hofes am nächsten Tag neue Sperrnägel zu schmieden.

Leier und Reigen

In den Tagen vor dem Hochzeitsfest Milons und Baarlas waren rege Vorbereitungen zu treffen. Die Veros hatten es übernommen, die Feier für die Trauung zu gestalten. Hierfür gab es bis jetzt noch keine christlichen Bräuche. So berieten sie gemeinsam, wie man vor dem Altar das Paar segnen und eine festliche Handlung begehen könne. Die Christen Alexandrias, die sich für den Tempelbau alle vereinigt hatten, baten den alten Vater Vero, künftig einer ihrer Priester zu sein. Als er mit sich selbst zu Rate ging, ob er dieses Anerbieten annehmen dürfe, erinnerte er sich, wie die Hand des Apostels Paulus auf seinem Haupt geruht hatte, als er ihn damals in Rom taufte und segnete. Er dachte:

«Mit Hilfe dieses Segens will ich versuchen, am Altar zu dienen.»

So gab er sein Einverständnis und war bereit, die bevorstehende Trauung zu vollziehen. Dina übte seit Tagen mit einigen Jungfrauen den Altarreigen. Marius bastelte an seiner großen Leier, die er vor einiger Zeit begonnen hatte, daß Saitenklang beim Feste sei. Philippus und Bartholomäus übten mit einem kleinen Chor den Wechselgesang.

Der Tag des Festes kam heran. In bekränzten Wagen fuhren Andarius und Pyrra mit dem Paar nach Alexandria. Als sie nun durch die Pforte des Kuppelraumes eintraten, hob das Singen an. Zwölf Männer des Chores standen in der Runde mit brennenden Kerzen vor den Säulen. Zwischen den Säulen standen die Jungfrauen des Reigens mit Blumen in den Händen. Dahinter in der Runde befanden sich die christlichen Freunde und Gäste. Das Paar schritt zum Altar, über dem zwischen Brot und Kelch die silberne Ampel brannte. Vero in seinem langen, weißen Priesterkleid empfing mit ausgebreiteten Armen Braut und Bräutigam. Er faßte beide an den Händen, Milon zu seiner Rechten, Baarla zu seiner Linken. Wie die Gesänge den Raum durchklangen, traten die zwölf Jungfrauen zwischen den Säulen hervor und begannen im inneren Rund den feierlichen Reigen. Im Kerzenlicht, das von der Mosaikdecke im Gold der Sterne widerglänzte, bewegten sie sich zu den Klängen der Leier. Weihrauch durchwehte den Raum. Da bemächtigte sich der Anwesenden eine innere Beseligung, daß sie meinten, ins Paradies entrückt zu sein.

Der Gesang verhallte. Der Reigen verebbte zum stehenden Kreise. Vero erhob seine Stimme:

«Friede sei mit uns, liebe Brüder und Schwestern! Immer wieder geschehen Wunder auf Erden, mitten unter uns. Wir müssen nur die Augen offenhalten, sie zu bemerken. Hier zu meiner Rechten steht Milon. In banger Verzweiflung fuhr er einst auf einem Schiff übers Meer nach Rom, um dort eines grausamen Todes zu sterben. Eine weise Lenkung hat ihm aber Freiheit, neues Leben und wahre Freunde erworben. Unser aller Bruder ist er geworden. – Neben ihm steht Baarla. In früher Jugend verlor sie ihre Mutter, die sie im Sterben segnete auf den Namen unseres Herrn. Obwohl noch ein

Kind, glomm in ihr der Funke des empfangenen Segens. Als treue Dienerin hat sie still ihre Arbeit getan. Wo sie helfen konnte, tat sie es durch das Wort: ‹Liebe deinen Nächsten wie dich selbst!›

Sie stehen hier vor dem Altar. Ich gebe ihre Hände zusammen, daß sie verbunden bleiben im Leben und in der Nachfolge Christi!»

Nach diesen Worten erklang Chorgesang. Die Jungfrauen des Reigens brachten dem Paar ihre Blumen. Als nur die Töne der Leier den Raum leise durchklangen, trat mit den Vermählten die Gemeinde zum Altar, das heilige Mahl entgegenzunehmen.

Nach der Feier verkündigte Jonea:

«Mein Haus ist zum Fest gerichtet. Ihr alle seid meine Gäste. Ein jeder soll sich an meiner Tafel laben.»

Als Vero sich anschickte, mit dem Paar durch die Pforte hinauszutreten, wandte sich Milon noch einmal um zum Altar und sprach:

«Vater Vero, du sagtest mir einmal, daß Markus ein Jünger des Herrn war und das Evangelium verkündete. Ist nicht der Löwe sein Zeichen? – Bis jetzt hat unser Tempel keinen Namen erhalten. Könnte er nicht Markus-Tempel heißen? War es nicht ein irdischer Löwe, der uns hierher zum himmlischen Löwen geführt hat?»

Da strahlte Freude aus Veros Antlitz, und er erwiderte:

«Ich habe immer erwartet, eines Tages den richtigen Namen zu finden. Nun ist er da! Milon, Baarla, tretet hinaus ins Leben durch das Tor des Markus-Tempels!»

Als Vero mit dem Paar ins Freie kam, glänzte hell die ägyptische Sonne. Da prasselte unerwartet ein Regen von Rosen über sie, die Kinder in Körbchen gepflückt hatten, und so ging die stille Feier über in Freude, Glück und Heiterkeit.

Weitere Bücher des Autors

Und es ward Licht

Von der Weltschöpfung zur Arche Noah. Biblische Geschichten
129 Seiten, mit ganzseitigen Zeichnungen von Assja Turgenieff
gebunden (ab 6 J.)

Man merkt sofort, daß hier ein erfahrener Pädagoge am Werk ist, der während seiner Schilderungen die Kinder und ihr Miterleben ständig liebevoll im Auge hat. So sind die Berichte aus der altehrwürdigen Mythentradition, «von ihnen mitgeschaffen», von ungewöhnlicher Leuchtkraft und Lebendigkeit und zudem verständnisvoll auf die kindhafte Natur abgestimmt.

Das Bienenbuch

Illustrationen von Evert Skymne.
5. Auflage, 84 Seiten, kartoniert (ab 9 J.)

«Wie immer, wenn wir einen Blick in das unerschöpfliche Reich der Natur werfen, sind wir Lernende. Diesen Prozeß des ‹Belehrtwerdens› meistert Jakob Streit in einer unauffälligen Weise, indem er ein Kind fragen und einen erfahrenen Bienenzüchter antworten läßt. Wer die Natur liebt oder eine besondere Freude an diesen Insekten hat, dem wird dieses Buch sicher Spaß machen.»

Erziehungskunst

Tiergeschichten

erlauscht in den Waldwiesen am Brienzersee.
Mit Zeichnungen von H. P. Weber. Vierte, erweiterte Auflage,
96 Seiten, kartoniert (ab 6 J.)

«Wenn die Amsel dem Maulwurf begegnet, die Mücke dem Regenwurm, der Adler dem Murmeltier und viele andere mehr, dann leuchtet etwas von dem geheimnisvollen Leben und Treiben auf, das sich oft ganz in unserer Nähe abspielt. Bilder, die ebenso von liebevoller Naturbeobachtung wie vom poetischen Gemüt des Erzählers zeugen. Alles, was da kreucht und fleucht, wird uns mit viel Verständnis für das Naturgeschehen nahegebracht.»

Der Bund, Bern